Hans Capadrutt   SCHATTEN DER VERGANGENHEIT

AF219964

HANS CAPADRUTT

SCHATTEN

DER VERGANGENHEIT

Umschlag, Layout und Satz: hc
Herstellung und Verlag: BoD - Books on Demand, Norderstedt
ISBN: 9 783754 312469

KAPITEL

01	7
02	13
03	21
04	67
05	137
06	205
07	275

VORWORT

Lara und Jonas sind zur Freude aller vom ersten Tag im Kindergarten an unzertrennlich. Nico gefällt das nicht. Er ist überzeugt, dass Lara nur ihm gehört.

Jonas wird immer wieder anfallsartig von Zuständen überfallen, in denen er schreckliche Bilder aus der Vergangenheit *sieht*. Doch aus welcher Vergangenheit?

Nora kämpft um Gleichberechtigung und Unabhängigkeit, Lara um Jonas, Christa um ihren Mann und Soja um die Liebe ihres Lebens.

Drei Familien, sechs Erwachsene, drei Einzelkinder. Konflikte, Lebens-, Liebes- und Sinnfragen wechseln sich ab. Bis hin zu einem Mann, der eines Abends spurlos verschwindet. – Ein Kriminalfall, dessen dunklem Geheimnis Inspektor Peter Klaus erst nach mehreren Jahren auf die Spur kommt.

01

I

Nach der letzten Eiszeit hatte sich der Rhein aus einem hoch gelegenen Bergtal einen Weg gesucht und sich im Laufe der Zeit immer tiefer eingegraben, bis er schliesslich eine Schlucht geschaffen hatte, in der er mit Donnergetöse seine naturgegebene Kraft ausdrücken konnte.

Danach durchfliesst er ein Tal, auf dessen linker Seite sich der Heinzenberg befindet, dessen höchster Punkt mit zweitausendeinhundert Metern die Präzer-Höhe bildet.

Am Ende der Schlucht und am Anfang des Tales liegt Thusis, ein Dorf mit etwa dreitausend Einwohnern. Richtung Süden, über dem Rhein, ragt ein markanter Fels in den Himmel, auf dessen Plateau die Ruinen der Burganlage Hohenrätien stehen.

Direkt nach der Schlucht erstreckt sich linkerhand, quer zum Heinzenberg, eine Bergkette mit dem knapp dreitausend Meter hohen Piz Beverin.

Gegenüber vom Heinzenberg liegt das Domleschg, ein fruchtbares Gelände mit sanft abfallenden Wiesen, kleinen Rebbergen, einigen Burgen, einem Badesee und mehreren Dörfern.

II

Lara und Jonas begegneten sich zum ersten Mal, als ihre Mütter sie in den Kindergarten brachten. Da wussten sie noch nicht, dass das Schicksal, das sie zusammengeführt hatte, die ganze Palette menschlicher Regungen vor ihnen ausbreiten würde.

Laras Mutter Christa hatte Tom geheiratet, einen Juristen aus der nahen Stadt, der ihre hohen finanziellen und gesellschaftlichen Ansprüche erfüllen konnte. Ob es Liebe war, hatte sie sich nie gefragt. Tom besass eine Anwaltskanzlei, war politisch aktiv und verkehrte in gesellschaftlichen Kreisen, die sie aufwerteten.

Jonas Mutter Anna war in einem der umliegenden Bergdörfer aufgewachsen. Eine hübsche, praktisch veranlagte Frau, ohne die hohen Ansprüche von Toms Frau Christa. Sie war glücklich, ein gesundes Kind zu haben und einen Mann, den sie liebte.

Jonas Vater Martin war als Arzt bei den weiblichen Patienten besonders beliebt, was seine Frau manchmal etwas beunruhigte.

Schon in der ersten Stunde im Kindergarten bemerkte Anna, dass Jonas eine Verehrerin hatte: Lara.

Sie beobachtete, wie das hübsche blonde Mädchen ihrem Sohn lächelnd ein Spielzeug hinhielt und sich dabei kokett eine Haarsträhne aus der Stirn wischte.

Jonas wusste nicht, was das fremde Mädchen von ihm wollte. Fragend schaute er zu seiner Mutter hinüber und nahm dann das Geschenk an sich.

Auch Christa beobachtete belustigt das Verhalten ihrer Tochter. Gerade, als sie eine Bemerkung darüber machen wollte, stürmte ein kräftiger rothaariger Bub an ihr vorbei und auf Jonas zu. Bevor die Mütter reagieren konnten, hatte er Lara wuchtig zur Seite gestossen und Jonas das Spielzeug aus der Hand gerissen.

Lara verzog das Gesicht, Jonas lief verängstigt zu seiner Mutter. Christa war mit ein paar Schritten bei Lara, nahm ihre weinende Tochter auf den Arm und rief: «Welcher Mutter gehört dieser Grobian?»

«Nico, komm zu Mama!», rief eine dunkelhaarige Frau und lief zu ihrem Sohn.

Christa sah sie böse an.

«Ihr Bub ist ein Rüpel!»

«Tut mir leid», sagte Rosa, nahm Nico auf den Arm und lief mit ihm zu einer Frauengruppe.

Anna kannte Nicos Mutter und wusste, dass Christa überreagiert hatte. Nico hatte eher etwas von seinem Vater Reto mitbekommen, der mit ihr zur Schule gegangen und nicht gerade der Liebling der Lehrer und Mitschüler gewesen war.

III

Beim Nachtessen erzählte Christa ihrem Mann, was im Kindergarten geschehen war.

«Das gehört zum Leben», sagte Tom nur und nahm einen Schluck Wein.

«Besser sie erfährt das schon im Kindergarten als später. So lernt sie die Regeln.»

Christa strich Lara liebevoll übers Haar.

«Aber Tom, du bist zu hart, sie ist doch erst vier.»

Tom stand auf, ging ins Wohnzimmer, legte sich aufs Sofa und checkte sein Handy. Termine mit wichtigen Kunden. Politik, Rechts- und Scheidungsfälle bestimmten sein Leben, mehr als ihm lieb war.

IV

Auch Anna erzählte ihrem Mann, wie der kleine Nico Jonas das Spielzeug entrissen hatte. Martin, in Gedanken noch mit der letzten Krankengeschichte beschäftigt, schaute kurz auf, lächelte Jonas zu und sagte: «Hast aber keine Angst gehabt, oder?»

Jonas schüttelte den Kopf, flüsterte aber seiner Mutter ins Ohr: «Doch schon ...»

«Christa hat etwas überreagiert», erklärte Anna.

«Du kennst sie ja.»

«Ich kenne sie als Patientin. Christa oder jemand anders, das macht für mich keinen Unterschied.»

«Das hoffe ich doch!», sagte Anna.

V

«Und, wie war es im Kindergarten?», fragte auch der Bauunternehmer seinen Sohn beim Nachtessen. Der Vierjährige zuckte mit den Schultern.

«Weiss nicht ...»

«Weiss nicht, gibt's nicht! Sag, wie war's. Hast du nette Kinder kennengelernt?»

Nico murkste etwas herum und begann dann zu erzählen: «Nein. Ein Bub hat mir mein Spielzeug weggenommen, da habe ich mich gewehrt und es ihm wieder abgenommen, und ein Mädchen war da, die hat zu weinen angefangen, und ihre Mama hat meiner Mama gesagt, ich bin ein Rüpel.»

«Ein Rüpel? Wer hat das gesagt? – Rosa?»

«Die Christa, die Frau von Tom.»

Der Bauunternehmer schob eine Gabel mit Spaghetti in den Mund. Kaute schweigend.

Rosa wusste, was in ihm vorging. Tom war einflussreich, sass mit ihrem Mann im Gemeinderat. Gleiche Partei, gleiche Interessen. Wichtige Geschäfte.

Nachdem er fertig gekaut und überlegt hatte, beugte er sich ganz nah zu seinem kleinen Sohn: «Und du bist ganz sicher, dass es nicht umgekehrt war, dass nicht du dem Jonas sein Spielzeug weggenommen hast?»

Nico schüttelte den Kopf, glitt vom Stuhl und lief in sein Zimmer.

«Er kommt eben nach dir», sagte Rosa ruhig, stand auf, strich ihrem Mann zärtlich über die Glatze und rief: «Nico, Zähne putzen!»

02

I

Lara und Jonas, jetzt neunjährig, sitzen seit der ersten Klasse in der Schulbank nebeneinander. So vertraut, friedlich und vergnügt, als ob sie sich schon eine halbe Ewigkeit kennen würden. Der Lehrer hat kein Problem damit und auch die ganze Klasse nicht.

Bis auf einen Mitschüler, der sich von Anfang an – genau genommen seit dem ersten Tag im Kindergarten – mit dieser Freundschaft nicht abfinden konnte: Nico.

Als er als Vierjähriger gesehen hatte, wie ein blondes Mädchen mit Engelslocken einem fremden Buben lächelnd ein Spielzeug überreichte, hatte das etwas in ihm ausgelöst, das ihn sein ganzes Leben lang beschäftigen sollte. Instinktiv hatte er gewusst, dass dieser Bub ihm das blonde Mädchen, das er sofort als seins erkannt hatte, wegnehmen würde. Und so war es auch gekommen.

Vom Kindergarten bis in die erste Klasse und weiter musste Nico Tag für Tag zuschauen, wie sein blonder Engel wie eine Klette an diesem Jonas hing.

Um die beiden zu trennen hatte er versucht, Jonas bei Lara durch Aufschneiderei auszustechen und ein paar Buben für sich zu gewinnen, die seine Abneigung gegen die Freundschaft von Jonas und Lara teilen sollten.

Doch das war gründlich daneben gegangen. Niemand hatte etwas gegen Jonas und auch nicht gegen Lara. Alle fanden sie süss und – in der dritten Klasse – sogar cool. Das war noch schlimmer als süss. Denn cool war das, was Nico auch sein wollte. Doch er hatte keine Chance.

Am liebsten hätte er Jonas einfach weg- und Lara zu sich hergezaubert. Oder einen von ihnen verschwinden lassen, damit sie nicht ständig zusammen sein konnten.

Er hatte sogar versucht, Jonas für sich zu gewinnen. Als Freund ihres Freundes hätte Lara ihn doch mögen müssen. Vergeblich. Lara hatte nur Augen für Jonas und Jonas für Lara. Nichts konnte die beiden trennen.

Nico war verzweifelt und auch nach fünf Jahren immer noch nicht in der Lage, jemandem zu erzählen, was mit ihm los war. Da er mit seinem Problem allein war, fühlte er sich zunehmend isoliert. Eifersucht und Wut schlugen ins Gegenteil um. Das Gefühl, dass etwas in seinem Leben falsch lief, wurde immer stärker.

Der ungestüme, laute Nico verwandelte sich in einen traurigen, teilnahmslosen Buben, der an nichts mehr Freude hatte.

Doch eines Tages konnte er nicht mehr. Weinend fiel er seiner Mutter, der sein verändertes Verhalten schon lange grosse Sorgen gemacht hatte, in die Arme und liess seinem Schmerz freien Lauf.

Rosa hörte zu und versuchte zu verstehen, obwohl sie nicht nachvollziehen konnte, was mit ihrem neunjährigen Buben los war.

II

Jonas und Lara waren zwei ausgesprochen gute Schüler. So gut, dass sie eine Klasse überspringen und in ein anderes Schulzimmer wechseln konnten, was Nico noch weiter von ihnen entfernte.

Das Haus mit der Arztpraxis von Martin und Anna befand sich etwa fünfzig Meter entfernt von der modernen Villa von Christa und Tom.

Durch die tiefe Freundschaft ihrer Kinder waren sich mit den Jahren auch die Eltern näher gekommen.

Als sie sich zum ersten Mal zum Abendessen trafen, zeigte sich, dass Christa, wie von Anna befürchtet, in ihrem Mann mehr als nur den Arzt sah.

Christa war eine attraktive Frau und wusste das auch. Gross, schlank und blond war sie mit zwanzig aus Deutschland in die Schweiz gekommen und hatte schnell Tom kennengelernt.

Als sie dann in einem freizügigen, schwarzen Cocktail-Kleid Martin schon beim ersten Treffen umarmte und auf die Wangen küsste, drang ein lang gehegter Verdachtspfeil ins Herz seiner Frau.

Um den Schmerz auszugleichen, zog Anna energisch Christas Mann an sich, was Tom – nicht nur emotional, sondern auch physisch – etwas aus dem Gleichgewicht brachte. Galant nahm er Anna den Mantel ab und hängte ihn an die Garderobe.

Martin wurde von Christa zum Sofa dirigiert, wo der Aperitif bereitstand. Anna setzte sich neben ihren Mann, Tom neben seine Frau. Christa sass Martin gegenüber. Das kurze, schwarze Kleid gab den Blick auf ihre langen Beine frei. Was Anna nicht fair fand. Damit konnte sie nicht mit Christa konkurrieren. Also beugte sie sich nach vorn, prostete Tom zu und sah mit Befriedigung, dass seine Augen an ihrer enormen Oberweite kleben blieben. Was Christa wiederum nicht verborgen blieb. Abrupt stand sie auf und verschwand mit hocherhobenem Kopf in der Küche. Anna eilte ihr nach. «Komm, ich helfe dir», sagte sie versöhnlich.

«Nicht nötig!»

«Bitte Christa! Freundschaft?»

Christa verharrte einen Moment, drehte sich dann lachend um, schloss Anna in die Arme und rief: «Ja, Freundschaft!»

III

Christa sass neben Anna, Tom neben Martin. Und während sie assen und tranken, kam das Gespräch auf die wunderliche Freundschaft ihrer Kinder, die nun schon fünf Jahre dauerte.

Tom erzählte von seinen Erfahrungen als Scheidungs-anwalt. Er war der Realist, der meinte, dass auch die grössten Liebesgeschichten nach genug Ehejahren en-deten. Dass es Liebe in einem gewissen Sinn nicht gäbe, weil es in der Natur nur ums Überleben ginge, einzig die naturwissenschaftlich erwiesene Programmierung die Geschlechter zusammenführe, um das Überleben der Menschheit zu sichern. Im Wesentlichen würde sich der Mensch nicht im Geringsten vom Tier unterscheiden.

Anna schwieg und schaute fragend Martin an. Was würde ihr Mann dazu sagen?

Martin nahm einen Schluck Wein, setzte vorsichtig sein Glas auf das weisse Tischtuch und begann:

«Lieber Tom, was du gesagt hast, klingt vielleicht logisch. Meine Ansicht ist, dass in den Menschen, so wie ich sie als Arzt kennengelernt habe, mehr dran und drin ist, als wissenschaftlich beweisbar ist. Nimm nur die Freundschaft unserer Kinder. Wieso gerade Lara und Jonas? Und warum gibt es in der ganzen Gegend nur diese beiden mit so einer Freundschaft? Wenn das von einer Programmierung der Natur abhängig wäre, müsste es das zuhauf geben, überall und immer wieder. Gibt es aber nicht. Dein Weltbild ist für mich zu einseitig. Ich glaube an eine Energie, die alles Lebende beseelt. An eine Kraft, die die ganze Schöpfung zusammenhält, ohne die nichts existieren kann. Ursache und Wirkung, ja, alles, was in unserer Welt abläuft, wird von ihr gesteuert. Ohne sie könnten wir keinen Gedanken fassen, keine Hand heben, keinen Wein trinken. Nenn es, wie du willst, Tom, aber für mich ist es die Lebensenergie schlechthin und der Beweis, dass, wer oder was auch immer diese Kraft geschaffen hat, führt und lenkt, nur das sein kann, was als Gott, Allah, der Allmächtige oder der Ursprung allen Lebens bekannt ist.»

Stille. Dann Anna: «Ich denke, dass diese Kraft neutral ist und sowohl positiv als auch negativ benutzt werden kann, mit den entsprechenden Folgen natürlich. Dass sie jedoch ihren höchsten Ausdruck in der Liebe findet.»

Christa schwieg, nahm das Weinglas, liess es kreisen und nahm einen Schluck.

«Liebe? Tom, glaubst du, dass du mich liebst? Ich dich? Was ist denn Liebe überhaupt?»

Tom schaute schweigend vor sich hin.

«Du hättest Theologie studieren sollen, Martin», meinte er dann. «Wärst sicher ein guter Seelsorger geworden. Ich denke, wir sind völlig verschieden. Du auf deiner Ebene, ich auf meiner. Ich Realist, du vielleicht Pazifist. Ich weiss es nicht. Fakt ist, ich glaube nicht an Gott, an nichts, ausser an das, was ich sehen und berühren kann. Und natürlich an das, was die Wissenschaft beweist. – Und Liebe? Ja, was ist Liebe überhaupt? Ich denke schon, dass ich meine Frau liebe. Wieso hätte ich dich denn sonst geheiratet, Christa? Was denkst du?»

Christa zuckte mit den Schultern.

«Es gibt viele Gründe. Ich bin attraktiv, sexy, lustig, kumpelhaft und treu! Nur als Beispiel.»

«Und hast mich geheiratet, weil ...?»

Christa überlegte etwas, schmunzelte und sagte dann: «Du bist gut aussehend, erfolgreich, intelligent, grosszügig und ... kein armer Schlucker!»

Dann erhob sie sich, rief: «Zum Wohl allerseits!» und leerte ihr Glas in einem Zug.

«Themenwechsel?», fragte Tom.

«Themenwechsel!», sagte Martin.

IV

Eine Zeit lang war es still. Dann fragte Tom: «Hat jemand etwas von Nico gehört, dem Sohn von Reto und Rosa? – Man sagt, dass es ihm nicht gut gehen soll ...»

«Dem Rüpel aus dem Kindergarten?», fragte Christa.

«Er ist kein Rüpel mehr!»

Anna erzählte, was sie erfahren hatte. Seit Lara und Jonas eine Klasse übersprungen hätten, habe sich Nico sehr verändert. Traurig und still sitze er in der Schulbank und bekunde kein Interesse an der Schule noch an irgendetwas anderem.

Vor ein paar Tagen habe ihr Rosa mitgeteilt, was Nico erzählt habe. Dass er seit dem ersten Kindergartenbesuch vor fünf Jahren ein Problem habe.

Anna sah Tom und Christa ernst in die Augen: «Der Auslöser war eure Tochter Lara und unser Sohn Jonas.»

«Was? Wieso? Warum?», rief Christa.

«Nico erzählte, dass er sofort gewusst habe, dass Lara zu ihm gehöre. Doch da sei dieser Jonas gewesen, dem sie ein Spielzeug gegeben habe statt ihm. Deshalb habe er es ihm weggenommen. All die Jahre habe ihn fertiggemacht, dass Lara nur Augen für Jonas gehabt habe.

Christa und Tom sahen sich mit offenem Mund an. Sie konnten kaum glauben, was Anna erzählt hatte. Wie war das nur möglich? Mit vier Jahren? Und fünf Jahre lang darunter gelitten.

«Mein Gott», sagte Tom. «Haben Lara und Jonas jemals etwas von Nicos Problem mitbekommen?»

«Sie dachten, er wäre eifersüchtig, das schon», sagte Martin. «Dass es allerdings so schlimm war, konnte niemand ahnen.»

«Und, was geschieht jetzt mit Nico?», fragte Christa etwas verschämt.

«Seine Mutter sagte, sie würden ihn in eine Privatschule schicken. Um sich von dieser Fixierung zu lösen, brauche er Distanz zu den Personen, die sie ausgelöst hätten. – Wir werden ihn sehr lange nicht mehr sehen.»

Anna wischte sich eine Träne aus den Augen.

«So! Und jetzt will ich nach Hause!»

03

I

Reto war eben von der Arbeit im Baugeschäft nach Hause gekommen. Rosa stand in der Küche.

«Hallo Schatz, wie war dein Tag?»

«Ach! Nichts als Ärger!»

«Was war denn los?»

«Erzähl ich dir später.»

Reto verschwand in der Dusche. Rosa nahm den Braten aus dem Backofen, stellte ihn auf den Tisch und schaltete das Radio ein.

Nachrichten. Abstimmungsresultate. Retos Partei hatte Stimmen eingebüsst. Auch bei der heiss umkämpften Gemeindevorlage hatte sie den Kürzeren gezogen.

Reto schlurfte mit dem Badetuch in der Hand aus der Dusche und setzte sich in Trainerhosen und mit einem losen schwarzen T-Shirt bekleidet an den gedeckten Tisch.

«Erzähl!», drängte Rosa.

«Ach, da gibt es nicht viel zu erzählen. Hast es ja schon im Radio gehört. Wir haben Stimmen verloren. Nichts ist gelungen, gar nichts! – Wo ist der Wein?»

Rosa stand auf, öffnete den Schrank und stellte eine Flasche Burgunder und zwei Gläser auf den Tisch.

«Mit dem wollten wir eigentlich den Wahlsieg eurer Partei feiern.»

Reto häufte schweigend eine grosse Portion auf seinen Teller.

«Ist eben nichts draus geworden. Die Sozis, die Grünen! – Klimanotstand! Dass ich nicht lache! Kompletter

Blödsinn! Würde mich nicht wundern, wenn unsere Partei auch noch auf diesen Zug aufspringt! Diskussionen darüber hat es bereits gegeben. Man hat Angst, Wähler zu verlieren, wenn man diesen Quatsch nicht mitmacht.»

Mit dem Zapfenzieher seines Armeemessers zog Reto den Korken aus der Flasche, hielt ihn vor die Nase, füllte sein Glas, nahm einen Schluck, nickte anerkennend und schenkte Rosa ein.

«Prost Schatz!»

«Prost Büffelchen!»

Rosa trank, stand auf und schlang die Arme um Reto.

«Alles nicht so schlimm. Wichtig ist doch, dass es uns gut geht, oder?»

«Finanziell geht es uns gut. Solange wir schnell und günstig sind, bekommen wir Aufträge. Ich habe gute Mitarbeiter. Ohne sie wäre ich aufgeschmissen.»

«Und du hast eine tüchtige Frau», flachste Rosa.

«Ja, gewiss! Allerdings ginge es mir noch besser, wenn Nico zu Hause wäre. Ich vermisse ihn. Du nicht?»

«Doch, natürlich», seufzte Rosa. «Er fehlt mir auch! Aber es geht ihm gut. Er hat Fortschritte gemacht, sagen seine Lehrer. Ist sehr fleissig, bekommt gute Noten.»

Reto stützte die Ellenbogen auf den Tisch und legte den Kopf in die Hände.

«Der arme Kerl. Ich kann immer noch nicht verstehen, was damals passiert ist. Wieso unser Bub im Alter von vier Jahren wegen dieser Lara so ein Problem bekommen hat. Vielleicht ist sie ja eine Hexe ...»

«Reeetooo! Was sagst du da? Gut, dass das Christa und Tom nicht gehört haben!»

«Wohl besser, ja ...», stöhnte Reto.

«Trotzdem, etwas muss sie in ihm ausgelöst haben, etwas, das vielleicht nur Kinder begreifen können ...»

II

In einer grossen Stadt – weit weg von zu Hause – liegt Nico mit dem Handy in der Hand in seinem Zimmer auf dem Bett. Ein Schreibtisch am Fenster, auf dem schön geordnet Bücher und Hefte neben dem Computer liegen. An der Wand neben der Tür steht ein Schrank.

Aus dem neunjährigen Buben ist beinahe ein junger Mann geworden. Ums Kinn herum spriessen, was ihn mit Stolz erfüllt, bereits die ersten Barthaare.

Das erste Jahr in der Privatschule war hart. Doch mit der Zeit gewöhnte sich Nico an das veränderte Umfeld. Die Lehrer waren nett, er hatte Freunde. Nur ein paar Mädchen in seiner Klasse ignorierten ihn. Doch das war ihm egal. Für Nico gab es sowieso nur ein weibliches Wesen, das ihm etwas bedeutete: Lara. Da er jedoch wusste, dass sie noch nicht bereit war, ihm ihre Zuneigung zu schenken, hatte er unter falschem Namen ein Facebook-Konto eröffnet. Lara hatte seine Freundschaftsanfrage als Lars – ohne etwas zu ahnen – angenommen. Von da an loggte sich Nico mehrmals am Tag auf Facebook ein. Nur sehen zu müssen, dass Laras Beziehung zu Jonas noch stärker geworden war. Das brach die alte Wunde wieder auf.

Doch diese Gefühle behielt er für sich, sprach nicht einmal mit seinem besten Freund darüber. Auch nicht mit seinen Lehrern und schon gar nicht mit den Eltern. Sie sollten glauben, dass er darüber hinweg war.

Doch das war er nicht. Im Gegenteil. Nico war nach wie vor entschlossen, alles zu tun, um Lara eines Tages doch noch für sich zu gewinnen. Wie ein Raubtier, das auf Beute aus ist, hatte er sich in seine Höhle zurückgezogen und wartete darauf, dass das Schicksal Jonas und Lara eines Tages trennen würde.

III

Lara und Jonas spazieren an einem Sonntagabend dem Rhein entlang.

Lara, glücklich, dass Jonas an ihrer Seite ist, erzählt vergnügt von ihren Freundinnen, die mit ihr das Gymnasium besuchen. Jonas, der ebenfalls auf die Matura hinarbeitet und gewöhnlich aufmerksam zuhört, schweigt.

«Jonas?»

«Ja?»

«Hörst du mir überhaupt zu?»

«Ah, ja, natürlich höre ich dir zu ...»

«Schaut aber nicht danach aus. Du sagst ja gar nichts. Stimmt etwas nicht?»

Jonas bleibt stehen, schaut zum Beverin hinauf, der – weil noch von Schnee bedeckt – für ihn aussieht, als ob er aus einer anderen Welt wäre.

«Lara, mach dir keine Sorgen. Ich weiss auch nicht, was mit mir los ist. Es ist nur ... Ich bin manchmal so traurig.»

«Traurig Jonas? Du warst noch nie traurig, seit dem Kindergarten nicht.»

Lara umarmt ihn und hält ihn lange umschlungen. Jonas lässt es geschehen, spürt ihre Liebe, die Wärme ihres Körpers. Vorsichtig hebt er die Arme und legt sie um ihre Taille. Als Lara ihn wieder freigibt, fühlt er sich etwas besser.

«Jonas, sag mir, was dir fehlt. Ist etwas mit deinen Eltern?»

«Nein, meine Eltern sind in Ordnung. Es ist etwas anderes. Es kommt von da.»

Jonas legte seine Hand auf die Brust, auf die Stelle, wo sein Herz schlug.

«Ist etwas mit deinem Herzen? Schlägt es meinetwegen zu schnell?», versuchte Lara zu scherzen.

Jonas lächelte gequält.

«Leider nein. Mit dir hat sich mein Herz immer wunderbar vertragen. Dieses Gefühl hat nichts damit zu tun. Ich kann es nicht erklären. Und es ist auch nicht das erste Mal. Seit etwa einem Jahr kommt ab und zu diese Traurigkeit über mich. Ich habe es für mich behalten, weil ich niemanden beunruhigen wollte.»

Lara hatte das Gefühl, als ob sich ganz langsam eine dunkle Wolke über die Sonne ihrer Freundschaft schob. Das durfte nicht sein, niemals. Um das zu verhindern, würde sie alles tun.

«Komm Jonas, wir laufen noch etwas. Lass uns rennen, das hilft vielleicht.»

Und schon rannte sie lachend davon. Jonas überwand sich, sprang ihr nach, und die Einsamkeit zog sich zurück.

Lara rannte quer durch ein Mohnfeld zu einem blühenden Kirschbaum. Als Jonas ankam, schlang sie die Arme um seinen Hals und vergrub ihr Gesicht an seiner Schulter.

Jonas Herz öffnete sich weiter als je in seinem Leben und er tat, was er schon lange hatte tun wollen. Er nahm ihr Gesicht in beide Hände und küsste – nach einer ganzen Kindheit platonischer Freundschaft – zum ersten Mal ihre kirschroten Lippen.

Die beiden Herzen verschmolzen zu einem einzigen. Der Baum lächelte wissend, und die Kirschblüten an seinen Zweigen verströmten ihren Duft als wie Hochzeitsglocken ihren Klang.

IV

Jonas nahm Lara mit zu seinen Eltern, weil sie darauf bestanden hatte, dass Anna und Martin wissen mussten, was mit ihrem Sohn los war.

Anna bemerkte auf den ersten Blick, dass der Vulkan der platonischen Kinderfreundschaft von Jonas und Lara dem Druck nicht mehr standgehalten und sie mit seiner ganzen Glut in den Himmel der Liebe geschleudert hatte. Etwas, was sie und Martin schon lange erwartet hatten.

Sie wusste, dass Lara und Jonas sich nun für immer und ewig gefunden zu haben glaubten. Dass nichts und niemand sie je würde trennen können.

Als Martin aus der Praxis kam und in die Stube trat, sagte Lara: «Wir müssen reden, Martin!»

Martin zog erstaunt eine Augenbraue hoch und reichte Lara die Hand.

«Wir müssen reden? Das klingt, als ob etwas nicht in Ordnung wäre ...»

Lara setzte sich zu Jonas auf die Couch und zog ihn an ihre Brust, als ob er ein Baby wäre.

«Euer Sohn hat ein Problem, das er nicht teilen wollte, um euch nicht zu beunruhigen.»

Martin setzte sich in den grossen Sessel, Anna auf die Couch neben Jonas.

«Ein Problem? Was denn für ein Problem, Jonas?», fragte Anna besorgt.

«Ach, es ist nichts Schlimmes», murmelte Jonas. «Es ist nur so, dass ich manchmal so traurig bin und mich sehr einsam fühle. Oft überfällt es mich aus heiterem Himmel, manchmal kommt es aber auch schleichend, wie heute beim Spaziergang mit Lara. Ab und zu wache ich mitten in der Nacht auf und frage mich, wer ich bin und wozu auf dieser Welt. Und ich finde keine Antwort.»

«Oje, das tut mir so leid, Jonas.»

Anna wollte die Arme um ihren Sohn legen. Da er jedoch schon von Lara gehalten wurde und seine Mutter um einen Kopf überragte, gelang das nicht ganz.

«Martin, sag doch auch etwas!»

Martin faltete seine Finger zu einer Pyramide, hielt sie vors Gesicht und verschwand für eine Weile in seiner Gedankenwelt.

«Das muss genau untersucht werden. Ich werde mit einem Kollegen reden», sagte er schliesslich, stand auf, fuhr Jonas mit der Hand über die Haare und lief zur Tür, die in die Praxis hinunterführte.

V

Gemeinderatssitzung. Tom und Reto sitzen nebeneinander am Konferenztisch. Und während der Bauunternehmer lautstark seine Meinung zu einem Traktandum kundtut, fragt sich Tom, ob er verstehen wird, wie gravierend für Lara das Problem seines Sohnes Nico werden könnte.

Nach der Sitzung nimmt er Reto beiseite.

«Ich muss mit dir reden.»

«Ok, machen wir!», sagt Reto.

«Geht's um die Wahlen?»

«Nein, diesmal nicht. Es ist etwas Privates.»

«Privat? Da bin ich aber gespannt!»

Tom zieht Reto am Arm zu einem Fenster des Rathauses, wo ein paar Stühle stehen.

«Setzen wir uns! Reto, es geht um Nico, deinen Sohn und um meine Tochter Lara. Und eigentlich auch noch um Martins Sohn Jonas.»

Reto fährt sich mit der Hand über die Glatze.

«Oje, jetzt wird's ernst, die alte Geschichte. Ich habe schon gedacht, dieser Kinderkram sei endlich vergessen! Deswegen musste mein Nico die Schule verlassen. Weisst du, was mich das jedes Jahr kostet?»

Tom hatte gewusst, dass es mit seinem Parteikollegen nicht einfach werden würde.

«Reto, diesmal geht es nicht ums Geld. Es geht darum, dass meine Tochter vermutet, dass Nico ihr nachspioniert. Was so viel heisst, dass er immer noch denkt, dass sie ihm gehört. Verstehst du, was ich meine, Reto?»

«Ach Blödsinn! Das sind doch noch Kinder. Die haben ihre Träume. Sind kaum aus der Pubertät geschlüpft. Da sieht die Welt ganz anders aus! Lara ist ein hübsches Mädchen. Ich würde auch Jagd auf sie machen, wenn ich in Nicos Alter wäre. Welcher normale, gesunde Bursche würde das nicht? Das ist Natur, Tom! Naturgesetze, wie du immer sagst. Wir werden von Naturgesetzen gesteuert. Das spüre auch ich zum Glück noch jeden Tag. Und sag mir nicht, du nicht! Wenn ich nur an deine Sekretärin denke, Tom! Du machst mir nichts vor!»

Tom wurde etwas verlegen, fasste sich aber schnell.

«Reto, ich würde nicht mit dir reden, wenn es nur Kinderkram wäre. Christa und ich und auch Jonas Eltern Martin und Anna ... Wir machen uns ernsthaft Sorgen.

Wir vermuten, dass Nico sich unter einem falschen Namen ein Facebook-Konto eröffnet hat, um mit Lara in Kontakt zu bleiben. Eine Zeit lang machte ihr dieser Lars den Hof, was Lara lustig fand. Doch dann wurde er immer aufdringlicher. Als Lara das unter ihren Freunden publik machte, begann er, sie zu beschimpfen.

Und jetzt kommt's, Reto: Er drohte, eines Tages werde sie ihm gehören, das wisse er schon seit Jahren. Nämlich dann, wenn dieser Schleimer an ihrer Seite abgekratzt sei.»

Tom hielt Reto sein Handy hin.

«Das ist der Text, mit dem dieser Lars seine Botschaften abschliesst: *Eines Tages bist du allein. Dann werde ich da sein. Dann wirst du erkennen, dass ich es bin, für den du auf die Welt gekommen bist.*

Reto nahm Toms Handy und setzte seine Lesebrille auf. Als er sie wieder abnahm, sah er müde aus. Stöhnend hielt er die Hände vors Gesicht.

«Tom, du weisst, dass ich immer auf deiner Seite war, und das werde ich auch weiterhin sein. Falls sich hinter diesem Lars wirklich Nico versteckt, werde ich tun, was nötig ist, damit er damit aufhört. Vielleicht kannst du dir vorstellen, wie schwer mir das fällt. Wie hart es für mich ist, dass mein einziger Sohn seit Jahren nur noch am Wochenende nach Hause kommt.»

Tom legte Reto eine Hand auf den Arm.

«Reto, wir werden das zusammen durchstehen. Christa und ich, du und Rosa und Martin und Anna. Ich schlage vor, wir treffen uns bald einmal bei mir zu einem gemütlichen Nachtessen. – Einverstanden?»

«Einverstanden!»

Tom stand auf, reichte Reto die Hand und half dem schwergewichtigen Mann auf die Beine.

V I

Tom und Christas neues Haus am Sonnenhang über dem Dorf wurde von den Dorfbewohnern DIE VILLA genannt. Passend dazu waren Tom und Christa DIE VON DER VILLA und für Einzelne sogar DIE VILLIANER.

Die Villa machte ihrem Namen alle Ehre. Vom überaus geräumigen Wohnzimmer aus konnte man durch eine breite Fensterfront über das Dorf und das halbe Tal blicken. Im Süden dominierte der senkrecht aufragende Felsen, auf dem sich das Plateau mit der Burganlage befand, von der aus im Mittelalter das darunterliegende Untertanengebiet verwaltet worden war. Tief unten kämpfte sich der Hinterrhein durch die enge Schlucht.

Samstagabend. Nachtessen bei Tom und Christa. Reto und Rosa trafen als Erste ein. Christa öffnete die Tür, hiess sie willkommen und lief mit wiegenden Hüften voraus ins Wohnzimmer, was Reto die Möglichkeit gab, ihren gebräunten Rücken zu bewundern.

Tom stand am Fenster, drehte sich um und rief mit erhobenen Armen: «Schön, dass ihr da seid. Herzlich willkommen!»

Dann begrüsste er mit einem angedeuteten Handkuss Rosa, was Retos Frau ein amüsiertes Lächeln entlockte.

Die beiden Gemeinderäte schüttelten sich wortlos die Hand. Christa, die Rosa das letzte Mal im Kindergarten als Mutter eines kleinen Rüpels getroffen hatte, fühlte sich ihres Verhaltens von damals wegen nicht ganz wohl in ihrer Haut. Rosa spürte das und bemühte sich, die Situation zu entspannen, indem sie Christas Kleid bewunderte.

«Oh, danke, Rosa. Du bist aber auch sehr geschmackvoll angezogen», strahlte Christa erfreut. So eine attraktive Frau hätte sie dem grobschlächtigen Bauunternehmer nicht zugetraut.

Tatsächlich war Rosa alles andere als ein Mauerblümchen. Sie erzählte Christa, dass sie viele Jahre als Flugbegleiterin in der ganzen Welt herumgekommen sei und neben Deutsch noch Englisch, Spanisch, Italienisch, Französisch und natürlich Portugiesisch – ihre Muttersprache – spreche.

Christa war beeindruckt.

«Rosa, es tut mir leid. Ich war damals so böse zu dir wegen Nico. Kannst du mir verzeihen?»

Rosa schaute eine Sekunde lang in die Ferne. Hörte, wie Christa ihren Jungen einen Rüpel nannte, spürte, wie sich ihr Herz zusammenkrampfte, weil sie wusste, dass sie recht hatte. Doch sie liebte diesen Rüpel und den Mann, der ihm seinen Charakter vererbt hatte.

Rosa kam wieder in die Gegenwart, blickte Christa in die Augen und fragte lächelnd: «Freundschaft?»

Mit einem Aufschrei schloss Christa sie in die Arme.

«Jaaaa, Rosa, Freundschaft! Danke, Rosa, danke!»

Jonas Eltern trafen als Letzte ein. Ergeben liess Martin sich von Christa auf beide Wangen küssen und war erleichtert, dass Rosa nicht mehr als einen Händedruck verlangte.

Tom, als Gastgeber, hiess die Gäste willkommen, hob sein Glas und sagte, zuerst wolle man essen, trinken und sich als Freunde unterhalten.

Christa hatte zu Ehren ihrer Gäste eine junge Köchin aufgeboten, die für ihre naturnahe Kochkunst bekannt war und im Nachbardorf vor ein paar Jahren ein Restaurant eröffnet hatte.

Ronja servierte einen Aperitif, den sie aus Enzianwurzeln und Holunderblüten gebraut hatte.

Die drei Paare prosteten sich zu, nippten vorsichtig am ungewohnten Getränk. Ausser Reto fanden es alle aussergewöhnlich und bereichernd.

Man setzte sich an den langen, massiven Edelholztisch. Ronja servierte wunderbare kleine Raffinessen, die noch keiner der Anwesenden kannte. Erst nachdem alle satt waren, eröffnete Tom die Diskussion zum Thema Nico und seiner seltsamen Besessenheit in Bezug auf seine und Christas Tochter Lara.

VII

Während Martin und Anna bei Tom und Christa beim Abendessen waren, lag Jonas mit Lara auf der Couch im Wohnzimmer seiner Eltern.

Laras Gedanken kreisten um das aggressive Verhalten ihres Facebook-Freundes. Dieser Lars hatte sie aus dem Gleichgewicht gebracht. Es war das zweite Mal, dass jemand wirklich gar nicht nett zu ihr war. Das erste Mal lag Jahre zurück. Sie konnte sich immer noch daran erinnern. An diesen rothaarigen Buben, der sie im Kindergarten weggestossen und Jonas das Spielzeug entrissen hatte.

Und jetzt Lars, der eigentlich nur Nico sein konnte! Was er auf Facebook geschrieben hatte, machte ihr Angst: *Eines Tages bist du allein. Dann werde ich da sein. Dann wirst du erkennen, dass ich es bin, für den du auf die Welt gekommen bist.*

Nein, sie würde nie ohne Jonas sein, das wusste sie aus tiefstem Herzen. Ganz egal, was auch geschehen würde. Sie würde ihn Jonas verlassen. Immer zu ihm halten. Er war nicht nur ein Freund, den sie vom ersten Treffen an und auf den ersten Blick geliebt hatte. Er war viel mehr: Ein Teil von ihr selbst. Sie sah sich in ihm, erkannte ihn in ihrem Inneren. Es war, als ob eine Seele in zwei Hälften geteilt und in je einem männlichen und einem weiblichen Körper auf die Erde geschickt worden wäre. Lara war überzeugt, dass Jonas gleich für sie empfand. Vielleicht konnte er es nur noch nicht so klar erkennen. Doch dazu war sie ja da. Um ihm die Augen zu öffnen, ihm den Weg zu zeigen. Zu ihr. Zu sich selbst. Zu ihrer Bestimmung.

Jonas döst, den linken Arm über dem Gesicht, vor sich hin. Lara rollt sich auf ihn, blickt ihm tief in die Augen.

«Jonas, hast du gehört, was ich gesagt habe? Was dieser Lars geschrieben hat? Du weisst doch, dass ich dich niemals verlassen werde, oder?»

«Joooonaaas?»

«Jaaaa, was ist denn Lara? Was hast du gesagt?»

«Jonas, wieso hörst du nicht zu? Ich mache mir Sorgen wegen Lars auf Facebook. Denkst du auch, dass es Nico sein könnte?»

«Nico? Aber der ist doch schon so lange weg. In einer Privatschule, hat seine Mutter gesagt ...»

«Ja schon, aber dieser Lars scheint genau das gleiche Problem mit mir zu haben. Er behauptet, dass ich eines Tages allein sein und erst dann erkennen werde, dass ich nur für ihn auf die Welt gekommen sei.»

«Ach, Lara, du bist eben ein wunderhübsches Mädchen, da kann ein Junge schon den Verstand verlieren. Habe ich ja auch ... Und das schon seit Jahren», flachst er grinsend.

Lara schmollt.

«Du nimmst mich nicht ernst, Jonas. Das ist nicht schön. Ich mache mir echt Sorgen. Übrigens auch unsere Eltern. Mein Vater hat Nicos Vater darüber informiert und der wird Nico zur Rede stellen. Was denkst du denn, weshalb sie heute Abend ohne uns zusammengekommen sind?»

Jonas nimmt ein Kissen, legt es sich auf den Kopf und balanciert es aus.

«Ach unsere Eltern! Die sind doch immer besorgt. Für sie ist die Welt voller Gefahren, vor denen sie uns Kinder beschützen wollen.»

Lara schubst ihn heftig auf die Couch. Jonas fängt im Fallen das Kissen auf und wirft es ihr lachend an den Kopf. Bald landen sie zusammen auf dem Teppich. Spielerisch kämpfend rollen sie darauf herum. Bis Lara die Oberhand gewinnt. Schwer atmend liegt sie auf seiner Brust.

Nach dem Erlebnis unter dem Kirschbaum war Lara für Jonas nicht mehr das Mädchen, das er seit dem Kindergarten wie eine Schwester geliebt hatte. Als ob eine Statue enthüllt worden wäre, sah er sie seither als Frau und sich als Mann, der sie körperlich begehrte. An diesem Tag hatte sich die Tür zum Paradies seiner Kindheit für immer geschlossen.

Als er dann mit Lara auf der Couch im Haus seiner Eltern lag und sie ihm von ihrem Facebook-Freund Lars erzählte, der auch, wie Nico, der Ansicht war, dass Lara ihm gehöre, erwachte etwas in ihm ... Ein Trieb, der den männlichen Teil der Schöpfung seit Urzeiten um den weiblichen kämpfen lässt, ergriff von ihm Besitz und liess nur noch einen Gedanken zu: Meine Frau!

Mein Revier! Einem Bergbach gleich, der durch ein plötzliches Gewitter zur Rüfe anschwillt und alles mit sich reisst, fiel Jonas über seine Freundin her, rollte sie auf den Rücken und riss ihr die Kleider vom Leib …

«Jonas! Was machst du? Hör sofort auf!», schrie Lara erschrocken. Doch Jonas war nicht zu stoppen. In seinem Kopf hämmert ein einziges Wort: MEIN, MEIN, MEIN!

VIII

Der Bauunternehmer räuspert sich. Tom nickt ihm zu. Reto legt einen Arm um seine Frau …

«Wir zwei, Rosa und ich, möchten uns, falls dieser Lars wirklich Nico ist, für das Verhalten unseres Sohnes entschuldigen. Wir hoffen aber immer noch, dass dem nicht so ist. Nico ist kein schlechter Junge.

Ich komme mit seinem seltsamen Verhalten allerdings immer noch nicht klar. Wie ist es möglich, dass ein Vierjähriger sich auf den ersten Blick in ein gleichaltriges Mädchen verliebt, ja, sogar überzeugt ist, dass sie nur für ihn auf die Welt gekommen ist? Wir wollen Tom und Christa nicht zu nahe treten, aber es ist doch so, dass auch Lara an dieser Fixierung beteiligt ist. Irgendetwas verbindet die beiden, wir möchten herausfinden, was es ist, bevor wir Nico noch mehr bestrafen.»

«Genau», ergänzt Rosa. «Nico hat schon genug gelitten. Und Reto und ich auch.»

Christa schaut Martin und Anna, Jonas Eltern, an, die ihr schweigend gegenüber sitzen.

«Was denkst du, Martin? Als Arzt müsstest du doch mehr über so etwas wissen, nicht?»

Martin, in Gedanken versunken, hebt den Kopf, schaut fragend seine Frau an. Anna nickt. Martin schiebt die Brille mit dem Mittelfinger an die Nasenwurzel und beginnt: «Liebe Freunde. Als praktischer Arzt bin ich natürlich kein Spezialist für psychische Probleme. Deshalb habe ich mich mit einem Kollegen aus der Studienzeit über diesen Fall unterhalten. Er ist Psychiater und hat sein Studium der menschlichen Natur auf Gebiete ausgeweitet, die bei seinen nur wissenschaftlich orientierten Kollegen eher auf Ablehnung stossen. Es war aber nicht der Fall mit Nico und Lara, der mich zu ihm geführt hat, sondern ein Problem unseres Sohnes. Jonas klagte über Phasen tiefer Traurigkeit, die ihn seit einiger Zeit aus heiterem Himmel überfallen. Mein Kollege sagt, dass solche emotionalen Schwankungen in der Phase zum Erwachsenwerden vorkommen können, jedoch meistens von selbst wieder verschwinden würden.

Doch nun zum Fall Nico: Markus, mein Kollege, ist irgendwann im Verlauf seiner Forschungen auf die Studien eines amerikanischen Psychiaters gestossen, der seine Patienten in den Fünfzigerjahren mit Hypnose in die Vergangenheit zurückversetzte und erstaunliche Dinge herausgefunden hat.»

«Stop! Stop! Stop!», rief Reto.

«Was denn für eine Vergangenheit? In die Kindheit? Die kennen wir von Nico ja vom ersten Tag an!»

«Lieber Reto, ich weiss, dass du ein praktisch denkender Mensch bist und dass dieses Thema deshalb in deiner Welt nicht vorkommt ...», antwortete Martin vorsichtig.

«Was denn für ein Thema, Martin? Komm sag, was dein Psycho-Guru geflunkert hat!»

Der Arzt kannte Rosa und Reto seit Jahren. Mit Reto als Patient hatte er schon harte Diskussionen führen müssen, weil der sture Bock partout nicht einsehen wollte, dass seine gesundheitlichen Probleme etwas mit seiner Lebensweise zu tun hatten.

«Reto, es gibt auf dem Psycho-Gebiet Dinge, die schwer zu begreifen sind. Markus beschäftigt sich mit Reinkarnations-Therapie. Was er herausgefunden hat, ist vielleicht schwer zu begreifen. Dieser amerikanische Psychiater hat seine Patienten in frühere Erlebnisse zurückgeführt, wo Dinge geschahen, die das gegenwärtige Leben massiv beeinflusst haben. Auf körperlicher wie auf psychischer Ebene.»

«Martin, Martin, jetzt hebst du aber ganz gewaltig ab!» Nach Unterstützung heischend, blickte Reto in die Runde.

Die Frauen schwiegen. Tom zuckte mit den Schultern.

«Martin, du weisst, dass ich an nichts glaube, ausser an das, was ich sehe und was wissenschaftlich schwarz auf weiss beweisbar ist. Mit Esoterik kann ich nichts anfangen. Doch falls in irgendeiner Form beweisbar ist, was dieser Psychiater herausgefunden hat, bin ich bereit, dir weiter zuzuhören.»

«Es ist schon tausendfach bewiesen worden», rief Anna.

«Ich habe alle seine Bücher gelesen. Er ist ein echter Forscher auf diesem Gebiet!»

Rosa legte die Hand auf den Arm ihres Mannes.

«Reto, es geht nicht darum, ob DU daran glaubst. Es geht darum, ob es uns helfen würde, das Verhalten von Nico zu verstehen.»

«Ganz genau! Rosa hat recht», ereiferte sich Christa.

«Es geht darum, herauszufinden, was zwischen unserer Lara, Jonas und Nico abläuft. Dass Reto damit nichts anfangen kann, wundert mich nicht. Auch mein Mann ist keine Leuchte auf diesem Gebiet. Aber es wäre doch wunderbar, wenn man mit dieser Therapie ... Wie heisst sie doch gleich, Anna?»

«Reinkarnations-Therapie.»

«Wenn mit dieser Reinkarnation ... Was bedeutet das Wort eigentlich?»

«Quatsch! Alles Blödsinn!», rief Reto erbost und trank einen Schluck Wein.

«Nur weil Nico sich schon im Kindergarten verliebt hat, braucht er doch keine Therapie. Was er braucht ist, dass er endlich nach Hause kommen kann. Zu seinem Vater und seiner Mutter. Heute Abend noch werde ich mit ihm reden. Fertig mit dieser Privatschule! Ich glaube, das macht ihn erst recht krank, ganz zu schweigen von dem, was es mich kostet!»

Tom versuchte, seinen Parteikollegen zu beruhigen, indem er ihm mit beiden Händen Zeichen gab.

«Ach, Reto! Wir wollen doch nur das Beste für alle. Diese Therapie ist nur eine Möglichkeit ...», versuchte Rosa ihren Mann zu beschwichtigen. Vergebens!

Reto leerte sein Glas, stand auf und knurrte: «Ich muss eine rauchen!» Und zu seinem Arzt gewandt: «Ist nicht gesund, ich weiss, Martin! Ist mir aber völlig wurscht! Ich lebe nur einmal und geniesse mein Leben, solange ich kann!»

«Ich komme mit», rief Christa und lief Reto hinterher auf die Terrasse.

IX

Rauchend stehen sie nebeneinander. Laras Mutter Christa, die Frau des Scheidungs-Anwalts, und Nicos Vater, der Bauunternehmer. Reto, gross und schwer, mit gespreizten Beinen und gerötetem Gesicht. Christa wenig kleiner, mit kurzen blonden Haaren, versucht, Rosas Mann friedlich zu stimmen.

«Schwieriger Fall, Reto?»

«Ach ja, es macht mich wütend, dass immer alles so kompliziert ist, wenn es um Beziehungen geht.»

Christa nickt, versteht, dass Reto auf diesem Gebiet ziemlich unbegabt ist. Männer allgemein, denkt sie, sagt aber: «Weisst du, wir müssen einfach darüber reden.»

«Ja, ja, reden, immer reden. In der Politik wird auch geredet und geredet und geredet. Und? Was bring's? Wenig bis gar nichts!»

«Dort reden hauptsächlich Männer ...», sagt Christa vorsichtig, vielsagend.

«Ach ja? Nein Christa, dort reden nicht nur Männer! Sogar immer weniger. Überall müssen jetzt auch Frauen mitreden. Gleichberechtigung geht über alles. Weisst du, dass bei den Grünen und Linken die Frauen auf dem Vormarsch sind? Das sind die Parteien, die unser Land verschenken wollen, die alles ins Land lassen, was nicht zu uns gehört. Und jetzt möchten sie auch noch das Klima retten! Unglaublich diese Arroganz! Das Klima braucht nicht gerettet zu werden, weil es schon immer gemacht hat, was es wollte!»

Christa raucht schweigend. Lässt Reto reden. Spürt seinen Ärger, der zum grössten Teil wohl aus der Sorge um Nico in ihm gärt. Sie sieht den grossen Mann von der Seite an, schaut wieder weg, fragt sich, wie er zu so einer Frau wie Rosa gekommen ist.

«Denkt Rosa auch wie du?»

«Rosa? Nein, Rosa ist gebildet, weisst du. Sie ist in der ganzen Welt herumgekommen, spricht fünf Sprachen. Sie ist intelligent und weiss, wie sie mich nehmen muss. Ich spüre jeden Tag, dass sie mich liebt. Ohne sie wäre ich nicht dort, wo ich heute bin.»

«Wie hast du sie denn kennengelernt?»

Reto lächelt.

«Willst du das wirklich wissen?»

«Ja, sicher! Frauen sind doch neugierig, oder?»

«Nicht nur Frauen. Es gibt auch Männer, die ausgesprochene Waschweiber sind.»

«Also Reto, erzähl es mir.»

Reto macht ein paar Schritte, drückt die Zigarette im Aschenbecher aus, wirft einen Blick ins Wohnzimmer, wo seine Frau in reger Diskussion mit Martin und Anna auf der Couch sitzt, und beginnt: «Es war im Herbst vor über zwanzig Jahren. Ich flog mit Berufskollegen für ein paar Tage an eine Ausstellung nach Paris. Natürlich war ich noch schlanker, ohne Glatze und sogar Nichtraucher. Die Flugbegleiterin, die mir das Essen brachte, war schnippisch, arrogant und ignorierte mich völlig.

Das machte mich wütend. Ich sass gegen den Gang. Als sie das nächste Mal vorbeilief, stellte ich ihr ein Bein. Sie flog, zusammen mit den Getränken, der Länge nach auf den Teppich zwischen den Sitzreihen.

Als sie aufstand, war alle Arroganz aus ihrem Gesicht verschwunden. Ihre Augen funkelten gefährlich. Und dann verpasste sie mir zwei gewaltige Ohrfeigen. Eine links, eine rechts.»

«Und Rosa? Wo war Rosa?»

«Das war Rosa», lacht Reto. «Und wie das Rosa war!»

«Das war Rosa? Mein Gott, das hätte ich ihr nie zugetraut!»

Christa zündet sich noch eine Zigarette an und fragte: «Und wie seid ihr dann doch noch zusammengekommen, du und Rosa?»

Jetzt scheint Reto alle Sorgen vergessen zu haben. Mit leuchtenden Augen erzählt er, dass auf dem Rückflug wieder Rosa vor ihm gestanden sei: Sie reicht ihm das Essen, er streckt die Hand aus, kann den Blick jedoch nicht von ihren schönen Augen lösen. Was bewirkt, dass es ihn magisch in die Tiefen ihrer Seele zieht.

Als ob die Zeit angehalten hätte, schwebt das Tablett mit Menu und Getränk zwischen ihnen. Sekundenlang. Als das Flugzeug plötzlich in ein Luftloch absackt, fällt alles auf Retos Knie, was dazu führt, dass Rosa ihn zur Toilette begleitet, um beim Reinigen von Hemd und Hose behilflich zu sein.

Als Christa und Reto wieder ins Wohnzimmer treten, fragen sich alle, weshalb die beiden plötzlich so gelaunt sind.

X

Nico ist gerade auf dem Weg zum Bahnhof, als sein Handy läutet.

«Ja, Papa?»

Reto will wissen, wann er mit der Ankunft seines Sohnes rechnen kann.

«Zum Nachtessen wird es reichen. Wieso willst du das so genau wissen, Papa? Ah, es gibt was zu besprechen. Das ist ja interessant. Du musst mit deinem Sohn reden? Papa, du konntest noch nie mit mir reden. Das hat immer Mama gemacht. Macht aber nichts. – Bin gespannt. Bis bald!»

Nico läuft mit dem Handy in der Hand kopfschüttelnd weiter. Durch die überfüllte Bahnhofstrasse und die Treppe hinunter in die Unterführung. Während er sich durch die Menge schlängelt, liest er die neuesten Facebook-Nachrichten. Und erschrickt! Lara scheint Lunte gerochen zu haben.

Lars, bist du Nico? Falls ja, mach dich auf etwas gefasst! Deine Eltern, meine Eltern, Jonas Eltern, alle wissen Bescheid. Wenn du nach Hause kommst, werden wir dir die Hölle heiss machen. Bis du gestehst!

«Scheisse!», murmelt Nico und bleibt mitten im Menschenstrom stehen. Was dazu führt, dass ein bärtiger Rocker ihm einen kräftigen Stoss versetzt. Nico taumelt und fällt einer sportlich aussehenden jungen Frau, die sprintend noch ihren Zug erreichen will, vor die Füsse. Mit einem Aufschrei fliegt auch sie auf den harten Boden. Wütend rappelt sie sich hoch: «Hast wohl nicht alle Tassen im Schrank, du Idiot!»

Blitzschnell ist Nico auf den Beinen. Was sein Vater ihm vererbt hat, reagiert ausserhalb jeder mentalen Kontrolle: *Beschimpfen lässt du dich nie, Nico! Niemals! Wer das tut, verdient eine Abreibung. Ganz egal, wer. Ob gross oder klein, ob Freund oder Feind.*

Die Frau, die mit hochrotem Gesicht vor Nico steht, weiss nicht, dass der junge Mann vor ihr der Sohn eines cholerisch veranlagten Bauunternehmers ist und wegen seiner manischen Liebe zu einem Mädchen seit vielen Jahren weit weg von zu Hause in dieser von Menschen wimmelnden Stadt leben muss. Weiss nicht, dass er eben ein grösseres Problem bekommen hat. Ein viel grösseres als eine wütende junge Frau, die ihn anschreit, weil sie ihren Zug nicht mehr erreicht.

Beschimpfen lässt du dich nicht, Nico! Niemals! Wer das tut, verdient eine Abreibung, ganz egal wer ...

Eine ungeheure Wut schiesst in ihm hoch. Eine Wut, die sich über Jahre angestaut hat. Weil er von zu Hause weg musste. Wegen seiner Liebe. Für die er doch nichts konnte. Für die er sogar bestraft wurde.

Seine Hand ballt sich zur Faust. Und als die Frau weiter schreit, schlägt er zu. Mit aller Kraft!

Von dem Moment an, wo Nico mitten in der Unterführung stehengeblieben war, bis zu dem Augenblick, wo die Frau aus der Nase blutend vor ihm zu Boden fiel, war kaum eine Minute vergangen.

Der Rocker, der Nico den Stoss versetzt hatte, war stehen geblieben. Mit kräftigen Armen schob er die

Leute auseinander. Nico hatte keine Chance. Als er zu sich kam, lag er auf einer Bahre in einem Krankenwagen, der mit Sirene und Blaulicht durch die Stadt fuhr.

XI

Reto sitzt gut gelaunt in seinem grossen Audi. Fährt mit Rosa, nach dem Abendessen bei Tom und Christa, nach Hause auf die gegenüberliegende Talseite. Es ist ein kleines Dorf, in dem er vor mehreren Jahren ein grosses Haus gebaut hat. Keine Villa wie Tom, sondern ein traditionelles Haus mit viel Holz, das in die Landschaft passt. Reto ist bodenständig, konservativ, heimatverbunden.

Rosa hatte ihn machen lassen. Ein portugiesischer Stil war sowieso kein Thema gewesen. Was ihr egal war. Sie war weit in der Welt herumgekommen, hatte viel gesehen, viel mehr als Reto. Dadurch hatte sie ihren *Büffel* kennengelernt, den sie liebte und niemals hergeben würde. Jede Frau in seiner Nähe liess in ihr eine Alarmglocke klingeln. Besonders, wenn sie so attraktiv war wie Toms Frau.

Reto spürte, dass sich bei Rosa ein kleines Gewitter zusammenbraute. Er fuhr etwas beunruhigt durch die dunkle Strasse, dann dem Fluss entlang und die Kurven hinauf ins nächste Dorf. Am Dorfausgang befand sich ein Parkplatz.

«Anhalten Reto!»

«Rosa! In fünf Minuten sind wir zu Hause!»

Rosa greift ihm ins Steuer: «Anhalten!»

«Ok! Ok, Schatz!»

Reto steuert den Audi auf den Parkplatz ausserhalb der letzten Strassenlampe, stellt den Motor ab und zieht die Handbremse an.

«Was ist, Rosa?»

«Christa! Das ist! Worüber habt ihr euch so lange und so gut unterhalten?»

«Schatz ...», klagt Reto und muss unwillkürlich an die beiden Ohrfeigen im Flugzeug denken, von denen er Christa erzählt hat.

«Schatz genügt mir nicht!», mault Rosa.

«Hast du ihr von uns erzählt? Von mir? Habt ihr über mich geredet? Euch über mich lustig gemacht?»

«Rosa, was soll das? Ich darf mich doch mit einer anderen Frau unterhalten, oder? Niemals würde ich mich über dich lustig machen!»

«Gib es zu, sie gefällt dir! Ich weiss es! Ich habe beobachtet, wie du sie angesehen hast ... Reto, liebst du mich noch?»

«Rosa, was für eine Frage! Natürlich liebe ich dich!»

«Schwöre es!», ruft Rosa. «Schwöre es mir!»

Reto hebt seufzend die Hand: «Ich schwöre es Rosa, bei unserem Sohn Nico und allem, was mir heilig ist.»

«Und jetzt beweise es!»

«Beweisen? Wie denn?»

«Beweise es mir! Jetzt, hier im Auto!», flüstert Rosa und betätigt den Hebel, der Retos Sitz in die Horizontale gleiten lässt.

Als Rosa wieder auf ihrem Platz sitzt, klingelt Retos Handy.

«Haben sie einen Sohn, der Nico heisst?»

«Ja. Warum?»

«Er liegt mit einem Kieferbruch, einer Hirnerschütterung und einer Nierenquetschung im Krankenhaus. Er möchte, dass sie ihn so schnell als möglich besuchen!»

Als Reto und Rosa mitten in der Nacht in der grossen Stadt ankamen, ins Zimmer traten und ihren Sohn mit verbundenem Kiefer im Bett liegen sahen, vergassen sie alle anderen Probleme. Ob er sie noch liebte, sie ihn oder beide einander, war unwesentlich geworden. Was sie absolut sicher wussten war, dass die gemeinsame Liebe ihrem Sohn galt.

Nico war nicht in der Lage zu reden, jedoch froh, dass seine Eltern bei ihm waren.

Nach längerer Zeit tauchte ein völlig übermüdeter junger Assistenzarzt auf und berichtete, was er wusste.

«Hat man die Polizei gerufen? Wurde dieser Rocker wenigstens verhaftet?», fragte Reto grimmig.

«Dazu kann ich leider nichts sagen», erwiderte der Arzt erschöpft. «Das ist Sache der Polizei. Die Frau, der er die Nase gebrochen hat, liegt ein paar Zimmer weiter. Soviel ich weiss, wird sie ihn einklagen.»

XII

Nach etwa einer Stunde verliess Reto das Krankenzimmer. Im Gang traf er einen Mann, der ihm überraschend ähnlich sah. Etwa gleich alt, übergewichtig, blaue Augen, Glatze. Erstaunt blieben die beiden Männer voreinander stehen und reichten sich spontan die Hände:

«Reto!»

«Stefan!»

«Mein Sohn Nico hat …»

«Meine Tochter Nora …»

«Mein Gott», sagte Reto. «Das war deine Tochter?»

«Ja», lachte Stefan. «Dein Sohn hat meiner Tochter die Nase gebrochen. Sie war in Eile, spurtete durch die Bahnhofunterführung, um den letzten Zug zu erwischen. Da gab dieser Rocker deinem Sohn einen Stoss, worauf er Nora vor die Füsse fiel und sie stürzte. Du musst wissen, dass Nora nicht gut auf Männer zu sprechen ist. Deshalb hat sie deinen Nico wohl ziemlich stark verbal attackiert, wie Zeugen berichteten. Dein Sohn, wohl auch etwas cholerisch veranlagt, ist ausgeflippt und hat zugeschlagen. Was dem Rocker nicht gefallen hat. Weisst du, diese Typen mögen es nicht, wenn eine Frau geschlagen wird.»

Reto schüttelte ungläubig den Kopf.

«Mein Gott, Stefan! Mir ist, als ob ich meinen Zwillingsbruder getroffen hätte. Unsere Frauen würden Mühe haben, uns auseinander zu halten.»

Stefan lachte lauthals.

«Ja, wenn der Dialekt nicht wäre … Hahahahaaa!»

«Und, wie geht es deiner Tochter jetzt?»

Stefan wiegte den Kopf hin und her.

«Na ja, sie ist ziemlich hart im Nehmen. Eigentlich hat dein Sohn Glück gehabt. Nora war gerade auf dem Heimweg von einem Kampfsportturnier.»

Es klopft. Eine Frau rollt den Wagen mit dem Morgenessen ins Zimmer. Nora ist schon auf und läuft stöhnend umher. Die gebrochene Nase. Der Schmerz strahlt hinauf bis ins Gehirn! Von einem Jüngling verursacht, den sie mit Leichtigkeit in jedem Kampf besiegt hätte.

Wo war ihre mentale Kontrolle geblieben, die sie im Kampfsport jahrelang trainiert hatte? In jeder Situation cool bleiben, das war ihr nicht gelungen. Warum hatte sie nicht erkannt, dass der junge Mann nicht absichtlich vor sie hingefallen war, dass dieser idiotische Rocker ihn gestossen hatte?

Nora war wütend auf sich, auf die Umstände, auf das Leben, auf die Liebe, die sie nicht so erfahren konnte, wie andere Frauen. Den Jungs war sie zu direkt, zu wild, zu rechthaberisch, zu eigenwillig. Dass eine Frau in irgendeiner Form auf das andere Geschlecht angewiesen sein sollte, wollte und konnte sie nicht akzeptieren.

Sie setzte sich an den Tisch, ass ein Joghurt und trank etwas Tee. Die gebrochene Nase schmerzte, der ganze Kopf, der Nacken. Dieser Jüngling hatte wirklich hart zugeschlagen. Sie fühlte Wut und Hass und überlegte, wie sie es ihm heimzahlen könnte. Doch dann fiel ihr ein, was ihr Meister gesagt hatte: Siegen kann nur, wer ohne Hass ist. Es hatte Jahre gedauert, bis sie gelernt hatte, in jeder Situation ihre Aggressionen zu kontrollieren.

Nachdem der Pfleger Noras Nase frisch verbunden hatte, fragte sie ihn nach Nicos Zimmernummer.

Da er den gebrochenen Kiefer nicht bewegen durfte, wurde Nico künstlich ernährt. Er musste Tag und Nacht ruhig liegen, was manchmal fast nicht zu ertragen war. Weil das Krankenhaus in der Nähe seiner Schule lag, hoffte er, dass ihn ein paar Kollegen besuchen würden. Wenn sie denn überhaupt wussten, was mit ihm passiert war. Doch niemand liess sich blicken.

Immer wieder las er die Zeilen, die Lara auf Facebook geschrieben hatte: *Lars, bist du Nico? Der Nico, der mich seit dem Kindergarten besitzen will? – Falls ja, mach dich auf etwas gefasst! Deine Eltern, meine Eltern, Jonas Eltern, alle wissen Bescheid. Wenn du nach Hause kommst, werden wir dir die Hölle heiss machen. Bis du gestehst!*

Es fiel ihm schwer, diese Worte mit der liebreizenden, friedlichen Lara zu verbinden. Das war nicht das Mädchen, das er seit dem Kindergarten kannte und all die Jahre geliebt hatte. Was war nur mit ihr geschehen?

Nico legte das Handy weg, schloss die Augen und stellte sich Lara so vor, wie er sie kannte und mochte. Gerade als er mit ihr in Gedanken Hand in Hand durch den Wald spazierte, öffnete sich leise die Tür.

«Hallo ...»

Nico schreckte aus seinen Träumen auf und sah als Erstes eine verbundene Nase. Auf den zweiten Blick erkannte er, dass die Nase zu einem Gesicht gehörte, das er schon irgendwo gesehen hatte.

«Hallo Nico, ich bin Nora ...»

Nicos Pupillen weiteten sich vor Schreck. Nora legte ihm die Hand auf den Arm: «Keine Angst, ich tue dir nichts. Ich wollte nur schauen, wie es dir geht. Und eigentlich möchte ich mich entschuldigen.»

«Entschuldigen?», fragte Nico verblüfft.

«Ich habe dich doch geschlagen!»

«Ja, aber ich habe dich angeschrien, weil ich nicht bemerkt habe, dass dieser Rocker dich gestossen hat. Es tut mir leid! Das hätte nicht passieren dürfen. Nicht, nachdem ich Jahre lang Kampfsport trainiert habe.»

«Kampfsport?»

«Darf ich mich setzen?»

Nora zog einen Stuhl an sein Bett, setzte sich, legte das rechte Bein über den linken Oberschenkel und umfasste den Fuss mit beiden Händen.

«Ich war grade auf dem Heimweg von einem Tae-Kwon-Do-Turnier, wo ich den dritten Rang belegt habe.»

«Taekwondo? Was ist das?»

«Eine Kampfsportart, so ähnlich wie Karate. Der Unterschied ist, dass wir besonders gut mit Bein- und Fusstechniken sind.»

Nico starrte erschrocken die mit übergeschlagenen Beinen neben ihm sitzende Frau an.

«Wow, da habe ich aber Glück gehabt!», tönte es heiser durch den Verband.

«Nein, Pech hast du gehabt, Nico! Auf jeden Fall Pech! Wenn der Rocker dich nicht gestossen hätte, wärst du mir nicht vor die Füsse gefallen, ich wäre nicht gestolpert, wäre nicht wütend geworden … und du auch nicht. Es war eine Verkettung unglücklicher Umstände.»

Nico schwieg und schaute Nora genauer an. Neben der verbundenen Nase blickten zwei fast schwarze

Augen in seine grünen. Und erst ihre Haarfarbe: dunkelrot-blond, fast genau wie seine. Sie trug ein kurzärmeliges schwarzes T-Shirt mit dem Aufdruck *Tae Kwon Do* und eine schwarze Trainerhose.

Kräftige Arme, starke Hände, was Nico beeindruckte. Nora war auf jeden Fall keine Tussi, das machte sie sympathisch.

«Du hast vielleicht recht, Nora. Die Umstände sind schuld, die sind mein Problem. Sie benehmen sich überhaupt nicht so, wie ich es gerne hätte. Darum bin ich ja mitten unter den Leuten stehen geblieben, weil die Umstände auf meinem Handy nicht gut zu mir waren.»

«Die Umstände auf deinem Handy? Wie meinst du das?»

«Ach, das ist eine lange Geschichte. – Was bedeutet die Tätowierung auf deinem linken Arm?»

Nora legte die rechte Hand über das Zeichen, als ob sie es vor seinen Augen verbergen wollte.

«Es ist koreanisch und bedeutet *Siegreiche Frau.*»

«Siegreiche Frau? Bist du das oder möchtest du das sein, eine siegreiche Frau?»

«Genau!», sagte Nora. Ihr Gesicht verdunkelte sich plötzlich und in einem Ton, der Nico fast die Haare zu Berge stehen liess, zischte sie: «Ich werde mich nie einem Mann unterordnen, niemals! Ich bin den Männern gleichwertig, wenn nicht überlegen!»

Nico hielt die Arme vors Gesicht und jammerte erschrocken: «Bitte, lass mich noch etwas leben!»

Nora schien aus einem Traum zu erwachen.

«Sorry, Nico, war nicht so gemeint. Manchmal kommt es einfach so über mich ...»

«Er will nicht nach Hause? Was heisst das, Rosa?»

«Das heisst ganz einfach, dass Nico nicht nach Hause will, nicht zu uns nach Hause. Er will in der Stadt bleiben und die Schule weitermachen, wenn er aus dem Spital entlassen wird.»

«Hat das etwas mit dieser Nora zu tun?»

«DIESE Nora», sagte Rosa, «ist in Ordnung. Er mag sie, obwohl sie sehr speziell ist, wie er sagt.»

«Wie speziell?»

«Halt dich fest Reto: Nora mag Männer nicht besonders. Sie sagt, sie werde sich nie, niemals einem Mann unterordnen. Sie macht Kampfsport, und sie hat eine Tätowierung auf dem Arm ...»

«Was denn für eine Tätowierung?», knurrte Reto.

«Koreanische Zeichen, die *siegreiche Frau* bedeuten.»

«So ein Quatsch! Eine Emanze kommt mir nicht ins Haus! – Wie kommt Nico überhaupt dazu, sich mit der anzufreunden? Wo sie ihn doch einklagen will!»

«Sie hat die Anklage fallengelassen. Was unter anderem ihrem Vater, den du ja schon kennengelert hast, zu verdanken ist. Er sagt, dass ihr Zwillingsbrüder sein könntet, ausser dem Dialekt natürlich.»

Reto rollte sich auf der Couch in eine bequemere Position, was nicht ohne Geräusch vor sich ging.

«Stefan ... Ja, tatsächlich, der sieht aus wie ich. Unglaublich! Doch was ist jetzt mit Nico und Lara? Hat er sie auf einen Schlag vergessen? Nur wegen dieser Nora? – Wie alt ist sie eigentlich?»

«Sie ist dreiundzwanzig. Fünf Jahre älter als Nico.»

«Fünf Jahre älter? Und eine Emanze? Oje, oje, armer Nico. Er wird schwer unter die Räder kommen!»

Rosa lachte lauthals: «Wie du, Reto! Genau wie du!»

XVI

Tom sitzt mit Christa und Lara beim Morgenessen. In der grossen Küche, die mit allem ausgestattet ist, was Christa sich erträumt hat.

Lara ist spät nach Hause gekommen. Den Kopf in die Hand gestützt, schaut sie fragend ihre Eltern an.

«Und? Wie war es gestern Abend?»

«Erzählt dir deine Mutter», murmelt Tom. «Ich muss los, bin spät dran. Nur so viel: Es ist komplizierter, als wir gedacht haben.»

«Komplizierter? Dieser Nico stalkt mich! Ist das kompliziert? Ich habe ihm geschrieben, dass wir ihm die Hölle heiss machen werden!»

«Lara!», ruft Christa entsetzt. «Das stimmt doch gar nicht! Wir wollen nur reden, herausfinden, wie man dieses Problem lösen kann. Nico ist Retos Sohn, weisst du, was das heisst? Wir wollen keinen Ärger mit ihm!»

«Genau, Lara! Nicos Vater ist ein Freund von mir, in politischer und geschäftlicher Hinsicht. Wir müssen diplomatisch vorgehen.»

Tom steht auf, küsst Christa auf den Mund und Lara auf die Wange. Er nimmt seine schwarze Mappe, läuft zum Eingang und schlüpft in den Mantel. Die schwere Eichenholztür der Villa schliesst so leicht, als ob sie kein Gewicht hätte.

Soja sass bereits im Büro, als Tom eintraf. Jung, attraktiv, kurzer enger Jupe, dezent geschminkt.

«Guten Morgen Tom. Schönes Wochenende gehabt?»

«Guten Morgen Soja. Ja, ja, war ok. Etwas stressig, aber ok.»

«Oh, etwas stressig? Am Wochenende sollte man doch ausruhen, nicht Tom?»

«Ja, ja, Soja, ich weiss, was du meinst. Tu ich auch. Aber eben, meine Tochter, Christa, Freunde, Bekannte. Nachtessen, Diskussionen, Probleme ...»

«Oh, Beeeziieehungsprobleme?»

«Nein, Soja, keine Beziehungsprobleme. Einfach ganz normale menschliche Meinungsverschiedenheiten in persönlichen und weltanschaulichen Dingen.»

«Also nichts, was deine Sekretärin wissen müsste?»

Tom lächelte geduldig.

«Nein, Soja, nichts, was du wissen müsstest.»

Tom liess sich in seinen Sessel fallen und betrachtete den Stapel Akten, den Soja vor ihm auf den breiten Schreibtisch geknallt hatte.

«Was ist los? Hat meine Sekretärin schlecht geschlafen? Gibt es etwas, das ich wissen sollte?»

«Gar nichts musst du wissen! Interessiert dich ja sowieso nicht!»

Tom betrachtete lächelnd seine Angestellte. Er hatte sie auf Anhieb gemocht. Ihr Aussehen, ihre Art. Offen, direkt, selbstbewusst und mit ausgezeichneten Referenzen ausgestattet.

Soja, bereits in der Tür, kam noch einmal zurück, stützte sich mit beiden Armen auf dem Schreibtisch ab und schaute ihm ernst in die Augen.

Tom mag diese schönen braunen Augen hinter der modischen Brille. Und auch das, was etwas weiter unten ihre Bluse dehnt.

«Tom, auch ich habe manchmal Probleme, auch wenn ich noch sooo jung bin und keine Familie habe.»

Tom verspürt – völlig untypisch für ihn – plötzlich den Wunsch, zu helfen.

«Soja, jetzt muss ich arbeiten. Aber später können wir reden, wenn du möchtest ...»

Tom schaut ihr nach, bis die Tür ins Schloss fällt.

XVIII

«Maaam ...»

«Ja, Lara.»

«Du musst mir helfen ...»

«Wir alle werden dir helfen, mit diesem Problem klarzukommen. Reto und Rosa werden mit Nico reden ...»

«Das meine ich nicht, es ist noch etwas anderes ...»

«Wie meinst du das?»

«Jonas hat sich verändert ...»

«Wie verändert?»

«Er war gestern Abend ziemlich komisch. Nachdem ich ihm das von Nico erzählt hatte, benahm er sich, als ob er den Verstand verloren hätte. Und danach wollte er mich nicht gehen lassen. Es war, als ob er Angst hätte, dass ich ihn verlassen würde.»

«Ich vermute, er war eifersüchtig auf Nico, ganz plötzlich und wie verrückt. Das gibt's, habe ich selbst schon erlebt. Nachdem mir dein Vater vor ein paar Monaten von seiner neuen Sekretärin erzählte, bin ich fast durchgedreht. Aus Eifersucht und Angst, dass diese junge Frau ihn mir ausspannen könnte.»

«Echt Mama? Mein Vater hat eine neue Sekretärin? Oje! Ich verstehe! Es wäre nicht das erste Mal, oder? Ich meine, dass er etwas mit einer angefangen hat ...»

Christa nickte bekümmert.

«Ich weiss nicht, wie lange ich das noch aushalte ...»

Erschrocken starrte Lara ihre Mutter an.

«Mama, du wirst dich doch nicht scheiden lassen? Da hätte ich eine bessere Idee ...»

«Ach Lara, was denn für eine bessere Idee? Meinst du, ich soll es ihm mit gleicher Münze heimzahlen?»

Christas Lachen wirkte angespannt. Doch Lara nickte.

«Genau das, Mama! Das wird ihn am ehesten zur Vernunft bringen. Dich hat er auf sicher. Dazu seinen Job mit dem Haus. Er weiss ganz genau, was dir das bedeutet. Abgesehen davon ... Liebt ihr euch eigentlich?»

«Ach Liebe», seufzte ihre Mutter. «Dieses Thema haben wir vor einiger Zeit mit Martin und Anna durchgenommen. Dein Vater sagt, dass er mich geheiratet hat, weil ich attraktiv, sexy, lustig, kumpelhaft und treu bin! Aber dass er mich liebt, hat er nie direkt gesagt. Allerdings gezeigt. Wenn ich nur an den Schmuck und die Blumen denke, die er mir geschenkt hat. Und er war noch nie böse zu mir ...»

«Auch nicht im Bett?»

«Im Bett! Wie meinst du das?»

«Ach weisst du Mama, du bist vielleicht etwas altmodisch auf diesem Gebiet. Hast du schon einmal von Fifty Shades of Grey gehört?»

«Nein, Lara, habe ich nicht. Was ist das, eine neue Partydroge?»

«So ähnlich. Das ist ein Film, in dem eine Frau sich von einem Mann dominieren, unterwerfen und sogar quälen lässt.»

«Lara! Mein Gott, du bist nicht einmal achtzehn, wie kommst du darauf, dich mit so etwas zu beschäftigen?»

«Ach Mama, das ist unter uns Mädchen am Gymnasium Tagesgespräch. Alle reden davon. Einige haben das Buch gelesen und andere sogar den Film gesehen.»

«Und Jonas? Was sagt der dazu?»

Um Laras Mund spielte ein zärtliches Lächeln.

«Für Jonas ist das kein Thema. Er ist ein Träumer. Deshalb liebe ich ihn ja so. Er ist kein harter Typ wie Nico, der sich ein Mädchen mit Gewalt nehmen will. In seiner Gegenwart fühle ich mich einfach wunderbar. Es ist Liebe, einfach Liebe!»

«Jetzt brauche ich eine Zigarette ...»

Lara folgte ihrer Mutter auf die Terrasse, wartete, bis sie ein paar tiefe Züge gemacht hatte und fragte dann: «Mama, schockiert dich, was ich erzählt habe?»

«Weisst du Lara, so einfach ist das nicht für eine Mutter, wenn ihre Tochter ihr sagt, dass sie altmodisch ist. Vor noch nicht so langer Zeit warst du im Kindergarten und vor ein paar Jahren noch ein Kind. Und nun erzählst du mir, dass ich in sexueller Hinsicht nicht auf dem neuesten Stand bin. Das gibt mir zu denken!»

«Ach, Mama, so war das doch nicht gemeint! Jonas und ich würden nie sowas machen.»

«Und gestern? War da Jonas nicht zum ersten Mal böse zu dir? Darüber wolltest du doch reden, oder?»

«Ich weiss Mama, er war halt so anders.»

Christa nahm einen tiefen Zug und liess den Rauch langsam durch Nase und Mund entweichen.

«Es ist ganz einfach, Lara: Die Eifersucht hat ihn getroffen wie ein Blitz aus heiterem Himmel. Ich kenne dieses Gefühl. Jonas tut mir leid!»

XIX

Jonas verlässt die Schule und läuft mit ein paar Kollegen durch die Altstadt zum Bahnhof. Als er in Thusis aussteigt, fühlt er, wie seine Stimmung abfällt. Seine Eltern sind nicht zu Hause. Lara hat auf seine Entschuldigung per WhatsApp nicht geantwortet, sie lässt ihn zappeln. Angst überfällt ihn. Und dann ist sie da, ganz plötzlich: Die gefürchtete dunkle Wand. Sie verschluckt Zuversicht, Hoffnung und jede Freude. Es ist so schlimm wie noch nie. Verzweifelt reisst er das Fenster seines Zimmers auf, holt tief Luft und schaut hinauf zur Burganlage, die im Traum immer öfter seine Nächte dominiert: Bilder, Gedankenfetzen, verwirrende Gefühle, die in keiner Weise einzuordnen sind. Er sieht Szenen von Gewalt und Kampf; Schwerter blitzen, Schreie ertönen ... Jonas läuft seinen Ängsten davon und hinüber zur Villa. Lara ist nicht da. Christa sieht sofort, dass es ihm nicht gut geht.

«Komm herein, Jonas.»

Jonas folgt Laras Mutter ins Wohnzimmer, lässt sich auf die Couch fallen und vergräbt das Gesicht in den Händen.

Christa setzt sich neben ihn.

«Erzähl, Jonas. Was ist so schlimm?»

Und Jonas erzählte. Beschrieb die bedrohlichen Träume von der Burganlage, die ihn immer öfter quälten. Die Ängste, die tiefe Verzweiflung, die ihn manchmal sogar in der Schule überfielen, und es ihm schwer machten, dem Unterricht zu folgen.

«Und was war gestern mit Lara? Sie sagte, du wärst so anders gewesen ...», fragte Christa sanft.

«Als sie von Nico berichtete, seinem Anspruch, dass sie nur ihm gehöre, da hat mich ein Gefühl übermannt, das ich noch nicht kannte. Ich bin fast durchgedreht aus Angst, Lara zu verlieren ...»

«Ich kenne das, Jonas», sagte Christa mitfühlend.

«Eifersucht! Es tut weh, es brennt, es zerrt und quält einen, als ob man in der Hölle gebraten würde.»

Erstaunt schaute Jonas Christa an. Bemerkte zum ersten Mal, wie attraktiv Laras Mutter war. Wusste, was sie meinte, fragte sich jedoch, wie das möglich war. Diese Frau hätte jeden Mann haben können. Wenn, dann hätte Tom eifersüchtig sein müssen. Doch das war er scheinbar nicht.

«Und wieso lässt du das zu?», fragte Jonas erstaunt.

Christa zuckte mit den Schultern.

«Zeit für einen Drink», sagte sie, stand auf, ging in die Küche und kam mit einer Flasche und zwei Gläsern zurück. Als sie nebeneinander auf der Couch sassen und sich zuprosteten, fühlte Jonas, wie sich die dunkle Wand langsam zurückzog. Immer weiter und weiter, bis sie verblasste und schliesslich ganz verschwand.

Und dann begann Christa zu erzählen und Jonas hörte zu. Und je länger die Unterhaltung dauerte, desto vertrauter wurden sie miteinander. Jonas fühlte sich geborgen und liess alle belastenden Gedanken fallen. Angst, Dunkelheit und die quälenden Schreie der Nacht.

XX

Als Tom in die Garage fuhr, blieb er noch eine Weile im Auto sitzen, checkte sein Handy, ordnete seine Gedanken. Er brauchte diese kurze Pufferzone, um den Wechsel von der Arbeit ins gemütliche Zuhause mit Christa zu überbrücken. Als er bereit war, stieg er aus dem Auto und joggte die steile Treppe im Inneren des Hauses hinauf in die Wohnung.

Er fand seine Frau schlafend auf der Couch im Wohnzimmer. Auf dem Beistelltisch standen eine leere Flasche und zwei Gläser. Wahrscheinlich war ihre Freundin Mona da gewesen, die in einer schwierigen Beziehung steckte und wieder einmal ihren Rat gebraucht hatte.

Er wunderte sich etwas, dass Christa nicht abgeräumt hatte, weil sie das sonst immer gleich erledigte, wenn der Besuch gegangen war.

Tom ging ins Schlafzimmer, zog sich aus und begab sich unter die Dusche. Während das Wasser über seinen

Körper lief, dachte er an seine reizende Sekretärin und musste zugeben, dass sie für ihn bereits etwas mehr war, als nur eine Arbeitskraft. Er erkannte die Gefahr, die von ihr ausging und beschloss, auf der Hut zu sein. Was ging ihn ihr Privatleben an? Er war ihr Chef, sie wurde für ihre Arbeit gut bezahlt. Er würde Christa nie wieder betrügen. Er hatte es ihr hoch und heilig versprochen. Das Thema war abgeschlossen.

Als Tom aus der Dusche kam, stand Christa in der Küche und bereitete das Nachtessen zu.

«Hallo Schatz!»

«Hallo Tom!»

«Wie geht es Mona?»

Christa stutzte etwas, fasste sich aber schnell und murmelte: «Ach Mona ..., immer das Gleiche.»

Beim Nachtessen fiel Tom auf, dass seine Frau mit ihren Gedanken nicht bei ihm war.

«Wo ist Lara?»

«Im Kino, doch sie sollte bald zu Hause sein.»

Kurz darauf stürmte Lara zur Tür herein.

«Das war der Hammer!», rief sie begeistert und begann gleich, den ganzen Film von Anfang an zu erzählen. Lange bevor sie zum Happyend kam, stand Tom auf, ging ins Wohnzimmer, legte sich auf die Couch und schaltete den Fernseher ein.

«Wie geht es Jonas?», fragte Christa leichthin.

Über Laras Gesicht fiel ein Schatten.

«Er hat sich per WhatsApp für sein Verhalten entschuldigt, aber Cecil und Esther haben gesagt, ich solle ihn nur etwas schmoren lassen, damit er weiss, dass er sich so etwas nicht mehr erlauben darf.»

«So, so, Cecil und Esther? Und du denkst, dass die beiden Girls wissen, wie man mit Jonas umgehen muss?»

«Mama, wie meinst du das? Ist etwas mit Jonas? Hat er sich gemeldet?»

«Ja, er hat sich gemeldet, Lara, und es geht ihm nicht gut. Wir haben zusammen etwas getrunken, und er hat mir erzählt, dass er grosse Angst hat, dich zu verlieren. Immer wieder überfallen ihn Gefühle von Einsamkeit und tiefer Trauer. Er hat ganz schreckliche Träume und kann danach nicht schlafen. Du solltest besser auf dein Herz hören, Lara, statt auf deine Freundinnen Cecil und Esther!»

XXI

Sonntagmorgen. Eine strahlende Sonne schien auf einen jungen Mann, der mit seinen Eltern beim Morgenessen auf der Terrasse eines Einfamilienhauses sass. Anna bemerkte, dass Jonas immer wieder sinnend zum Felsenplateau mit der Burgruine hinauf schaute.

«Wie war das eigentlich damals dort oben? Wer hat in dieser Festung gelebt? Kennst du dich aus mit dieser Geschichte, Papa?»

Martin, in die Zeitung vertieft, musste erst überlegen, bis er begriff, was Jonas gefragt hatte. Doch bevor er so weit war, antwortete Anna für ihn: «Ach, diese alten Geschichten, die müssen uns heute nicht mehr beschäftigen, Jonas. Zum Glück sind diese Zeiten vorbei. Muss ja schlimm gewesen sein, von diesen Herren dort oben regiert zu werden.»

Martin wollte sich gerade wieder der Zeitung zuwenden, als Jonas sagte: «Ich träume davon, von diesen Zeiten. Schlimme Träume, sie machen mir Angst. Hast du eine Ahnung, wo die herkommen, Papa?»

Martin legte die Zeitung auf den Tisch.

«Du träumst von diesen Zeiten dort oben, Jonas? Das ist ja interessant. Es gibt eine Antwort auf deine Frage, doch dazu braucht es die Erkenntnis, dass wir mehr als nur einmal leben.»

Martin wartete Jonas Antwort nicht ab und fuhr fort: «Vielleicht hast du in jener Zeit gelebt und wurdest von dem Tyrannen dort oben gefoltert.»

«Ja, natürlich!», ereiferte sich Jonas Mutter.

«Immer mit der Ruhe, Anna», beschwichtigte Martin.

«Solange Jonas nur verworrene Träume hat, wollen wir nicht zu stark spekulieren. Allerdings würde ich das gerne mit Markus besprechen. Vielleicht laden wir ihn einmal zum Essen ein, dann kann Jonas ihm alles erzählen. Einverstanden, Jonas?»

Jonas zögerte. Er wollte nichts mit einem Psychiater zu tun haben. Wenn das seine Freunde auf dem Gymnasium erfuhren, war er als Psycho abgestempelt.

«Papa, ich weiss nicht so recht ... Denkst du wirklich, dass das etwas bringt, dass es nötig ist?»

Martin zuckte mit den Schultern: «Nötig oder nicht, auf jeden Fall wäre es interessant.»

Nachdem das Gesicht seines Vaters wieder hinter der Zeitung verschwunden war, dachte Jonas an den vergangenen Abend zurück, an das Gespräch mit Christa und die anschliessende Entspannung. Er beschloss, dieses Erlebnis vorerst für sich zu behalten.

XXII

Lara und Jonas sitzen an einem Juliabend auf einer Bank am Fluss. Bald wird die Sonne untergehen.

«Hast du das mitbekommen, Jonas? Nico soll eine Frau kennengelernt haben, die fünf Jahre älter ist? Eine Emanze, die Kampfsport macht ...»

Jonas blickt zum Berg hinauf, der das Dorf überragt. Ohne Schnee sieht er weit weniger märchenhaft aus. Einfach nur steile, harte Felsen und Steine, die ab und zu ins Tal donnern.

Er legt einen Arm um Laras Schultern.

«Und? Stört dich das?»

«Nein, wieso auch? Ich wundere mich nur, dass er mich plötzlich vergessen hat, wo er doch seit dem Kindergarten auf mich fixiert war. Zudem ist dieser Lars plötzlich als Facebook-Freund verschwunden! Ein Beweis, dass es wirklich Nico war, meinst du nicht?»

Dass Nico sie so plötzlich vergessen hatte nach bald vierzehn Jahren, in denen er sogar ihretwegen die Schule hatte verlassen müssen, nagte an Laras Selbstwertgefühl. Sie war es gewohnt, dass niemand sie infrage stellte, dass sie für ihre Schönheit, ihren Charme und ihre Herkunft als Tochter des Anwalts aus der Villa bewundert, ja beneidet wurde.

04

I

Nora war bereits entlassen worden, besuchte Nico jedoch fast jeden Abend im Spital. Dann setzten sie sich jeweils ins Café und kamen sich langsam näher.

Nora wunderte sich über sich selbst. Bis zu diesem Tag in der Unterführung, als sie durch den Schlag von Nico mit gebrochener Nase zu Boden gegangen war, hatte sie mit dem anderen Geschlecht wenig bis gar nichts anfangen können. Wenn ein Mann etwas in ihr ausgelöst hatte, dann war es der Wunsch gewesen, besser als er zu sein. Ganz egal in welcher Hinsicht. Vielleicht lag das daran, dass der vier Jahre ältere Bruder ihr das Gefühl gegeben hatte, dass Mädchen weniger wert wären als Buben. Das hatte sie nie akzeptieren können und deshalb dagegen angekämpft.

Nora war bereit, sich gegen jeden Mann zur Wehr zu setzen, der ihren Freiraum infrage stellte. Nico staunte, als sie ihm erzählte, mit welcher Tätigkeit sie ihren Lebensunterhalt verdiene.

«Ich habe eine Lehre als Lastwagenmechaniker gemacht und fahre mit einem LkW für eine Speditionsfirma in ganz Europa umher.»

«Wow!», staunte Nico anerkennend.

«Lastwagenmechanikerin?»

«Mechaniker!», präzisierte Nora.

«In meinem Beruf bin ich so viel wert wie ein Mann. Es gibt keinen Unterschied zwischen den Geschlechtern. Darauf habe ich schon in der Lehre bestanden!»

Nico dachte daran, dass er nach der Matura Bauingenieur studieren wollte wie sein Vater. Reto hatte zuerst eine Maurerlehre gemacht und danach berufsbegleitend das Abendtechnikum besucht. Nichts würde ihn glücklicher machen, als wenn Nico einst sein Geschäft übernehmen würde.

Dann erzählte er Nora, weshalb er in der Unterführung so ausgeflippt war. Die Drohung von Lara, ihn fertigzumachen, machte ihm immer noch Angst.

Nora hörte zu und meinte lachend: «Du bist schon etwas seltsam Nico! Verliebst dich im Kindergarten in ein Mädchen, weil du denkst, dass es nur für dich auf die Welt gekommen ist! Das wäre ja nicht so schlimm, wenn es vorübergegangen wäre. Doch du hältst über Jahre an dieser Vorstellung fest und musst deswegen sogar die Schule verlassen.»

Nico stierte vor sich hin. Schwieg. Nora wusste, dass er an Lara dachte, an seine grosse Liebe.

«Was hat sie, was ich nicht habe?»

Nico hob den Kopf: «Alles und nichts», sagte er zögerlich, als ob er Angst hätte, dass Nora ihn für seine Aussage bestrafen würde.

«Alles und nichts?»

«Ja, sie hat alles, was du nicht hast und nichts, was du hast. Ihr seid absolut verschieden.»

«Dann habe ich also wieder einmal keine Chance», meinte Nora.

Nico nahm einen Schluck Cola, schaute sie freundlich an und sagte: «Ganz sicher kann ich das noch nicht sagen, Nora. Du bist halt so anders, aber ich mag dich. Du bist ok.»

«Ok? Das ist ja schon etwas. Die meisten Jungs finden mich nicht so ok. Ich bin ihnen zu direkt.»

«Mir gefällt das, ist viel einfacher. Mein Vater ist auch so. Ich denke, ihr würdet euch mögen ... Oder euch bekämpfen. Meiner Mama frisst er aus der Hand.»

«Dein Vater macht, was deine Mutter sagt?»

Nico lachte vergnügt.

«Wenn es hart auf hart geht, zieht er meist den Kürzeren, doch bei der Arbeit und in der Politik ist er stur wie ein Esel. Sogar Martin, unser Arzt, sagt, dass ihm nicht zu helfen ist, weil er nicht auf seine Gesundheitsratschläge hört.»

«Und du liebst Lara immer noch? Genauso wie die letzten Jahre?»

Nico wiegte den Kopf hin und her, lächelte etwas verkrampft und sagte dann: «Seit ich dich kenne, bin ich mir nicht mehr so sicher. Du bist die erste Frau, die mir nach Lara gefällt, auch wenn du ganz anders bist.»

«Danke! Da kann ich mich von schreiben», flachste Nora. «Ich bin fünf Jahre älter als du. Stört dich das nicht?»

Nico lächelte und betastete seinen Kiefer.

«Hast du diesen Rocker gekannt?»

«Du weichst aus, junger Mann! Sag die Wahrheit: Denkst du, ich bin zu alt für dich?»

Nico überlegte, dachte an seine Eltern. Sein Vater würde damit vielleicht ein Problem haben, aber er selbst eigentlich nicht.

«Nein», sagte er bestimmt, «du bist nicht zu alt für mich, aber vielleicht bin ich zu jung für dich?»

«Nein, bist du nicht. Wenn sich zwei verstehen, spielt das Alter keine Rolle, und Liebe wertet sowieso nicht.»

«Liebe ...», seufzte Nico.

«Liebe ist, wenn man den anderen so akzeptiert, wie er ist und trotzdem mag!», erklärte Nora bestimmt.

Und dann: «Nico, ich möchte deine Eltern kennenlernen.»

II

«Sie möchte uns kennenlernen, Reto. Nico will sie am Wochenende nach Hause bringen.»

Retos Gesicht lief rot an: «Diese ..., diese Emanze will uns besuchen? Das fehlt mir gerade noch! Rosa, da bin ich ganz und gar dagegen. Nico soll noch warten, ein Jahr oder wenigstens bis Weihnachten. Er ist viel zu jung für so eine Frau. Fünf Jahre älter! Weisst du, wie das aussieht, wenn er mit ihr auftaucht. Die ganze Nachbarschaft wird die Köpfe strecken. Nico hat schon für genug Gerede gesorgt! Denkt er denn überhaupt nicht an seine Eltern?»

Reto fuhr sich mit der Hand über die Glatze und lief aufgeregt um Rosa herum, die auf dem Küchentisch einen Teig ausrollte.

«Reto, jetzt übertreibst du aber! Gib Nico doch eine Chance, wenn er schon einmal für ein anderes Mädchen als Lara Interesse zeigt.»

«Mädchen? Dass ich nicht lache! Das ist eine ausgewachsene Frau, eine Emanze und vielleicht sogar gefährlich. Stefan, ihr Vater, hat mir erzählt, dass Nico Glück hatte, dass nicht sie zugeschlagen habe. Die macht ja sowas wie Karate. Vielleicht zertrümmert sie auch Ziegel und ganze Bretter ...»

Rosa begann zu lachen und konnte kaum mehr aufhören, umarmte ihren Mann und küsste ihn.

«Armer Reto! Sieht ganz danach aus, als ob du Angst
vor dieser gefährlichen Emanze hast.»

«Angst? Ich? Nein, Rosa, du weisst, dass ich vor gar
nichts Angst habe ...»

III

Als Jonas seiner Mutter erzählte, dass Nico eine
Freundin habe, war Anna erleichtert und leitete die
frohe Botschaft an ihren Mann weiter.

«Martin, das Problem mit Nico ist scheinbar gelöst
worden ...»

Martin runzelte die Stirn, nahm die Brille ab und legte sie auf den Tisch.

«Wie gelöst worden?»

«Jonas hat erzählt, dass Nico im Spital die Frau, der
er die Nase gebrochen hat, kennengelernt habe. Sie soll
fünf Jahre älter sein. Zudem betreibe sie Kampfsport
und betrachte Männer generell als Gegner. Doch scheinbar habe ihr Nico gefallen, vielleicht, weil er auch ein
Aussenseiter ist.»

Martin schüttelte den Kopf, rieb sich die Augen und
schob die Brille wieder auf die Nase.

«Dann ist also alles wieder in Ordnung? Was sagen
denn Rosa und Reto dazu?»

«Rosa habe ich beim Einkaufen getroffen. Sie erzählte, dass Reto keine Emanze im Haus dulde. Jetzt hätten
sie ab und zu Meinungsverschiedenheiten, weil Nico

darauf bestanden habe, seine Eltern mit Nora zu besuchen. Doch sie werde gewinnen, wie immer.»

«Das glaube ich sofort», lächelte Martin. Rosa ist aber auch die einzige Person in der ganzen Gegend, die es schafft, Reto in die Schranken zu weisen. – Und Jonas und Lara? Was meinen die zwei Verliebten dazu, dass der böse Nico plötzlich keine Gefahr mehr für ihre Beziehung darstellt?»

«Jonas ist erleichtert, Lara etwas unzufrieden. Sie war kurz davor, diesen Facebook-Freund Lars auffliegen zu lassen und Nico zu bestrafen. Dass dann der Unfall mit Nora dazwischengekommen ist, sieht nach Schicksal aus, nicht? Etwas hat eingegriffen und Nico auf ein neues Gleis gestellt.»

«Ein neues Gleis? Na ja, kann man auch sagen. Fragt sich nur, wohin es führt. Wie weit sich Nico von ihr beeinflussen lässt. Er wollte studieren, sie ist Lastwagenmechanikerin und fährt in der ganzen Welt herum.»

IV

Tom und Christa sassen an einem Freitagabend auf der Terrasse ihrer Villa bei einem Glas Champagner, als Lara von der Schule kam.

«Mama! Papa! Wisst ihr das Neueste? Nico hat eine Freundin. Stellt euch vor, sie ist fünf Jahre älter! Fünf Jahre, das passt doch nicht! Und sie soll ganz anders sein als ich, dabei ...»

Christa stand auf und dirigierte ihre Tochter auf einen Stuhl.

«Lara, was ist los, warum regt dich das so auf?»

«Ach», jammerte Lara genervt, «bisher war er nur an mir interessiert und jetzt ...»

«Lara, soviel ich weiss, ist immer noch Jonas dein Freund, und Nico war immer eine Bedrohung für dich. Er hat uns Jahre lang beunruhigt. Jetzt sei doch froh, dass er eine andere Frau kennengelernt hat», äusserte sich Tom etwas genervt.

«Ja, natürlich ist Jonas mein Freund. Er sagt, Rosa habe seiner Mutter erzählt, Nora sei nicht nur viel älter, Nico habe auch gesagt, sie habe alles, was ich nicht habe und nichts, was ich habe. Was meint er denn damit?»

Christa und Tom wechselten einen einvernehmlichen Blick und schwiegen. Lara stand abrupt auf, warf den Kopf in den Nacken, lief zur Brüstung der Veranda und wieder zurück.

«Sie ist eben anders als du, Lara. Kein Mensch ist wie der andere, und das ist auch gut so», sagte Christa und zündete sich eine Zigarette an.

«Ja, schon! Aber was Nico gesagt hat tönt so ..., so verletzend. So, als ob mir etwas fehlen würde. Dabei bin ich doch in Ordnung, oder?»

«Tom, sag auch etwas!»

«Da gibt's nicht viel zu sagen. Soviel ich gehört habe, ist Nora sehr sportlich und eben eine Emanze, was heisst, dass sie Männer als Konkurrenten empfindet. Auf jeden Fall ist sie keine Tussi.»

«Ich möchte sie kennenlernen, ich muss wissen, was sie hat, was ich nicht habe!», liess Lara verlauten, verschwand mit hocherhobenem Kopf in ihrem Zimmer und schlug die Tür zu.

Christa rauchte schweigend, schaute zum Felsenplateau hinauf und dachte an den Abend mit Jonas, an seine Träume und Ängste.

«Wie macht sich die neue Sekretärin, Tom?», fragte sie dann leichthin, drückte die Zigarette im Aschenbecher aus und schaute ihren Mann prüfend an.

«Och, ganz gut», antwortete Tom etwas überrascht. «Eine tüchtige Person, unkompliziert und fleissig.»

«Eine tüchtige Person, Tom? Ich habe sie gegoogelt. Diese tüchtige Person ist eine ausgesprochen hübsche, sehr junge Frau. Muss ich mir Sorgen machen?»

Tom verzog das Gesicht zu einer verzweifelten Grimasse. Er wusste, dass Christas Vertrauen seit der Affäre mit Sojas Vorgängerin schwer gelitten hatte. Trotz seines Versprechens, nie mehr etwas mit einer anderen Frau anzufangen, traute ihm Christa immer noch alles zu. Er wusste, dass diese Wunde nie ganz heilen würde und flehte deshalb: «Schatz, du weisst doch, was ich dir versprochen habe?»

«Jaaa, das weiss ich noch, Schatz! Sogar ganz genau. Und? Denkst du, dass du dein Versprechen halten kannst?»

«Ach Christa», seufzte Tom gequält, «wie lange willst du mir noch misstrauen?»

«So lange es nötig ist, genauso lange, wie es nötig ist! Und seit ich ihr Foto gesehen habe, weiss ich, dass es noch lange nötig sein wird.»

Christa legte ein Bein übers andere und wippte mit dem nackten Fuss auf und ab. Tom starrte auf ihre rot lackierten Fussnägel. Ihm war, als ob es Augen wären, die ihr helfen würden, ihn zu überwachen.

Christa beobachtete ihren braungebrannten Mann durch die Sonnenbrille. Sie wusste, dass sie auf der richtigen Spur war. Tom mochte die neue Sekretärin; er kämpfte darum, sein Versprechen einzuhalten, doch es fiel ihm schwer.

Tom sah, wie sich Christas rosa geschminkte Lippen zu einem feinen Lächeln kräuselten. Es war ein Lächeln, das er noch nie an ihr bemerkt hatte. Leicht ironisch und irgendwie … triumphierend.

V

Reto war so nervös wie noch kaum je in seinem Leben, als er an einem Samstag von dem kleinen Ort auf der rechten Flussseite hinunter ins Dorf und auf den Bahnhof fuhr, um Nico und seine neue Freundin abzuholen. Er hatte sich lange gegen diesen Besuch gewehrt, hatte alle möglichen Gründe dagegen aufgezählt. Doch Rosa hatte gewonnen und ihm befohlen, Nico und Nora persönlich zu empfangen. Was für Reto mehr als eine Strafe war. Alles in ihm sträubte sich dagegen. Angst war es nicht, denn Reto fürchtete sich vor nichts, ausser vielleicht manchmal vor seiner Frau.

Er fuhr auf einen Parkplatz neben dem Bahnhofsgebäude, hievte sich stöhnend aus seinem Audi und blieb wartend neben dem Auto stehen. Er war nicht gewillt, diese Emanze auch noch, wie der Butler eines Hotels, auf dem Perron abzuholen.

Nach ein paar Minuten sah er den Zug einfahren, dann hörte er die Bremsgeräusche.

Als sein Sohn Hand in Hand mit Nora auf ihn zukam, strahlend und selbstbewusst, bekam Reto weiche Knie. Aus Freude, Besorgnis oder was auch immer.

«Hallo Papa, das ist Nora», strahlte Nico.

«Reto», murmelte sein Vater und reichte der jungen Frau vorsichtig die Hand.

«Hallo Reto!» lachte Nora.

«Mein Gott, du siehst fast so aus wie mein Vater!» Und dann: «Keine Angst, ich schlage nur in Notwehr zu!»

«Dazu werde ich dir keinen Grund geben. Ich bin in meinem Leben nur einmal von einer Frau geschlagen worden, das hat mir genügt.»

Noras kräftiger Händedruck überraschte ihn. Wirkte sie doch auf den ersten Blick eher zierlich.

«Hallo Papa!»

Nico umarmte seinen Vater. Reto drückte ihn fest an sich und klopfte ihm auf den Rücken.

«Schön, dass du da bist.»

«Du bist von einer Frau geschlagen worden?», fragte Nora erstaunt.

«Hast du das gewusst, Nico?»

Nico lachte.

«Natürlich, es gibt nur eine Frau, die das fertigbringt, meine Mutter!»

«Kommt, steigt ein!»

Reto öffnete die Autotür.

Während der Fahrt schaute er ab und zu in den Rückspiegel. Nora hatte einen Arm um Nico gelegt. Seinem Sohn schien das zu gefallen. Er stellte sich kurz vor, wie es wäre, wenn Rosa … Unmöglich, sie war über einen Kopf kleiner.

Rosa stand mit verschränkten Armen vor dem Haus, umarmte erst Nico und dann Nora.

«Hallo Nora, ich bin Rosa. Schön, dich kennenzulernen. Seid ihr gut gereist?»

«Mama, was für eine Frage? Natürlich sind wir gut gereist. Allerdings ist unsere Postkutsche überfallen worden. Doch Nora hat die Banditen alle erledigt! Hahaha ...»

Während des Essens beobachtete Reto immer wieder Nora, fragte sich, wie und wann sich die Emanze in ihr zeigen würde. Er fand jedoch im Moment nichts, was seine Ängste bestätigt hätte. Sie wirkte selbstbewusst, doch in keiner Weise männerfeindlich.

«Wie habt ihr euch nach dem ersten dramatischen Akt dann doch noch kennengelernt?», fragte Rosa.

«Ich habe Nico in seinem Zimmer besucht. Er hat mir leidgetan, wie er so dalag und schlimmer dran war als ich. Ich wusste, dass ich falsch reagiert hatte. Schuld war dieser Rocker, der Nico zu Fall gebracht hat ...»

«Ganz genau genommen war der Auslöser eine Nachricht von Lara», murmelte Nico etwas verschämt.

«Sie hat mir gedroht, dass sie mich fertigmachen würde. Das hat mich so erschreckt, dass ich in der Unterführung stehen geblieben bin und den Leuten den Weg versperrt habe.»

Reto fragte streng: «Und wie hast du Kontakt zu Lara gehabt, Nico? Vielleicht doch über Facebook? Warst du dieser Lars, der sie beschimpft und bedroht hat?»

Nico zuckte zusammen. Nora, die seine Geschichte kannte, legte einen Arm um ihn.

«Das ist jetzt vorbei!», sagte sie bestimmt.

«Diese Lara hat ihn ja ganz verrückt gemacht, diese Tussi! Die soll mir mal begegnen!»

Unvermittelt stand sie auf, trat nah an Reto heran, machte ein paar blitzschnelle Fauststösse in seine Richtung und liess mit einem lauten Kampfschrei einen Fussstoss über seinen Kopf hinweg folgen. Reto, der gerade das Glas zum Mund führen wollte, hob instinktiv den Arm, was dazu führte, dass der Wein über sein weisses Hemd spritzte.

«Scheisse, was soll das?», schrie er. «Wir sind hier nicht im Zirkus!»

Nora setzte sich wieder, legte einen Arm um Nico und raunte zu Rosa gewandt: «Wir Frauen müssen zusammenhalten, müssen für unsere Männer kämpfen!»

Rosa sass mit weit aufgerissenen Augen und offenem Mund auf ihrem Stuhl. Sie brauchte eine Weile, bis sie antworten konnte. Mit einem etwas erzwungenen Lachen sagte sie dann: «Natürlich Nora, das denke ich auch, doch vielleicht nicht immer mit körperlicher Gewalt.»

Reto stand auf, warf die Serviette auf den Tisch, knurrte: «Rosa, ein neues Hemd!» und lief voraus ins Schlafzimmer.

«Typisch Mann», murmelte Nora zu Nico gewandt.

«Jetzt hast du aber übertrieben, Nora», meinte Nico vorsichtig. «Bitte entschuldige dich bei Papa. Du hast ihn erschreckt und meine Mutter auch.»

Nora lief zum Fenster und schaute zum Heinzenberg hinüber. Sie wusste, dass sie überreagiert hatte, dass die *Siegreiche Frau* in ihr sich danebenbenommen hatte, was bedeutete, dass sie sich wieder einmal entschuldigen musste für etwas, das ein Teil von ihr war seit der Kindheit. Wie oft war sie gescholten worden, wenn sie mit zerrissenen Kleidern nach Hause gekommen war, weil sie sich mit ein paar Buben geprügelt hatte. Nur weil sie ein Mädchen war, sollte sie immer brav und gesittet sein und zu allem ja sagen. Sie hatte diese ständigen Ermahnungen ihrer Mutter gehasst, sich in ihr Zimmer eingeschlossen und unter die Bettdecke verkrochen. Stundenlang. Erst als der Vater sie – gegen den Willen der Mutter – mit zwölf Jahren in die Kampfschule geschickt hatte, war es ihr gelungen, ihre Aggressionen etwas in den Griff zu bekommen.

Der Trainer hatte schnell erkannt, was für ein Talent in ihr schlummerte. Er war der einzige Mann neben ihrem Vater, den sie damals akzeptiert hatte.

Nico, das war etwas anderes. Von ihm fühlte sie sich nicht bedroht. Nachdem er ihr seine Geschichte erzählt hatte, war ihr klar geworden, dass auch er ein Aussenseiter war.

Reto sah beinahe aus wie ihr Vater, hatte aber einen ganz anderen Charakter, das hatte sie sofort gespürt. Ihr Vater war liebevoll, nachsichtig, geduldig, ja schwach. Reto hingegen war ein Macho, die Art Mann, die sie am stärksten ablehnte. Doch er war Nicos Vater, und die Mutter war ja echt nett.

Als Reto mit einem frischen Hemd und immer noch etwas gerötetem Gesicht vor Rosa in die Stube kam, trat Nora auf ihn zu und sagte: «Es tut mir leid, Reto! Soll nie wieder vorkommen!»

Reto schaute kurz in die ernsten Augen dieser aussergewöhnlichen Frau und reichte ihr dann die Hand.

«Ok, soll gelten, Nora! Ich bin nicht nachtragend und Rosa auch nicht. Vorüber, vergessen vorbei!»

Lachend klopfte er Nora auf die Schultern und rief: «Kommt, setzen wir uns wieder! Rosa hat ein feines Dessert vorbereitet.»

VI

Soja hatte sich für den Ausgang zurechtgemacht, verliess ihr Zweizimmer-Appartement und lief in engen Jeans und auf hochhackigen Schuhen durch die Altstadt zum Restaurant Calanda, wo sie sich mit ihrer Freundin verabredet hatte.

Ein heisser Julitag war zu Ende, die Dämmerung hatte bereits eingesetzt. Die Gartenterasse war voll mit jungen Menschen, die ausgelassen ihr Leben genossen.

Soja und Sandy erwischten einen kleinen Tisch nah beim Ausgang. Sandy, zehn Jahre älter als Soja, war seit einem knappen Jahr mit einem Italiener verheiratet, der als Polier auf dem Bau arbeitete.

«Sandy …»

«Ja, Soja?»

«Ich habe ein Problem …, ein ganz dummes Problem bei der Arbeit.»

«Ah, das kenne ich! Dein Chef ist ein Arsch! Oder ein Macho! Oder er behandelt dich wie seine Sklavin! Weisst du, da gibt's nur eines …»

«Saandraaa!»

«Was?»

«Eben nicht! Das ist das Problem.»

«Wie? Er ist kein Macho, kein Sklaventreiber?»

«Nein, überhaupt nicht!»

«Habe ich noch nie gehört. Meine Chefs habe ich immer in eine dieser Kategorien einordnen können! Jeden. Im Grunde genommen sind alle gleich: Schweine, die uns Frauen ausbeuten und dazu wenn möglich noch über den Tisch legen wollen! Aber nicht mit mir! Nicht mit mir!»

Sandy öffnete ihre Handtasche und steckte sich einen Zigarillo zwischen die rot geschminkten Lippen. Ein junger Mann am Nebentisch gab ihr Feuer. Sandy dankte strahlend und warf ihre schwarz gefärbten Haare in den Nacken.

«Weisst du, du musst dir nichts bieten lassen. Wir Frauen haben ein Anrecht auf anständige Behandlung. Erst wenn dein Chef begreift, dass er dich auch als junge Frau ernst nehmen muss, hast du ihn in der Hand.»

«Saaanndraaa!»

«Was? Warum schreist du so?»

«Könntest du mir mal zuhören?»

Sandy schaute etwas irritiert, liess ihre Augen über Sojas schlanke Figur wandern, verzog das Gesicht zu einer gequälten Grimasse und seufzte: «Ach Soja, wenn ich doch auch nur so schlank wäre wie du ... Ich schaffe es einfach nicht, abzunehmen. Mario ist das ja egal, aber mir nicht. Er sagt, eine rechte Frau muss etwas auf den Rippen haben. Und er kocht immer so gut und so viel! Du weisst ja, wie die Italiener sind ... Und erst seine Mama, die musst du kennenlernen, Soja!»

«Sandy, soll ich nach Hause gehen?»

«Nein, wieso denn? Hab ich was Falsches gesagt?»

«Nein, aber du hörst mir nicht zu. Ich wollte dir doch von meinem Problem erzählen.»

«Ach ja, hast du doch schon, oder nicht?»

Sandy hatte einen Bekannten entdeckt und winkte ihn zu sich heran. Während der junge Mann mit einem Bierglas in der Hand auf sie zukam, redete sie weiter.

«Dein Chef ist das Problem, wie übrigens immer in unserem Beruf. Sie glauben, dass sie mit uns Frauen machen können, was sie wollen, besonders wenn eine so hübsch ist wie du.»

Soja wäre am liebsten auf der Stelle vom Hocker gerutscht und nach Hause gegangen. Doch dann stellte ihr Sandy Ricardo vor. Ein Cousin ihres Mannes. Braungebrannt, schwarzhaarig, schlank, durchtrainiert. Mit leuchtenden Augen reichte er Soja die Hand und wollte sie fast nicht mehr loslassen.

«Ah, sie gefällt dir Ricardo? Hahaha, das wundert mich nicht! Soja verdreht allen Männern den Kopf, aber sie ist wählerisch, hat Ansprüche, und kompliziert ist sie auch. Im Moment hat sie ein Problem. Weisst du, ihr Chef! Ein Anwalt. Du weisst ja, wie die sind! Arrogant und eingebildet! Wie alle Männer!»

Laut lachend rammte sie Ricardo den Ellenbogen in die Seite, sodass er beinahe sein Glas fallen liess.

Soja schüttelte resigniert den Kopf und rief durch den Lärm einer Gruppe, die zum Ausgang lief:

«Ricardo, glaub nicht, was Sandy erzählt! Mein Chef ist kein Macho, kein Schwein und kein Ausbeuter! Er ist im Gegenteil sehr anständig! Ich mag ihn.»

Tom war bewusst, dass er ein Problem hatte. Obwohl er sich jeden Tag Mühe gab, seine Sekretärin nur als Angestellte zu betrachten, gelang es ihm nicht, sie auf Distanz zu halten, wie er es wollte.

Christa hatte gewusst, dass er eine Schwäche für Frauen hatte. Trotzdem hatte sie ihn geheiratet.

Es war auf beiden Seiten nicht die grosse Liebe gewesen, auf jeden Fall nicht so bedingungslos wie die von Lara und Jonas. Christa war von allen begehrt worden, doch Tom hatte sie erobert. Das hatte ihn stolz gemacht.

Eines Tages traf er sich mit ein paar Kollegen nach der Arbeit zu einem Drink. Man prostete sich zu, scherzte mit Lola, der Besitzerin der Bar, und wartete darauf, dass er etwas zum Besten gab. Doch Tom war nicht in Stimmung. Verdrossen schaute er vor sich hin, sogar das Bier schmeckte ihm nicht.

«Hey Tom, hast du Streit mit Christa?», fragte André und klopfte ihm grinsend auf die Schultern.

«Noch nicht …», murmelte Tom.

«Seine Frau hat einen anderen», scherzte André, der einer der Konkurrenten um Christa gewesen war.

«Vermutlich zwanzig Jahre jünger …»

«Lasst ihn doch in Ruhe», mischte sich Lola ein.

«Tom hat einfach einen schlechten Tag gehabt. Vielleicht kommt er mit der neuen Sekretärin nicht klar. – Wie alt ist sie eigentlich?»

«Viel zu jung für Tom!», rief Klaus, «und vermutlich viel zu hübsch. Wir wissen ja, dass Tom allergisch gegen schöne Frauen ist!»

Obwohl ihm nicht danach war, versuchte Tom, über die Scherze seiner Kollegen zu lachen. Er trank sein Bier aus und bestellte gleich noch eines.

«Tom, falls es etwas Ernstes ist», sagte Lola, als sie das Getränk brachte, «wir sind für dich da, oder Jungs?»

«Natürlich! Sowieso! Du kannst immer auf uns zählen, Tom!», riefen André, Daniel und Klaus im Chor.

«Ich weiss nicht, ob ihr dieses Problem verstehen könnt ...», murmelte Tom zerknirscht.

«Ich denke schon», sagte Lola.

«Es geht um eine Frau, wie immer bei dir, da bin ich mir ganz sicher. Und wenn es nicht Christa ist, dann kann es nur deine Sekretärin sein.»

«Genau!», riefen die Kollegen einstimmig.

«Wahrscheinlich geht sie ihm auf die Nerven, vertreibt seine Kunden und ihre Hässlichkeit vermiest ihm den Tag!», rief Daniel lachend.

Jetzt taute Tom auf.

«Im Gegenteil», rief er: «Soja ist ausgesprochen hübsch, sehr kompetent und besonders freundlich zu den Kunden. Dazu unkompliziert und offen, was ich besonders schätze.»

«Ah ja!», rief Klaus.

«Dann liegt es doch an Christa oder sogar an Lara, deiner Tochter. Da war doch dieses Problem mit dem Sohn von Reto, nicht? Wie heisst er schon wieder?»

Tom schüttelte den Kopf.

«Nico heisst der, aber um ihn geht es nicht und auch im Moment noch nicht um Christa ... Ich glaube, ich kann jetzt nicht darüber reden.»

VIII

Christa hatte vor ihrer Heirat im Hotelgewerbe in der nahen Stadt gearbeitet und die Beziehungen zu einigen ehemaligen Kollegen und Vorgesetzten zum grossen Teil beibehalten. Wenn Tom ein Essen geben wollte, organisierte das seine Frau für ihn. Ebenso Übernachtungen für Bekannte, Kunden und Freunde. Christa kannte natürlich auch das Stammlokal ihres Mannes und seiner Berufskollegen. Tom hatte ab und zu von Lola, der Besitzerin der Bar, erzählt. Sie schien für ihn eine Art Kumpel zu sein, was Christa auf eine Idee brachte: So einer Frau schütteten von Alkohol beeinflusste Männer nur zu gerne ihr Herz aus. Probleme mit der Frau, der Freundin, Liebeskummer und so weiter.

Sie beschloss, der Lola-Bar einen Besuch abzustatten, doch nicht allein.

Anna war etwas erstaunt über Christas Einladung. Doch nachdem sie ihr den Grund erklärt hatte, sagte sie lachend zu.

Tom wunderte sich nicht, dass seine Frau mit einer Freundin einen Abend verbringen wollte. Das war für ihn kein Problem. Als er jedoch erfuhr, dass Christa mit der Frau von Martin in den Ausgang wollte, stutzte er doch ein wenig.

«Mit Anna? Die geht doch abends nie weg! Ausser zu den Sitzungen im Kirchgemeindevorstand oder an eine esoterische Lesung im Buchladen ...»

«Frauen ändern sich eben mit dem Alter. Wir gehen erst ins Kino und dann schauen wir weiter ...»

Auch Martin war etwas erstaunt, dass Anna mit Christa in den Ausgang ging. Die zwei Frauen waren wirklich sehr verschieden. Es gab seines Wissens keine gemeinsamen Interessen. Oder doch?

«Passt auf, dass ihr nicht zu viel trinkt!», sagte er nur.

«Christa fährt, aber ich passe auf sie auf.»

«Oh, Christa fährt mit ihrem Sportflitzer. Das macht mir etwas Sorgen. Versprich mir, dass du sie darauf aufmerksam machst, falls sie zu schnell fährt.»

Christa holte Anna vor ihrem Haus ab. Sie stellte den Beifahrersitz höher, lehnte sich dabei über Annas Oberkörper und jammerte gespielt tragisch: «Ach, Anna, könntest du mir nicht etwas davon abgeben?»

«Wenn ich dafür etwas von deinen Beinen bekomme, gerne!», lachte Anna.

Als sie vor dem Kino standen und die Bilder des angekündigten Films in der Auslage betrachteten, wurde Anna etwas mulmig zumute.

«Wollen wir uns wirklich diesen Film anschauen, Christa? Das ist gar nicht meine Welt ...», sagte sie zögernd. Am liebsten wäre sie auf der Stelle umgekehrt und nach Hause gefahren.

«Eigentlich ist es auch nicht meine Welt, Anna. Lara hat davon erzählt, und ich bin mir dabei vorgekommen, als ob ich hinter dem Mond aufgewachsen wäre. Nur deshalb möchte ich wissen, was da abgeht in diesem Fifty Shades of Grey-Film.»

Als Christa Annas besorgtes Gesicht sah, beschloss sie, das Experiment abzubrechen: «Komm, wir besuchen zuerst die Bar, der Film läuft uns nicht davon.»

Es war noch früher Abend als Christa und Anna die Lola-Bar betraten. Das Lokal war fast leer. Nur zwei Männer an der Theke und weiter hinten an einem kleinen Tisch sass ein junges Pärchen.

Christa zog Anna neben sich auf den Hocker und schaute vergnügt in die Runde. Endlich wieder einmal im Ausgang. Ohne Toms Kollegen oder irgendwelche Geschäftsfreunde.

Als Lola auf sie zukam, raunte Anna: «Kein Alkohol Christa, du musst noch fahren.»

Lola sah auf den ersten Blick, dass die beiden Frauen keine gewöhnlichen Bar-Besucherinnen waren.

«Hallo! Was darf es sein?»

«Hallo Lola», sagte Christa lächelnd.

«Ich bin Christa, und das ist Anna. Wir möchten ein Glas Sekt.»

«Gibt es etwas zu feiern, Christa und Anna?»

«Na ja, vielleicht. Kommt ganz drauf an, wie meine Nachforschungen verlaufen.»

«Nachforschungen?»

Christa hob ihr Glas, prostete Anna zu, die am liebsten unsichtbar geworden wäre, und sagte: «Ich möchte herausfinden, ob mein Mann in Gefahr ist.»

«Dein Mann in Gefahr?», fragte Lola verwirrt.

«Was denn für eine Gefahr?»

«Mein Mann ist immer wieder in Gefahr, mir untreu zu werden, und das möchte ich diesmal verhindern. Darum sitze ich hier, weil ich hoffe, dass du mir etwas über seine Sekretärin erzählen kannst.»

Lola lachte lauthals.

«Ach, das ist gut! Du hoffst, dass ich dir erzähle, ob dein Mann etwas mit seiner Sekretärin hat. Wie heisst er denn, dein Mann?»

«Tom, er heisst Tom und ist hier Stammgast, zusammen mit seinen Kollegen André, Daniel und Klaus.»

Lola wurde plötzlich ernst.

«Tom, der Anwalt? Das ist dein Mann?»

«Genau, das ist mein Mann. Seine neue Sekretärin soll jung, sehr hübsch und besonders tüchtig sein.»

«Also Christa», sagte Lola ernst, «so etwas in der Art ist mir bis jetzt nur einmal passiert. Und dummerweise habe ich diesem Mann Auskunft gegeben. Er ist nach Hause gegangen und hat seine Frau verprügelt. Und deshalb kannst du dir denken, dass ich dir nichts über deinen Tom sagen werde! Gar nichts! Was mir an der Bar erzählt wird, ist geheimer als das Beichtgeheimnis.»

«Mein Gott Lola, ich verstehe dich ja. Aber ich kann dir versichern, dass ich, ganz gleich was du mir erzählst, meinen Tom nicht verprügeln werde. Ich möchte nur verhindern, dass er wieder eine Dummheit macht.»

«Tom ist Tom», sagte Lola wissend.

«Er ist eben der Frauen-Typ. Ich begreife, dass du dir Sorgen machst. Wahrscheinlich sind sie nicht ganz unbegründet. Das ist alles, was ich dir sagen kann.»

«Christa, wir sollten jetzt gehen», flüsterte Anna und rutschte vom Hocker.

«Die Drinks gehen aufs Haus!», rief Lola und lief ans andere Ende der Bar, um einen neuen Gast zu bedienen.

IX

Jonas sass eines Abends in seinem Zimmer und löste gerade eine interessante Matheaufgabe, als er plötzlich starke Kopfschmerzen bekam. Und dann war es wieder so weit: Er sah Gestalten, gefangen in dunklen Mauern, hörte entsetzliche, verzweifelte Schreie von Menschen, die gefoltert und anschliessend in den Kerker geworfen worden waren ...

Er stand so plötzlich auf, dass der Stuhl krachend zu Boden fiel und rannte die Treppe hinunter ins Wohnzimmer, wo seine Eltern lesend auf der Couch lagen.

«Jonas, um Himmels willen, was ist los? Hast du ein Gespenst gesehen?», rief seine Mutter.

Sein Vater stand auf und legte einen Arm um seine Schultern ...

«Beruhige dich Jonas! Alles ist gut! Keine Gefahr, wir sind für dich da ... Komm, setz dich!»

Jonas liess sich auf einen Stuhl fallen, stützte die Ellenbogen auf die Knie, den Kopf in die Hände.

«Da war plötzlich eine Art Film. Ich sah Menschen, die gefoltert worden waren, stöhnten, schrien und um Hilfe riefen. Es war schrecklich!»

«Und jetzt? Sind sie wieder verschwunden?»

«Ja, jetzt sind sie weg!», stöhnte Jonas.

«Was soll das? Bin ich verrückt oder auf dem Weg, es zu werden?»

«Verrückt bist du sicher nicht, aber auf jeden Fall ist es jetzt wirklich an der Zeit, einen Facharzt aufzusuchen. Was du da erlebt hast, muss dringend abgeklärt werden! Es ist ja nicht das erste Mal.»

Martin griff zum Handy, ignorierte Jonas schwachen Protest und winkte Anna energisch, ruhig zu sein.

Als sich Markus meldete, lief er ins Schlafzimmer und schloss die Tür.

«Leg dich auf die Couch, Jonas!», befahl Anna.

«Ich bringe dir etwas zu trinken.»

Jonas legte sich hin, bedeckte mit dem Ellenbogen die Augen und warf verzweifelt den Kopf hin und her.

«Komm, trink diesen Tee, er beruhigt.»

Jonas setzte sich auf, nahm die Tasse und trank in kleinen Schlucken. Während er abwesend vor sich hinstarrte, begann er zu reden: «Beim letzten Mal wart ihr nicht zu Hause. Da bin ich zur Villa hinüber gelaufen. Lara war weg, aber Christa war da. Sie hat mir lange zugehört ... Und weisst du was, Mama? Danach haben wir zusammen ein paar Gläser Wein getrunken. Dann hat Christa von ihren Problemen erzählt. Wegen Tom, weil sie Angst hat, dass er wieder fremd geht.»

Anna glaubte, sich verhört zu haben.

«Was? Ihr habt zusammen Wein getrunken? Warum habt ihr mir nichts davon erzählt?»

«Ach, weisst du, das war irgendwie sehr persönlich, das wollte ich für mich behalten und sie wohl auch. Christa konnte mich wunderbar beruhigen. Ich wusste gar nicht, dass Lara so eine tolle, einfühlsame Mutter hat. Sie ist nicht so kalt und berechnend, wie man erzählt.»

Anna war sprachlos. Christa, mit der sie vor Kurzem noch im Ausgang gewesen war, hatte ihren Sohn, zusammen mit ein paar Gläsern Wein, ganz wunderbar beruhigt.

Kurz blitzte ein Verdacht in ihr auf: «Ihr seid aber doch nicht ... Du weisst schon, was ich meine ... Zu weit gegangen?»

Jonas schaute seine Mutter abwesend an: «Maaaam», sagte er schliesslich, «Christa ist zwanzig Jahre älter als ich, wo denkst du hin? Sie war einfach sehr nett und kuschelig, mehr möchte ich nicht sagen, der Wein, weisst du ...»

«Zwanzig Jahre älter, nett und kuschelig, und mehr willst du nicht sagen?»

Jonas stellte die Teetasse weg, legte sich seitlich auf die Couch, zog die Knie an den Bauch und lächelte mit geschlossenen Augen vor sich hin.

«Also, da muss mir Christa noch etwas beichten», murmelte Anna.»

Als Martin aus dem Schlafzimmer kam, war Jonas eingeschlafen.

«Anna, was ist? Wieso schaust du mich so an?»

«Martin, könntest du dir vorstellen, mit Lara zu kuscheln?»

«Mit Lara kuscheln? Sag, spinnst du? Wie kommst du denn darauf?»

«Jonas hat gerade erzählt, dass er mit Christa gekuschelt habe, weil wir nicht da waren bei seinem letzten Anfall.»

Martin verzog das Gesicht, als ob ihm plötzlich ein Zahn höllische Schmerzen bereiten würde.

«Also Anna, ich weiss nicht, wie du mich so etwas fragen kannst. Denkst du, ich stehe wie Tom auf über zwanzig Jahre jüngere Frauen?»

«Männer bleiben Männer», grummelte Anna.

Martin betrachtete sorgenvoll seinen schlafenden Sohn ... «Ich habe einen Termin mit Markus abgemacht. Er hat grosses Interesse an dem, was mit Jonas geschieht.»

«Mir genügt im Moment, wie mein Sohn von Christa getröstet wurde. Das beschäftigt mich mehr als alles andere», jammerte Anna bekümmert.

«Vielleicht darum, weil sie für Jonas da war, als er es brauchte ... und seine Mutter nicht?»

«Ach!», raunzte Anna, «das kann ein Mann nicht verstehen, dazu fehlt euch einfach der Mutterinstinkt!»

«Und euch Frauen der Vaterinstinkt», gab Martin zurück und strich seinem schlafenden Sohn zärtlich übers dunkle Haar.

X

Tom ärgerte sich etwas, als er bemerkte, dass sein Herz einen Gang höher schaltete, als er am Montagmorgen den Lift betrat, der ihn zu seiner Kanzlei in den dritten Stock hinaufbrachte. Forschen Schrittes lief er durch den Gang des alten Gebäudes, schaute kurz nach rechts ins Büro, wo seine Sekretärin bereits hinter ihrem Schreibtisch sass, und rief betont kollegial: «Guten Morgen, Soja!» Dann betrat er sein geräumiges, helles Büro und schloss die Tür hinter sich.

Erst als er sich gesetzt hatte, drang durch, dass Soja seinen Gruss nicht erwidert hatte.

Und nicht nur das. Auf dem Schreibtisch befanden sich die üblichen Aktenordner, schön aufgereiht nach

Datum, doch daneben lag ein Brief, auf dem mit grossen Buchstaben sein Name stand.

Tom nahm das Couvert vorsichtig in die Hand und schaute die Rückseite an. Kein Absender und nicht zugeklebt.

Er fühlte, wie ihm heiss wurde, was ihn noch mehr ärgerte. Was zum Teufel war nur los mit ihm?

Vorsichtig zog er den Brief aus dem Umschlag und faltete ihn auf.

Lieber Tom,

Ich weiss, dass du keine Freude an diesem Brief haben wirst, denn ich bin erst seit sieben Monaten hier. Doch leider ist es so, dass mich die Umstände zwingen, meine Anstellung bereits wieder zu kündigen.

Bitte frag nicht warum. Wenn du es wüsstest, würde es nur noch schwieriger für mich und vielleicht auch für dich.

Du warst ein sehr angenehmer Chef. Ich habe mich immer gut mit dir gefühlt. Du warst anständig und hast mich ernst genommen, ja hast mich sogar gefördert.

Dafür danke ich dir.

Ich werde noch lange an die Zeit mit dir zurückdenken.

Alles Gute für Dich, deine Kanzlei und deine Familie!

Soja

Tom war, als ob er unvermutet einen Schlag auf die Brust bekommen hätte. Benommen blieb er eine Weile sitzen, dann stand er auf und lief mit dem Brief in der Hand zu Sojas Büro ...

Soja sah nicht auf. Sie tippte auf ihrem Computer herum, als ob sie einen Weltrekord aufstellen wollte. Tom legte schweigend den Brief neben die Tastatur.

Soja hob den Kopf. Tom sah, dass sie geweint hatte.

«Soja ... Was soll das?»

«Tom, weisst du, es tut mir leid ..., aber es geht nicht anders ...» Sie schob die Hände vors Gesicht.

«Was geht nicht anders und warum nicht?»

«Ach Tom! Wenn wir eine Chance hätten, ich älter wäre oder du jünger und nicht verheiratet ...», klagte Soja mit Tränen in den Augen.

XI

An diesem Tag ging bei Christa alles schief. Einfach alles. Sie hatte mit Tom gefrühstückt, wie immer. Tom hatte sie zum Abschied geküsst, wie immer. Danach war Christa auf die Terrasse gelaufen und hatte ihm nachgesehen, als er aus der Garage heraus und zur Arbeit fuhr. Wie jeden Tag.

Doch dann musste sich irgendetwas in ihrer Lebensstruktur von Grund auf geändert haben. Es war, als ob plötzlich ein Orkan ihr wohlgeordnetes Leben durcheinanderwirbelte und erst aufhören wollte, wenn kein Stein mehr auf dem anderen lag.

Es begann mit dem Anruf von Anna.

«Hallo Christa …»

«Ja, Anna?»

«Christa, ich muss dich etwas fragen …»

«Ok, nur zu. Geht es um den Film, den wir nicht besucht haben? Oder hat Lola etwas …»

«Christa, Jonas hat wieder so einen Anfall gehabt, und diesmal waren wir da. Danach hat er erzählt, dass du ihn beim letzten Mal ganz wunderbar beruhigt habest. Und, dass ihr zusammen Wein getrunken …»

«Mein Gott, Anna, weil Lara nicht da war, habe ich Jonas zugehört, ihn in den Arm genommen und getröstet. Das hat ihn entspannt und seine Ängste vertrieben, das ist alles.»

«Und warum habt ihr dann niemandem etwas davon erzählt? Mindestens mir als Mutter hättest du das mitteilen müssen, Jonas sagt, dass er es deshalb nicht getan habe, weil es so persönlich gewesen sei.»

«Anna, was auch immer Jonas erzählt hat, ist wohl so gewesen. Wahrscheinlich hatten wir beide Angst, dass du so reagieren würdest, wie du jetzt reagierst.»

Anna gab keine Antwort. Sie unterbrach die Verbindung und warf das Handy aufs Sofa.

Christas Hände zitterten, als sie die Glastür öffnete, auf die Veranda trat und sich eine Zigarette zwischen die noch ungeschminkten Lippen schob. Als das Feuerzeug den Dienst versagte, warf sie es verärgert in den Garten hinunter, lief ins Schlafzimmer und fand auf dem Nachttisch den vergoldeten Gasanzünder, den Tom ihr zum Geburtstag geschenkt hatte.

Mit einer Flasche in der Hand trat sie auf die Veranda. Rauchte, trank, rauchte, dachte nach. Schaute zum

Plateau mit der Burg hinauf und hatte den Eindruck, dass es so war, wie es Jonas ihr erzählt hatte, dass etwas von dort oben für seine – und vielleicht auch ihre – Probleme verantwortlich war.

Danach erlebte Christa den Tag wie einen schlechten Traum. Alles in ihr war in Aufruhr. Sie fühlte sich, als ob ihr bald der Boden unter den Füssen weggezogen würde. Etwas Bedrohliches lag in der Luft. Auch im Haushalt ging alles schief. Die Waschmaschine blockierte mitten im Programm, der Monteur war nicht erreichbar. Als sie den Kühlschrank öffnete, war alles nass. Der Strom war ausgefallen, was in all den Jahren noch nie passiert war.

Lara kam von der Schule, rief «Hallo!» und verschwand in ihrem Zimmer. Kurz darauf tauchte sie wieder auf: «Mama, ich geh gleich wieder! Tschüüüss!»

Christa fühlte sich allein und unverstanden wie noch nie in ihrem Leben. Niedergeschlagen rauchte und trank sie weiter.

XII

Nora übernachtete bei Nico im Zimmer. Da das Bett für zwei Personen zu schmal war, verkündete sie, dass sie auf dem Boden schlafen werde. Etwas, das sie auch zu Hause in ihrem Zimmer immer wieder als Abhärtung für ihren Kampfsport praktizieren würde.

Nico schüttelte den Kopf, gab ihr eine Decke und betrachtete lächelnd die *Siegreiche Frau* neben sich am Boden. Nachdem er das Licht gelöscht hatte, lauschte er ihren Atemzügen, die immer langsamer und tiefer wurden.

Mitten in der Nacht wachte er auf, weil Nora zu ihm ins Bett gekrochen kam und einen Arm unter seinen Nacken schob. An ihre weiche Brust gebettet schlief er wieder ein. Bald erwachte er in einem Traum. Sitzend auf einer kleinen Insel mitten im Meer.

Rundum Palmen und einzelne Felsen, die auf einer Seite zum Wasser hin abfielen, hinter ihm murmelte ein kleines Bächlein sein Lied. Wenigstens muss ich nicht verdursten, dachte er, schaute sich um und entdeckte Kokosnüsse, die hoch oben unter den grossen Blättern hingen ... Und verhungern auch nicht.

Nico stand auf, lief zum Strand und schaute aufs Meer hinaus. Im Wasser spiegelte das Sonnenlicht, ohne ihn zu blenden. Fische in allen möglichen Farben schwammen um seine Füsse herum.

Plötzlich sah er ein Boot. Dann ein zweites, das versuchte, das erste einzuholen. In jedem Boot sass eine Frau. Zwei Frauen, die auf seine Insel zuruderten. Schnell kam die erste näher. Er erschrak. Ihr Gesicht war mit schwarzen und weissen Längsstreifen angemalt, in der Hand hielt sie einen Speer.

Die Frau hinter ihr liess die Ruder fahren, stand auf und winkte mit den Armen. Langes, blondes Haar flatterte im Wind.

«Niiiicoooo! Niiicoooo!»

Als Nico ihr zuwinkte, hörte er das Knirschen des ersten Bootes auf dem Sand. Die rothaarige Kriegerin sprang ans Ufer, hob den Speer und schleuderte ihn auf die winkende Frau.

«Neeeiiiinnnn!», schrie Nico, doch es war zu spät. Der Speer traf die blonder Frau mitten ins Herz. Die Frau fiel vom Boot und verschwand im Meer.

Beim Morgenessen erzählte Nora, dass Nico im Schlaf NEIN! geschrien habe, doch er konnte sich an nichts erinnern.

«Vielleicht hast du schlecht geträumt, mein Schatz», meinte seine Mutter liebevoll.

«Ist mir egal Mama, ich halte nichts von Träumen, wie heisst es doch? Träume sind Schäume! Richtig Papa?»

«Da kann ich dir nur beipflichten», knurrte sein Vater. «Dieses ganze Zeugs, das heute im Umlauf ist, dieses esoterische Geschwafel, das geht mir auf die Nerven. Sogar Martin, unser Arzt, beschäftigt sich inzwischen damit, wie er letzthin erzählt hat. Er glaubt, dass die Forschungen eines amerikanischen Psychiaters aus den Fünfzigern eine Erklärung für die Depressionen seines Sohnes liefern könnten. So ein Quatsch!»

«Was denn für Forschungen?», fragte Nora interessiert. «Meine Mama beschäftigt sich auch mit Esoterik, sie ist sogar überzeugt, dass sie schon mehrmals gelebt hat.»

«Jaja, genau solches Zeugs hat Martin auch erzählt. Dabei müsste doch allen klar sein, dass noch niemand zurückgekommen ist!»

«Ich weiss nicht», meinte Rosa, die als Portugiesin katholisch erzogen worden war. «Mit solchen Fragen habe ich mich nie beschäftigt. Trotzdem glaube ich an ein Weiterleben nach dem Tod, das ist Bestandteil meines katholischen Glaubens und für mich sehr wichtig.»

«Jedem das Seine!», knurrte Reto.

«Glaubens- und Religionsfreiheit ist in der Bundes- verfassung verankert. Solange jeder die Religion des anderen akzeptiert und alle einander in Ruhe lassen, kann von mir aus jeder glauben, was er will.»

«Und Esoterik? Steht davon auch etwas in der Bun- desverfassung?», fragte Nora provozierend.

«Kaum», antwortete Reto.

«Aber das ist wohl auch nicht nötig. Das Ganze läuft unter Glaubens- und Meinungsfreiheit. Was mir aller- dings zeigt, dass unsere Gesetze zu tolerant sind.»

Nora beschloss, Reto weiter zu fordern: «Ich bin eher für weniger Regeln. Man sollte auch ohne Gesetz für seine Handlungen geradestehen müssen.»

Reto schaute sie nachdenklich an. Nora dachte schon, sie müsste sich wieder entschuldigen, als sich seine Miene aufhellte: «Dass so eine junge Frau so etwas sagt, gefällt mir! Das ist es: Selbstverantwortung! Daran krankt unsere Gesellschaft! Und weisst du warum?»

Nora schüttelte den Kopf.

«Weil wir die Linken haben, den Sozialismus, der am liebsten die ganze Verantwortung des Einzelnen dem Staat aufbürden würde. Was leider zum grossen Teil schon gelungen ist. Wenn ich nur an all die Vorschrif- ten denke, die ich als Unternehmer auf Verlangen der Gewerkschaften einzuhalten habe, könnte mir schlecht werden.»

Nora schaute grinsend Nico an: «Was meinst du, wie würde sich dein Vater mit meiner Mutter vertragen?»

«Ist wohl eine Linke?», knurrte Reto misstrauisch.

«Ultralinks und grün. Gegen das Kapital, gegen Nationalismus, für das Öffnen der Grenzen auf der ganzen Welt. Sie träumt von einer Einheitsrasse, wo alle geben und keiner mehr hat als der andere. Und weisst du warum, Reto? Sie sagt, dass wir als Seele alle gleich sind, und dass unsere Welt darauf angepasst werden muss, natürlich auf Kosten der bösen Kapitalisten.»

«Hahahaaaa», lachte Reto.

«Immer auf Kosten der Leute, die Kapital und Arbeitsplätze schaffen. Alles schon dagewesen im Kommunismus und Sozialismus, in der DDR zum Beispiel. Hat nicht funktioniert. Eine Elite hat die Gleichheit aufgehoben, eine Diktatur errichtet und die Leute unterdrückt. Es liegt einfach nicht in der Natur des Menschen, dieses Gleichsein. Das Ganze ist eine Illusion. Wenn jeder gleichviel hat wie der andere, wo bleibt da der Anreiz, etwas zu erreichen?»

«In der Bibel steht: Vor Gott sind alle gleich», sagte Anna leise.

Reto wollte schon die Hände verwerfen, als Nora fragte: «Wer ist Gott? Hast du ihn schon einmal gesehen, Rosa? Ich nicht! Ich glaube nicht an ihn. Wenn es ihn gäbe, würde es nicht so viel Leid und Ungerechtigkeit in der Welt geben.»

«Und wenn es ihn trotzdem gibt?», hakte Rosa nach.

«Dann hat er seine Menschen vergessen, oder sie sind ihm egal. Vielleicht sind wir aber auch nur ein Experiment, und er schaut zu, wie wir uns in guten und schlechten Zeiten durchschlagen.»

«Das glaube ich nicht», sagte Rosa leise. «Niemals! Das spüre ich in meinem Herzen. Dort sehe ich ihn jeden Tag.»

XIII

«Abgelehnt!», sagte Tom bestimmt.

«Deine Kündigung wird nicht angenommen, Soja!» Er lief in sein Büro und schloss energisch die Tür hinter sich. Seufzend nahm er die dringendste Akte in die Hand und versuchte, sich zu konzentrieren.

Es war ein schwerer Tag für Tom, weil die Kommunikation mit Soja gestört war. Zehn Minuten nachdem der letzte Kunde gegangen war, öffnete sich die Tür …

«Tom …»

«Komm, setz dich, Soja!»

Soja kam mit hängenden Schultern auf ihn zu und setzte sich ihm gegenüber in den Besuchersessel.

«Tom, ich …, es tut mir leid! Wenn du wirklich willst, bleibe ich noch …»

«Und ob ich das will!», sagte Tom bestimmt.

«Und dann erklär mir, warum es ein Problem für dich ist, dass ich älter und verheiratet bin!»

Soja wurde rot bis über beide Ohren.

«Tom, es ist …, ach, ich schäme mich so! Also, mein Problem ist, dass du für mich mehr geworden bist als nur ein Chef.»

Tom räusperte sich: «Das ist kein Unglück Soja, im Gegenteil: Es ist ein Kompliment für mich. Und zudem: Ich mag dich auch, vielleicht mehr, als ich dürfte und als gut ist. Doch Hoffnung auf mehr kann ich dir nicht machen. Ich bin und bleibe dein Chef und mit Christa verheiratet, alles andere ist für mich ausgeschlossen. Wenn du das nicht akzeptieren kannst, bin ich gezwungen, deine Kündigung doch noch anzunehmen.»

«Echt?» Sojas Augen leuchteten wie Sterne.

«Du magst mich auch? Ach Tom ...»

Und schon hatte sie ihn umarmt. Dann schwang sie sich mit wiegenden Hüften zur Tür, drehte sich noch einmal um, warf ihm eine Kusshand zu und rief: «Tschüüüsss Tom! Bis morgen!»

Tom legte die Hände vors Gesicht und verharrte so längere Zeit. Er dachte an Christa, an sein Versprechen, überprüfte seine Gefühle und musste sich eingestehen, dass das, was er für Soja empfand, im Moment nicht mit dem vergleichbar war, was er für Christa fühlte. Doch er hatte hoch und heilig versprochen, nie wieder ein Verhältnis mit einer anderen Frau einzugehen.

Nach langem Nachdenken kam ihm ein verwegener Gedanke. Er beschloss, mit aller Kraft gegen diese Gefühle anzugehen, und Christa sollte ihm dabei helfen. Er war sicher, dass seine Frau wie eine Löwin um ihn kämpfen würde.

Als Tom früher als gewohnt nach Hause kam, schlief Christa auf der Couch tief und fest.

«Lara!» Keine Antwort. Tom schaute in ihr Zimmer ... Seine Tochter war nicht da.

«Schon wieder im Ausgang mit ihren Freundinnen», murmelte er, schloss die Tür, begab sich in die Küche, bereitete sich ein Schinkenbrot zu, schenkte sich ein Glas Wein ein und setzte sich neben Christa auf die Couch.

Da lag sie und schlief wie ein Baby, die attraktive Frau, um die er vor zwanzig Jahren gekämpft und schliesslich gegen starke Konkurrenz gewonnen hatte.

Tom hatte sich immer wieder gefragt, wieso Christa damals so lange gebraucht hatte. Wären Gefühle im Spiel gewesen, echte Liebe, dann hätte es nicht so lange dauern können. Doch Christa hatte mit dem Kopf entschieden und noch vor Kurzem gesagt, dass sie eigentlich nicht genau wisse, was Liebe sei. Und auch er, Tom, hatte das nie definieren können. Christa war für ihn die begehrenswerteste Frau gewesen, die er je getroffen hatte, und er hatte sie um jeden Preis erobern wollen.

Doch Liebe? Was war Liebe? Leidenschaft ja. Und wie! Die körperliche Anziehungskraft war immer noch stark. Doch jetzt war etwas in ihm aufgewacht, das er noch nicht kannte. Ein Gefühl, ein ganz wunderbares Empfinden, das ihm buchstäblich all seine rationalen Erklärungen wie einen alten, abgenutzten Teppich unter den Füssen wegzog und alles infrage stellte, was bisher der Boden, das Haus und der Himmel seines Lebens gewesen war: Verstand, Stellung, Besitz, Ansehen …

Während Tom darauf wartete, dass Christa erwachte, fühlte er, wie sein Herz mit jedem Schlag ein Wort flüsterte. Und dieses Wort, dieses Gefühl, hatte einen Namen, der nicht der seiner Frau war.

XIV

Lara war nicht zufrieden mit dem Verlauf des Turniers. Ihr Team war früher ausgeschieden als erwartet. Unter anderem darum, weil ihr, als beste Spielerin, die Konzentration gefehlt hatte, was ihr vom Trainer und von den Mitspielerinnen ziemlich übel genommen wurde. Niedergeschlagen sass sie auf der Zuschauerbank und verfolgte die letzten Spiele. Sogar wenn alle rundum aufstanden und einen Punkt ihres favorisierten Volleyball-Teams beklatschten, blieb sie in sich gekehrt sitzen. Sie fragte sich, was der Grund für ihre Konzentrationsschwäche gewesen sein könnte. Nico und seine Emanze vielleicht? Sie ärgerte sich darüber, dass diese zwei zusammen waren, fand jedoch keine Erklärung dafür.

Und dann Jonas. Er war in letzter Zeit besonders abwesend und zerstreut gewesen. Eigentlich war sie gar nicht an ihn herangekommen. Was war nur mit ihm los? Lag es an seinen immer wiederkehrenden Angstzuständen oder war vielleicht sogar eine andere Frau im Spiel? Bei diesem Gedanken musste Lara allerdings lächeln. Sie konnte sich nicht vorstellen, dass der verträumte Jonas sich für eine andere Frau interessieren könnte. Ihr Vertrauen in ihn war seit dem Kindergarten nur noch gewachsen. Dass sie zusammengehörten, war für sie so selbstverständlich wie, dass Christa und Tom ihre Eltern waren.

Lara fiel das Gespräch mit ihrer Mutter ein. Sie wunderte sich, dass sie ihren Vater wegen seines Seitensprungs nicht verlassen hatte. Doch sie spürte, dass sie immer noch darunter litt und jetzt, da wieder eine neue junge Angestellte Tom bei seiner Arbeit unterstützte, musste es besonders schwierig für sie sein. Wie konnte sie das nur aushalten?

Lara beschloss, da sie sowieso schon ausgeschieden waren, ihr Team vorzeitig zu verlassen und mit dem nächsten Zug nach Hause zu fahren. Unterwegs schickte sie Jonas ein WhatsApp: Hallo Jonas, bin um siebzehn Uhr am Bahnhof. Wollen wir uns treffen? Jonas gab keine Antwort, doch als Lara aus dem Zug stieg und die Treppe hinauf zum Ausgang lief, sah sie, wie er mit einem Computerheft in der Hand aus dem Kiosk kam, zur nächsten Bank lief, sich setzte und das Heft aufschlug. Er wirkte ziemlich zerstreut, blätterte vor und zurück, legte das Computerheft weg, schaute aufs Handy und tippte blitzschnell darauf herum.

Lara wartete auf eine Antwort. Doch sie kam nicht. Jonas steckte sein Handy ein, schaute auf die Uhr, stand auf und lief zum Lift. Die kürzeste Verbindung von der Postautostation am Bahnhof ins Dorf hinauf.

«Jonas!» Lara rannte los. Kurz bevor sich die Tür schloss, zwängte sie sich in den Lift. Ohne darauf zu achten, dass eine Frau mit einem Mädchen an der Hand neben ihnen stand, fiel sie Jonas um den Hals und küsste ihn ausgiebig.

Dann: «Jonas, hast du mein WhatsApp nicht gelesen?»

«Wow», sagte Jonas, «wo kommst du so plötzlich her? Dein WhatsApp? Hab ganz vergessen zu antworten.»

«Vergessen? Ach Jonas, du bist immer so zerstreut. Geht es dir auch gut? Wie war dein Tag?»

«Das erzähle ich dir, wenn wir oben sind», raunte Jonas mit gedämpfter Stimme. Und mit einem Blick auf die Frau und das Kind: «Wenn wir allein sind. – Wieso bist du eigentlich schon zu Hause? Ihr wolltet doch noch zusammen feiern.»

«Es gab leider nichts zu feiern», seufzte Lara. «Weiss auch nicht, was mit mir los war. Die Konzentration hat mir gefehlt. Ich habe so schlecht gespielt wie noch nie. Es war eine Katastrophe! Der Trainer war richtig böse auf mich und auch die Kolleginnen konnten nicht verstehen, was mit mir los war.»

«Fliegst du jetzt aus dem Team?», fragte Jonas gespielt sorgenvoll und kniff Lara grinsend in die Seite.

Hand in Hand liefen sie durchs Dorf und hinauf zur Villa, wo Tom neben seiner schlafenden Frau sass und überlegte, wie er ihr beibringen sollte, dass er ihre Hilfe brauchte, weil er sich verliebt hatte.

XV

Dass ohne Vorwarnung auch noch Lara mit Jonas auftauchen würde, hatte Tom nicht voraussehen können.

«Hallo Papa!», rief sie, küsste ihren Vater flüchtig auf die Wange und lief zur Couch, wo ihre Mutter gerade aufwachte.

«Mama! Hast du geschlafen?»

Lara setzte sich mit Jonas neben Christa. Tom lief in die Küche und kam nach einiger Zeit mit einem Krug frisch gepresstem Orangensaft zurück. Er stellte vier Gläser auf den Tisch, füllte sie und reichte Christa eines.

«Komm, Christa, trink etwas!»

«Tom, du bist schon da? Ist dir die Arbeit ausgegangen oder hat dich deine Sekretärin vertrieben?», fragte Christa überrascht.

Tom überhörte die Frage, reichte Jonas und Lara den Orangensaft, hob sein Glas und murmelte: «Einer für alle, alle für einen ...»

Christa, Lara und Jonas sahen ihn fragend an.

«Tom, was ist los? Du bist viel früher nach Hause gekommen als üblich und nun stossen wir an, als ob es ein besonderer Tag wäre. Gibt es etwas zu feiern?», fragte Christa misstrauisch.

«Zu feiern nicht, der Drink soll eher zur Beruhigung dienen. Eigentlich wollte ich nur mit Christa reden», antwortete Tom. Und zu Lara und Jonas gewandt: «Andererseits, ich kann jede Hilfe gebrauchen.»

«Was denn für eine Hilfe, Papa», rief Lara erschrocken.

«Tom, komm, setzt dich! Warum brauchst du unsere Hilfe? Hast du etwas ausgefressen?»

«Ich brauche eure Hilfe, weil ...»

Tom stockte, trank einen Schluck und noch einen. Es fiel ihm unglaublich schwer, sein Geheimnis zu beichten. Er wusste, dass danach in seiner Beziehung zu Christa und auch zu Lara nichts mehr so sein würde wie vorher. Doch es war der einzige Weg, sein Problem zu lösen.

«Es ist so ... Ich brauche eure Hilfe, weil ich mich ...»

«Weil du was?», rief Lara.

Tom schaute Christa an und senkte schuldbewusst den Blick: «Weil ich mich verliebt habe.»

«Was? Verliebt?», schrie Lara.

«Du hast dich verliebt, Papa? Und in wen? – Ach, ich weiss schon! Natürlich in deine Sekretärin! – Schäm dich! Du bist so was von fies! Komm Jonas, wir gehen!»

Lara stand auf und zog Jonas mit sich in ihr Zimmer. Krachend schlug die Tür zu.

Tom und Christa waren allein.

Dann Christa: «Ich wusste es. Ich habe die ganze Zeit

gespürt, dass etwas auf mich zukommt, etwas, das mir den Boden unter den Füssen wegzieht. Und natürlich ist es wieder deine Sekretärin, wie könnte es auch anders sein!»

«Christa, es ist nichts passiert. Darum brauche ich ja deine Hilfe, damit wir das überstehen, ohne dass unsere Beziehung kaputtgeht.»

«Nichts passiert? Wenn ihr verliebt seid, ist schon alles passiert. Ich weiss, wie das ist, da habe ich keinen Platz mehr in deinem Leben. Tag und Nacht denkst du nur noch an sie. Sie ist ständig präsent. Ich habe es gespürt, ich habe es gewusst ...»

Christa sass zusammengesunken auf der Couch, das Gesicht in den Händen vergraben. Tom wollte einen Arm um sie legen.

«Rühr mich nicht an!», jammerte sie.

«Aber Christa, ich möchte, dass du mir hilfst, da wieder herauszukommen», rief Tom verzweifelt.

«Aus dieser Schlinge, meinst du? Aus deinen Gefühlen für diese junge Tussi? Und da soll ausgerechnet ich dir helfen? Wie soll das gehen? Soll ich ihr sagen: Verschwinde! Das ist mein Mann! Lass ihn los, gib ihn frei?»

«Ja genau! So etwas in der Art.»

Christa begann verzweifelt zu schluchzen, stand auf und lief an Tom vorbei ins Schlafzimmer. Krachend schlug auch diese Tür zu.

Tom war allein. Das Einzige, an dem er sich im Moment festhalten konnte, war das leere Glas in seiner Hand. Er legte sich auf die Couch, schloss die Augen und spürte, wie sein Herz alle paar Schläge kurz aussetzte.

Der erste Schritt war getan. Weitere würden folgen. Doch das Spiel hatte erst begonnen. Es ging darum, Christas Vertrauen wieder zu gewinnen, und das war nur möglich, wenn es ihm gelang, die wunderbaren Gefühle, die ihn vorerst jeden Tag bei der Arbeit erfüllten, unter Kontrolle zu halten.

XVI

Sonntag. Gottesdienst in der Dorfkirche. Anna sitzt neben Martin. Sie sieht den Pfarrer auf der Kanzel, hört ihn reden. Doch seine Worte dringen weder in ihren Verstand noch in ihr Herz.

Beim Vaterunser steht sie auf, wie alle anderen auch, schliesst die Augen und betet mit, doch dann, als es heisst: *Vergib uns unsere Schulden, wie auch wir vergeben unseren Schuldigern ...*, spürt sie einen Stich in der Brust. Sie sieht ein kurzes Video: Christa hält Jonas in den Armen, streichelt ihn, herzt ihn, küsst ihn ... Jonas lässt es geschehen, denkt überhaupt nicht daran, dass etwas nicht in Ordnung sein könnte.

«Amen», murmelt Anna und setzt sich wieder.

Martin ist ebenfalls in Gedanken. Auch er beschäftigt sich mit seinem Sohn.

«Hat es in deiner Familie Leute mit Depressionen gegeben?», hatte Markus gefragt.

«Ja», hatte er geantwortet, «mein Onkel hat sich vor bald zwanzig Jahren das Leben genommen. Und auch mein Vater hat immer wieder mit Depressionen zu kämpfen gehabt.»

Er, Martin, hatte von Kind auf wenig gelacht. Es lag einfach nicht in seiner Natur, das Leben sonnig zu sehen. In der Schule war er seiner Ernsthaftigkeit wegen oft gehänselt worden, was er mit stoischer Ruhe hingenommen hatte. Wie das Auge im Tsunami hatte er beobachtet, wie das Leben um ihn herum in Bewegung war. Dabei hatte er nichts als eine gewisse Neugier empfunden. Als er während des Studiums Markus, den späteren Psychiater, kennenlernte, hatte ihm dieser schon früh eine Diagnose gestellt.

«Martin, wenn mich nicht alles täuscht, leidest du an einer leichten Form des Asperger-Syndroms», hatte er eines Tages aus heiterem Himmel verkündet.

«An was soll ich leiden, Markus?»

«Das Asperger-Syndrom» ist eine abgeschwächte Form des Autismus. Einem Asperger fehlt etwa die Fähigkeit, sich in andere Menschen einzufühlen. Er kann Gestik, Mimik, Tonfall und Blickkontakt seines Gegenübers nicht richtig interpretieren. Deshalb fällt es ihm schwer, Kontakte zu pflegen und Freunde zu behalten.

«Aber ich habe doch Freunde! Dich zum Beispiel ...»

«Und wen noch?», hatte Markus gefragt.

«Ok, Markus, ich bin nicht gerade besonders extrovertiert, das ist einfach eine Tatsache. Als Kind sass ich meist allein in meinem Zimmer, las und war zufrieden. Und jetzt soll ich etwas davon Jonas vererbt haben?»

Markus suchte nach Worten, wollte weder ihn noch Jonas verletzen.

«So etwas kann vererbt werden, Martin. Denk an die Depressionen deines Onkels, deines Vaters ...»

«Und? Was kann man dagegen machen?»

«Wie schon gesagt: Diese Zustände mit Medikamenten zu unterdrücken wäre die letzte Massnahme, die ich empfehlen würde. Meiner Meinung nach müsste man durch eine Rückführung die Ursache auflösen.»

Während Martin und Anna nach dem Gottesdienst bei Glockengeläute nebeneinander durchs Dorf und hinauf zu ihrem Haus liefen, sagte Anna: «Martin, ich komme mit der ganzen Sache einfach nicht klar.»

«Mit welcher Sache?»

«Weisst du, das mit Christa. Diese Kuschelei mit Jonas, das gibt mir zu denken, und weisst du auch warum?»

«Nein! Keine Ahnung», murmelte Martin.

«Ich war doch mit Christa vor ein paar Tagen im Ausgang. Zuerst wollten wir ins Kino, doch der Film hat mir nicht gefallen.»

«Wieso nicht?»

«Er behandelt ein Thema, von dem Lara erzählt hat, dass es unter den Mädchen am Gymnasium heiss diskutiert wird. Es geht um eine Frau, die sich ihrem Mann unterwirft und sich sogar von ihm quälen lässt.»

Martin schüttelte den Kopf.

«Oje, und so etwas ist Thema an einem Gymnasium! Und du denkst, dass Christa in diese Richtung tickt und Jonas missbrauchen wollte?»

«Es macht mir Angst. Niemand weiss, was auf diesem Gebiet im Stillen vor sich geht.»

«Anna, das glaube ich jetzt wirklich nicht. Christa ist ein Herzensmensch, nie würde sie etwas tun, was moralisch verwerflich ist. Ich denke, sie wollte Jonas wirklich nur helfen, ihn trösten. Du weisst ja, wie das mit den Kindern ist. Wenn sie älter werden, wollen sie nicht mehr bemuttert werden. Deshalb hat Jonas Christas Hilfe wahrscheinlich annehmen können, weil er sie als Freundin empfunden hat.»

«Freundin? Christa als Freundin von Jonas? Martin, was erzählst du da? Jonas Freundin ist doch Lara!»

«Aber Anna! Freundschaft hat doch nichts mit persönlicher Liebe zu tun. Auch Tom, Reto und Rosa sind Freunde, oder nicht?»

«Du hast ja recht, Martin, du hast ja recht. Ich bin einfach etwas durcheinander», antwortete Anna mit einem schweren Seufzer.

«Auf jeden Fall muss Jonas jetzt zu Markus in die Therapie, dann sehen wir weiter», sagte Martin bestimmt und öffnete die Haustür.

XVII

Während Anna das Mittagessen zubereitete, erinnerte sie sich plötzlich an eine Szene auf dem Bauernhof:

Anna ist sieben Jahre alt. An einem Sonntag läuft sie die Gasse neben dem Haus hinunter zum Holzschopf und setzt sich auf die kleine Bank davor. Die Sonne scheint, alles ist friedlich. Anna schliesst die Augen und geniesst die wärmenden Strahlen auf ihrem Gesicht. Erschrickt etwas, als plötzlich Zora, ihre rotweiss-getigerte Katze, auf ihren Schoss springt. Anna nimmt sie auf den Arm, streichelt sie, drückt ihr weiches, von der Sonne erhitztes Fell, an ihre Wangen.

Plötzlich wird es dunkel. Anna öffnet die Augen. Pitsch, ihr Onkel, steht grinsend zwischen ihr und der Sonne. Er setzt sich neben sie auf das kleine Bänklein: «Da hat es Platz für zwei, oder?»

Anna nickt, stört sich aber an seiner körperlichen Nähe. Sie wäre lieber allein mit ihrer Katze. Pitsch ist nicht ihr Lieblingsonkel. Warum weiss sie nicht. Er beugt sich über sie und streichelt Zora. Anna riecht seinen Atem. Bier und Rauch vom Wirtshausbesuch im Nachbardorf.

«Und, wie geht's meinem Schatz?», fragt Pitsch, legt einen Arm um Anna und drückt sie fest an sich. Der Katze ist das zu viel. Mit einem Satz springt sie über den Onkel hinweg auf den Boden und zwängt sich durch den Zaun in den Garten.

«Gut, bis jetzt», murmelt Anna unbehaglich.

«Und jetzt, wenn dein lieber Onkel da ist, geht's dir noch besser, oder? Komm, gib mir einen Kuss!»

Er spitzt seine wulstigen Lippen, drückt Anna mit Gewalt an sich und küsst sie auf den Mund.

Anna, entsetzt über den penetranten Geruch, wehrt sich verzweifelt, doch der Onkel ist viel stärker. Als sie wieder Luft bekommt, beginnt sie zu schreien. Was dazu führt, dass er ihr mit seiner riesigen Hand den Mund zuhält.

«Sei ruhig Anneli, ich will doch nur etwas lieb sein», murmelt der Onkel verärgert und zieht sie noch fester an sich. Seine linke Hand auf ihr Gesicht gepresst, legt er die rechte auf ihre Knie ...

Mit aller Kraft wehrt, dreht und windet sich Anna, lässt sich mit einem Ruck nach unten gleiten, stolpert über die Beine des Onkels, der noch versucht, sie zu fassen, doch Anna ist schneller ...

Laut schreiend rennt sie die Gasse hinauf ins Haus. Ihr älterer Bruder, der mit zwei Buben auf der staubigen Strasse Fussball spielt, schaut ihr erstaunt nach.

«Mama, der Onkel Pitsch ... Er hat mich ...»

«Der Onkel Pitsch?», lacht Annas Mutter.

«Ja, ja, das ist ein Spassvogel. Dem macht es Freude, die Kinder zu erschrecken.»

«Anneli hat geschrien wie am Spiess», ruft ihr Bruder, «typisch Mädchen! Hat vor allem Angst!»

«Martin!», schrie Anna und warf die Teller mit dem Besteck auf den Tisch. Martin eilte herbei und erschrak. Seine Frau war bleich wie ein Leintuch.

Anna fiel ihm um den Hals und begann haltlos zu weinen.

«Martin, ich weiss jetzt, warum mir das mit Christa und Jonas so grosse Angst macht ...»

«Es war Onkel Pitsch, damals, als ich sieben war.»

«Dein Onkel Pitsch? Was war mit ihm?»

Und dann erzählte Anna, was an diesem Sonntag vor über fünfunddreissig Jahren geschehen war.

«Ich konnte es niemandem erzählen», weinte Anna. «Ich wusste, dass man mir nicht glauben oder darüber lachen würde, dass er mich geküsst hatte. Keiner konnte meine Abneigung gegen ihn verstehen. Alle waren dem Onkel wohlgesinnt. Nächtelang habe ich unter der Bettdecke geweint, weil ich mich schuldig fühlte, dass nur ich ihn nicht mochte.»

XVIII

Am Tag nach dem Gespräch mit Tom war Soja nach Arbeitsschluss beschwingt, ja in Hochstimmung, nach Hause gelaufen. Tom liebte sie auch, was wollte sie mehr? Im Moment genügte ihr das vollkommen. Alles andere würde sich von selbst ergeben. Ihre Gefühle für ihn waren so stark; sie war ganz sicher, dass er die grosse Liebe ihres Lebens war.

Soja öffnete die Tür zu ihrer Dach-Wohnung, trat ein, öffnete die Fenster zur Altstadtgasse, zog sich aus und begab sich unter die Dusche. Während das Wasser über ihren Körper lief, dachte sie an Tom, stellte sich vor, dass er bei ihr wäre.

Als sie sich abtrocknete, fiel ihr ein, dass Tom erzählt hatte, dass seine Tochter Lara ihren Freund abgöttisch liebe, und das seit dem Kindergarten. Seit dem Kindergarten? Wie war das möglich? Sie selbst war in der ganzen Schulzeit nie verliebt gewesen. Erst Tom hatte das geschafft.

Also war Soja überzeugt, dass jüngere Männer zu unbedeutend für sie waren. Zu unreif, zu uninteressant. Doch vor allem konnten sie ihr nicht das bieten, was ihre Mutter ihr vorausgesagt hatte: *Vielleicht wirst du einmal einen Prinzen heiraten, sicher aber einen sehr reichen Mann. Denn du bist etwas ganz Besonderes.*

Und so war Soja in dem festen Glauben aufgewachsen, dass sie nur auf den Mann warten musste, den ihre Mutter ihr versprochen hatte. Schön würde er sein, gross, gutaussehend, intelligent und reich. Als Mädchen hatte sie sich vorgestellt, wie sie, in einer goldenen Kutsche sitzend, mit ihrem Prinzen über eine mit Blumen bedeckte Allee zu seinem Schloss fahren würde.

Soja stand im Schlafzimmer vor dem Spiegel und überlegte, ob sie schön genug war für Tom. So schön, dass er nie mehr eine andere Frau anschauen würde. Sie war jung, hübsch und hatte eine tolle Figur, doch ob das Tom genügte? In zehn Jahren, in zwanzig?

Sie zog ihren Homedress an, nahm ein Joghurt aus dem Kühlschrank und setzte sich in ihrem kleinen Wohnzimmer auf die Couch. Während sie ass, realisierte sie auf einmal, was Tom wirklich gesagt hatte: *Ich bin und bleibe dein Chef und mit Christa verheiratet, alles andere ist für mich ausgeschlossen. Wenn du das nicht akzeptieren kannst, bin ich gezwungen, deine Kündigung doch noch anzunehmen.*

Und plötzlich wurde ihr bewusst, dass Tom nicht daran dachte, seine Frau zu verlassen. Er hatte nur gesagt, dass er sie auch mochte, das war alles. Sie hatte nur gehört, was sie hören wollte … Mitten in ihren Kummer hinein klingelte das Handy.

«Ja, Soja.»

«Hallo Soja, ich bin Christa, die Frau von Tom. Ich möchte gerne mit dir reden, hast du gerade Zeit? Oder wollen wir uns in etwa einer Stunde zu einem Drink treffen?»

«Ach, nein …, ja, wieso denn?», stammelte Soja, völlig überrascht und überfordert von der unerwarteten Konfrontation mit Toms Frau.

«Tom hat mir gesagt, dass er sich in eine andere Frau verliebt hat. Nicht zum ersten Mal übrigens! Ich möchte dir nur sagen, dass ich ihn nicht freigeben werde, Soja! Verstehst du, was das bedeutet?»

Soja konnte nicht antworten, ihr Hals war wie zugeschnürt, das Herz hatte fast aufgehört zu schlagen.

Christa, die Frau von Tom? Er hatte ihr von ihrer Liebe erzählt, hatte ihr sogar ihre Handynummer gegeben. Wie krank war das denn?

«Soja, bist du noch da?», rief Christa.

«Nein, ich kann nicht ..., nein, neeiin, neeeiiiinnn!»

«Dann eben nicht! – Tschüss, Soja, schönen Abend. Sag Tom morgen bei der Arbeit einen Gruss von mir!»

Christa unterbrach die Verbindung und sah triumphierend Lara und Jonas an, die sie lachend in die Arme schlossen.

«War doch genial, unser Vorschlag, nicht Mam?», schrie Lara aufgeregt.

«Papa wird sich wundern, was mit seiner Sekretärin plötzlich los ist!»

Soja lag schluchzend auf ihrem Bett. Tom hatte seiner Frau alles erzählt. Damit war er ihr in den Rücken gefallen, hatte ihre Liebe verraten. Das würde sie ihm nie verzeihen!

XIX

Tom wartete am nächsten Tag vergebens auf seine Sekretärin. Und auch am übernächsten Morgen erschien sie nicht zur Arbeit. Ihr Handy meldete, so oft er es auch versuchte: *Teilnehmer nicht erreichbar.*

Tom war verzweifelt. Es fehlten ihm erstens Sojas kompetente Arbeitskraft in der Kanzlei und zweitens ihre Gegenwart.

Als er Christa am Abend fragte, ob sie Soja kontaktiert habe, reagierte sie mit gespieltem Erstaunen.

«Aber Tom, glaubst du denn wirklich, dass ich um dich kämpfen sollte?»

«Ja, das habe ich gehofft, aber nicht so, dass Soja nicht mehr zur Arbeit kommt. Hast du denn überhaupt kein Einfühlungsvermögen? Gib zu, du hast sie zur Rede gestellt, ohne mich zu informieren?»

«Na ja», sagte Christa gedehnt.

«Du hast mich ja darum gebeten, oder?»

«Und, hast du ihr etwa gedroht?», fragte Tom gereizt.

«Gedroht? Wo denkst du hin, Tom. Das war gar nicht nötig. Ich habe ihr nur mitgeteilt, dass ich deine Frau bin, und dass ich um dich kämpfen werde. Das junge Ding hat schon Panik bekommen, als es meine Stimme gehört hat. Und dann hat sie nur noch geschrien ...»

«Geschrien? Sag, spinnst du Christa? Das war nicht abgemacht!»

Tom war entsetzt über das Verhalten seiner Frau.

«Soja hat keinen Festanschluss, wie bist du überhaupt an ihre Handynummer gekommen?»

Christa grinste: «In so einem Fall sind Frauen erfinderisch, das solltest du wissen.»

«Du hast mein Handy gefilzt, das hätte ich dir nicht zugetraut, das ist kriminell! Mach das nie wieder! Verstanden?»

«Der Zweck heiligt die Mittel, mein Lieber. Ich begreife nicht, warum du dich so aufregst. Hätte ich deine

Sekretärin etwa zu uns nach Hause einladen sollen, um zu dritt eure grosse Liebe zu besprechen?»

«Christa!», rief Tom ausser sich vor Entrüstung. «Du hast nicht an mich gedacht, an meine Gefühle, die ich dir im Vertrauen mitgeteilt habe. Jetzt hast du alles zerstört, was zwischen uns war. Ich wollte, dass du mir hilfst, dass ihr mich versteht, dass wir als Familie zusammenbleiben können. Aber du hast nur an deine Rache gedacht, bist auf Sojas Gefühlen herumgetrampelt und damit auch auf meinen!»

Mit diesen Worten stürmte Tom aus dem Wohnzimmer, rannte die Treppe hinunter in die Garage, stieg in seinen BMW und raste mit den dreihundert PS wie ein Irrer durch die Tempo-30-Zone hinunter auf die Hauptstrasse und von dort auf die Autobahn. Er war so wütend, dass er längere Zeit nicht bemerkte, dass ihn ein Auto mit Blaulicht verfolgte. Erst als es die Hupe einschaltete, ihn überholte und zum Anhalten zwang, dämmerte ihm, dass er von einem grossen in ein noch grösseres Problem geraten war.

«Hundertfünfundsiebzig km/h, Herr Anwalt, das kostet sie nicht nur den Führerschein», knurrte der Polizist, als er die Papiere kontrollierte.

«Aussteigen! Sie kommen mit uns!»

Es dämmerte bereits, als das Polizeiauto mit Blaulicht vor der Villa anhielt. Und natürlich sahen mehrere Augenpaare, wie Tom ausstieg und mit gesenktem Kopf im Haus verschwand. – Der Anwalt, der Gemeinderat, von der Polizei heimgefahren. Das Buschtelefon begann, heiss zu laufen.

Sonntagabend in Thusis. Reto und Rosa hatten Nico und Nora auf den Bahnhof gefahren. Reto war erleichtert, als der Zug anfuhr und kurz danach hinter der Biegung zum Nachbardorf verschwand. Aufatmend legte er einen Arm um seine Frau.

«Und jetzt, Rosa, was machen wir?», fragte er unternehmungslustig.

«Reto, ich weiss, du bist froh, dass wir wieder unsere Ruhe haben, doch irgendwie fehlen sie mir jetzt schon.»

«Auch Nora?»

«Ich finde, sie ist in Ordnung. Ich mag sie», sagte Rosa. «Und ich sehe, dass sie Nico wirklich gern hat. Sie sorgt sich um ihn, behandelt ihn, als ob sie der Mann und er die Frau wäre.»

«Natürlich, weil sie eine Emanze ist», grummelte Reto. «In einer Lesben-Beziehung würde sie auch den starken Part übernehmen.»

«Ist sie aber nicht, sonst würde sie sich nicht mit Nico zufriedengeben.»

Rosa legte einen Arm um Retos Taille und sagte: «Jetzt hätte ich Lust auf ...»

«Oh nein, nicht schon wieder!», rief Reto und hob gespielt verzweifelt die Hände über den Kopf.

«... ein richtig gutes Essen mit Wein und allem, was dazugehört», beendete Rosa ihren Satz.

«Nichts lieber als das, Schatz. Gehen wir doch ins Weiss Kreuz. Da waren wir schon lange nicht mehr.»

Es war kurz vor zwanzig Uhr, als Reto und Rosa im Restaurant eintrafen. Max, der Küchenchef, brachte ihnen persönlich die Speisekarte und begrüsste sie mit einem kräftigen Händedruck.

«Hallo Rosa! Hallo Reto! Schön, dass ihr uns wieder einmal die Ehre erweist. Ich habe gehört, dass ihr heute Besuch von eurem Sohn hattet ...»

«Ach ja? Wie hast du das denn so schnell erfahren, Max? Lässt du uns überwachen?», fragte Rosa lachend.

«Ach, so etwas erfährt man, wenn man den ganzen Tag lang Gäste hat. Die Leute reden. Der eine sagt das, der andere erzählt etwas anderes, und am Schluss weiss man nicht, wem man glauben soll. Deshalb frage ich euch ja, ob Nico nach Hause gekommen ist.»

«Ist er», knurrte Reto und öffnete die Speisekarte. Max verstand und verzog sich wieder in die Küche.

«Wenn ich das gewusst hätte, wären wir in die Stadt gefahren», murmelte Reto.

«Du bist Unternehmer und Gemeinderat. Wegen Nico sind wir seit Jahren im Focus der Leute. Alle wissen etwas darüber oder spekulieren wenigstens. Und sicher hat man gesehen, dass du ihn mit Nora gestern am Bahnhof abgeholt hast.»

«Natürlich, daran habe ich nicht gedacht. Und jetzt staunen alle, dass Nico eine Freundin mitgebracht hat, weil doch bekannt ist, dass er all die Jahre ausschliesslich auf Lara fixiert war.»

Riva, eine Landsmännin von Rosa, kam, um die Bestellung aufzunehmen. Rosa benutzte die Gelegenheit, um sich wieder einmal in ihrer Muttersprache zu unterhalten. Reto beobachtete, wie sie lachte und ihre Augen vor Freude leuchteten. Dass sie seinetwegen ihre Heimat verlassen hatte, würde er ihr nie vergessen.

Der Braten war wunderbar, zart und schmackhaft, das Gemüse auf den Punkt gegart, die Pommes knusprig und der Wein aussergewöhnlich.

Als Riva das Dessert brachte, traf ein neuer Gast ein. Neben ihm stand eine grosse, schlanke, blonde Frau, die sofort auf ihren Tisch zusteuerte.

«Wie schön, euch zu sehen», rief Christa, küsste Rosa auf die Wangen und reichte Reto die Hand.

Tom hob als Gruss nur schweigend den Arm.

«Kommt, setzt euch doch!», rief Rosa.

Mit Tom stimmte etwas nicht. Und auch Christa war nicht wie sonst, das war auf den ersten Blick ersichtlich.

«Ist alles in Ordnung mit euch?», fragte Rosa.

Mit einem Blick auf seine Frau, der alles andere als Zuneigung ausdrückte, antwortete Tom: «Nein, nichts ist in Ordnung, gar nichts!»

«Rosa! Reto!», begann Christa: «Ihr sollt es als Erste erfahren. Wir haben ein Problem, besser gesagt, Tom hat eines: Es gibt eine andere Frau in seinem Leben.»

«Ich habe es gewusst, Tom! Ich habe es gewusst! Du kannst einfach die Finger nicht von den Weibern lassen!», rief Reto grimmig und so laut, dass ein paar Gäste aufmerksam wurden. Wahrscheinlich dachte er dabei auch an den Ruf, den ihre gemeinsame Partei zu verlieren hatte.

Tom sass, leicht geduckt und teilnahmslos, auf seinem Stuhl und zuckte mit den Schultern.

«Ich weiss Reto, ich weiss. Es ist etwas passiert, auf das ich nicht vorbereitet war, vielleicht, weil ich noch nie verliebt war. Ich komme im Moment nicht dagegen an. Mein Herz macht, was es will.»

Rosa schaute Christa an, Christa Rosa. Christa zuckte mit den Schultern, Rosa verdrehte die Augen.

«Wenn das meinem Reto passieren würde, ich weiss nicht, zu was ich fähig wäre!», rief Rosa.

Reto verwarf beide Hände und schüttelte lachend den Kopf. Dann legte er seiner temperamentvollen Frau beschwichtigend den Arm um die Schultern.

«Rosa, Rosa! Das möchte ich nicht erleben. Zwei Ohrfeigen genügen mir vollständig.»

«Übrigens», sagte Christa, «haben wir noch ein weiteres Problem: Tom hat Führerscheinentzug wegen zu schnellen Fahrens.»

XXI

Anna war früh aufgestanden. Jetzt stand sie in der Küche, um das Morgenessen zuzubereiten. Die roten Ziffern der digitalen Uhr am Backofen zeigten genau 07:00 Uhr.

Durchs Küchenfenster beobachtete sie, dass Christas Sportwagen vor der Garageneinfahrt der Villa stand. Gerade als sie Martin rufen wollte, sprang Tom die Treppe vom Hauseingang hinunter und stieg auf der Beifahrerseite ins Auto.

«Martin!»

«Was ist denn, Anna?»

«Eben habe ich gesehen, wie Tom in Christas Auto gestiegen ist. Sonst fährt er doch immer mit seinem BMW zur Arbeit, nicht?»

«Vielleicht hat er Lust gehabt bei diesem schönen Wetter den Sportwagen zu nehmen», meinte Martin.

«Dann wäre nicht Christa gefahren. Tom ist auf der Beifahrerseite eingestiegen.»

«Vielleicht fährt sie ihn ins Büro, weil sein Auto in der Garage ist.»

«Na, ich weiss nicht. Tom schien mir ziemlich gestresst. Und Christa ist weggefahren, als ob sie wütend wäre.»

«Anna, wie willst du auf diese Distanz erkennen, ob Christa wütend war?»

«Ganz einfach, Martin. Ich bin schon mit ihr mitgefahren. Christa achtet genau auf die Verkehrsregeln. Sie ist eine sehr vorsichtige und verantwortungsbewusste Fahrerin. Etwas muss sie enorm aufgeregt haben ...»

«Mir fällt nur noch eine Möglichkeit ein», meinte Martin bedächtig: «Der gute Tom hat aus irgendeinem Grund seinen Fahrausweis abgeben müssen. Ist zu schnell gefahren oder mit zu viel Alkohol im Blut. Im dümmsten Fall trifft beides zu.»

Christa fuhr, entgegen ihrer Gewohnheit, bewusst mit überhöhter Geschwindigkeit. Sie wollte Tom zeigen, wie es sich anfühlt, wenn man nicht selbst am Steuer sitzt. Ausgeliefert einem Partner, dem man nicht vertrauen kann, weil er seine Gefühle nicht unter Kontrolle hat.

«Christa! Fahr bitte nicht so schnell!», rief Tom erschrocken. «Genügt es nicht, dass ich meinen Fahrausweis abgeben musste?»

«Ich fahre genauso schnell, wie es mir im Moment behagt, Tom! Was kümmern mich die Gesetze, wenn es Leute gibt, die sie sowieso nicht einhalten. Das kann ich auch! Ohne Probleme!»

Christa drückte das Gaspedal nach unten und fuhr auf die Überholspur. Tom hielt sich an der Türhalterung fest, stemmte die Beine gegen den Boden und rief: «Christa, hör auf! Du bringst uns noch um!»

«Spielt das eine Rolle?», schrie Christa.

«Du bringst unsere Beziehung um! Du zerstörst unsere Ehe, deinen und meinen Ruf, womöglich deine Karriere als Anwalt und Politiker und wahrscheinlich auch noch sämtliche gemeinsamen Freundschaften! Und Lara? Ist sie dir völlig egal? Weisst du, wie so ein junges Mädchen darunter leidet, wenn ihr Vater eine Freundin hat, die kaum älter ist als sie selbst?»

Tom war bleich geworden. So hatte er seine Frau noch nie erlebt. Wenn Christa auf diese Art weiterfuhr, konnte es nicht lange dauern, bis die Polizei hinter ihnen her war. Und dann war es soweit. Tom hörte eine Sirene ...

Christa reagierte blitzschnell, wechselte die Spur, bremste abrupt ab, fuhr im letzten Moment in eine Ausfahrt und raste mit quietschenden Reifen durch die Kurve. Sie blinkte links, riss das Steuer herum, fuhr auf die Hauptstrasse, raste weiter bis zum Parkplatz vor dem Dorf und fuhr ihren Sportwagen zwischen zwei LkWs, wo er nicht mehr gesehen werden konnte.

«Christa ...», stammelte Tom.

«Christa, wo hast du so fahren gelernt?»

Die Sirene verhallte auf der Autobahn. Christa startete schweigend den Motor und fuhr in gemässigtem

Tempo auf der Hauptstrasse durchs nächste Dorf in die Stadt.

Tom hievte sich in der Tiefgarage aus dem tiefliegenden Sportflitzer, fischte seine Mappe vom Rücksitz und beobachtete, wie seine Frau aus dem Auto stieg. Erst jetzt fiel ihm auf, dass sie sich besonders hübsch gemacht hatte.

Plötzlich wurde er sehr traurig. Christa hatte recht. Er machte alles kaputt. Alles, was ihr gemeinsames Leben ausmachte. Was sie ihm vorgeworfen hatte, entsprach der Wahrheit.

Wieso nur konnte er nicht anders? Er wusste es nicht, konnte sich selbst nicht verstehen. Er hätte alles dafür gegeben, Christa nur glücklich zu sehen. Aber er hatte es nie geschafft. Etwas in ihm hatte es verhindert.

«Ich komme mit!», sagte Christa bestimmt.

«In die Kanzlei?», fragte Tom überrascht.

«Genau! In die Kanzlei! Ich möchte deine Soja persönlich kennenlernen. Vielleicht leidet sie ja genauso unter dir wie ich!»

«Ich glaube nicht, dass sie dort ist», murmelte Tom.

«Vielleicht kommt sie nie wieder zur Arbeit.»

«Was mir auch recht wäre!», antwortete Christa.

Auf dem Weg zur Kanzlei trafen sie Klaus, André und Daniel. Zu viert liefen sie die Bahnhofstrasse hinauf.

Toms Kollegen wunderten sich, wieso Christa ihren Mann zur Arbeit gefahren hatte und in die Kanzlei begleitete, beschlossen aber, mit Fragen bis zum Feierabendbier in der Lola-Bar zu warten.

XXII

Als Soja erwachte und sich an das Telefongespräch mit Toms Frau erinnerte, begann sie wieder zu weinen. Längere Zeit vergrub sie das Gesicht im Kissen und wäre am liebsten nie mehr aufgestanden.

Als die Tränen endlich versiegten, war acht Uhr vorbei. Soja wusste, dass Tom jetzt allein in seiner Kanzlei sass und ein Problem hatte, weil sie nicht zur Arbeit erschienen war. Er würde die Termine checken, nur mit Mühe die Unterlagen seiner Klienten finden, die ihn ungeduldig fragen würden, wo seine Sekretärin sei.

Tom hatte seine Frau vorgeschoben, um ihre Beziehung, ihre Liebe zu zerstören. Das würde sie ihm nie verzeihen.

Soja stand auf, duschte, zog sich an und verliess die Wohnung, ohne zu wissen, wohin sie gehen, was sie unternehmen wollte. Sie bummelte durch die Altstadt, überquerte die Strasse, setzte sich dann ins Café Merz, dessen Tische und Stühle bis in die Bahnhofstrasse hinein platziert worden waren, und beobachtete abwesend die vorbei eilenden Leute. Beim ersten Schluck Kaffee dachte sie kurz daran, Sandy, ihre Freundin, anzurufen. Doch dann liess sie es bleiben. Sie wusste, dass sie ihr Problem nicht verstehen würde.

Dein Chef ist eben ein Schwein, wie alle Chefs, würde sie sagen und ihr raten, Tom so schnell als möglich zu vergessen.

Doch so einfach war das nicht. Sie hatte sich in Tom verliebt und wusste, dass das auch bei ihm so war. Doch nun hatte er seine Frau auf den Plan gerufen und sich damit gegen sie gestellt. Das schmerzte fast unerträglich, denn gegen Christa hatte sie keine Chance. Wenn Tom sich nicht doch noch für sie entschied, war ihre grosse Liebe wie ein Feuer ohne Sauerstoff. Sie würde verglühen und schliesslich qualvoll ersticken.

Plötzlich war Soja hellwach. Ein paar Männer in Anzügen liefen die Bahnhofstrasse hinauf. Sojas Herz machte einen Sprung, als sie Tom unter ihnen erkannte. Schon wollte sie seinen Namen rufen, als sie die Frau neben ihm bemerkte ... Gross, schlank, kurze blonde Haare.

Christa trug ein wunderschönes weisses Sommerkleid, das ihre langen Beine zur Geltung brachte. Toms Frau war viel attraktiver, als Soja gedacht hatte. Auf einmal verstand sie, dass Tom sie nicht verlassen wollte. Soja duckte sich hinter die Speisekarte und wartete, bis Christa, Tom, André, Daniel und Klaus verschwunden waren.

Sie fühlte sich schrecklich, wollte aufstehen und weglaufen, doch es ging nicht. Wie gelähmt blieb sie lange Zeit auf ihrem Stuhl sitzen. Als sie wieder denken konnte, fragte sie sich, wieso Tom so spät unterwegs gewesen war? Es war immerhin schon neun Uhr vorbei.

Plötzlich verdeckte ein Schatten die Sonne. Als Soja aufschaute, sah sie in Toms braune Augen: «Tom?», flüsterte sie und fühlte, wie ihr Herz völlig unkontrolliert zu schlagen begann.

«Wo kommst du so plötzlich her?»

«Hallo Soja, darf ich mich setzen?»

Tom setzte sich ihr gegenüber und flüsterte beschwörend: «Soja, du musst sofort mitkommen. Ich brauche dich dringend in der Kanzlei! Lass uns bitte vorerst alle privaten Probleme vergessen, wir können dann immer noch darüber reden. Jetzt herrscht Alarmstufe Rot. Die Kunden sind unzufrieden, sie fragen nach dir, sie vermissen dich und ich auch!»

Tom warf einen Geldschein auf den Tisch, der mehr als das doppelte von Sojas Getränk ausmachte, fasste sie am Arm und zog sie mit sich.

Soja wollte protestieren, doch ihr Herz hüpfte vor Freude. Aufgeregt wie ein Kind, das zum ersten Mal mit ihrem Vater in den Zirkus darf, lief sie neben ihm her.

Als sie die Kanzlei betraten, stand Christa auf dem Flur. Doch Tom war darauf vorbereitet.

«Soja, das ist meine Frau. – Christa, das ist Soja. Und jetzt bitte keine Diskussionen, dafür habe ich keine Zeit. Soja, ich brauche dich dringend, um mein Chaos wieder in den Griff zu bekommen.

Tom begleitete seine Sekretärin in ihr Büro und eilte zum nächsten Kunden, der, zusammen mit seiner Frau, schon ungeduldig darauf wartete, dass die Scheidung ihrer gescheiterten Ehe eingeleitet wurde.

XXIII

Christa und Soja hatten sich nur kurz in die Augen geschaut, doch Christa hatte das genügt, um zu erkennen, dass die junge Frau aus tiefstem Herzen litt. Ihre Wut, der Schmerz über Toms immer wiederkehrende Frauengeschichten liess etwas nach. Sie stieg in den Lift, fuhr nach unten, lief durch die Altstadt und die

Bahnhofstrasse hinunter bis zum Café, wo vor einer halben Stunde noch Soja gesessen hatte.

Und dann liess sie sich Zeit. Sie dachte über alles nach, was in ihrem Leben bisher geschehen war.

Sie hatte Tom von Anfang an richtig eingeschätzt, hatte gewusst, dass er – wie Lola gesagt hatte – eben der Frauentyp war und hatte das in Kauf genommen. Tom hatte um sie gegen Klaus, André und Daniel gekämpft, was nicht nötig gewesen wäre, denn Christa hatte von Anfang an nur ihn gewollt. Sie hatte sich jedoch Zeit gelassen, die Aufmerksamkeit der Männer genossen und auch etwas mit ihrem Verlangen gespielt. Neben Tom war es nur André einmal gelungen, sie nach Mitternacht aus einer Bar in seine Junggesellenwohnung abzuschleppen.

Zwei Monte später hatte sie Tom geheiratet. Als Lara sieben Monate danach auf die Welt gekommen war, hatte Christa die Nacht mit André schon lange vergessen.

Welchen Grund hatte sie also, Tom jetzt Vorwürfe zu machen? Keine, sagte sie sich und beschloss, ihn so anzunehmen, wie er war, mit all seinen Stärken und Schwächen. Wobei die Frauen eigentlich seine einzige grosse Schwäche waren.

Christa atmete tief durch und fühlte sich auf einmal erleichtert. Angst, Verbitterung, Wut und Eifersucht liessen nach und wurden durch ein Gefühl ersetzt, das sie als Kind gehabt hatte, wenn sie bei ihren Grosseltern auf dem Bauernhof die Sommerferien verbringen durfte.

Sie erinnerte sich, wie sie ein Kätzchen auf dem Arm gehalten, es an die Wange gedrückt hatte. An Barri, den

Hofhund, der ihr überallhin gefolgt war. An die Kühe, die Weiden, den Heu- und Stallgeruch und an die gemütliche Stube mit dem Holzofen. Und ganz besonders an die wunderbare Geborgenheit bei den Grosseltern.

Und in ihrem jetzigen Leben? Obwohl es ihr an nichts mangelte, gab es diese Geborgenheit nicht. Christa hatte sich schon oft gefragt, warum sie, obwohl ihr Herz sich nach Liebe sehnte, sie nicht gefunden hatte. Sie dachte an Lara und Jonas und empfand den Wunsch, wenigstens eine Sekunde lang zu fühlen, was ihre Herzen erfüllte. Ein einziges Mal nur, damit sie wüsste, wie sie sich anfühlte, die Liebe.

XXIV

Martin lag auf dem Sofa und las in einer medizinischen Zeitschrift, als sein Handy klingelte.

«Martin ...»

«Hallo Martin, hast du einen Moment Zeit?»

«Tom? Ja, natürlich, wo brennt's?»

«Martin, es brennt tatsächlich, es könnte sich sogar zu einem Flächenbrand ausweiten.»

«Donnerwetter, das klingt dramatisch! Wie kann ich dir helfen, Tom? Brauchst du jemanden, der dir zuhört oder aktive ärztliche Betreuung?»

«Ich brauche jemanden, mit dem ich reden kann, der mich versteht und nicht gleich urteilt.»

«Aha, du hast es schon mit Reto versucht?»

«Ja, genau, das war ein Fehler!»

«Möchtest du in die Praxis kommen?»

«Falls du das medizinisch abbuchen kannst …»

«Medizinisch abbuchen? Das tönt gut. Ich könnte es als psychosoziales Gespräch auflisten, weiss aber nicht, ob das die Krankenkasse bezahlt», sagte Martin mit einem ironischen Unterton.

«Spass beiseite, Tom, ich höre dir natürlich als Freund zu. Bei mir oder lieber bei dir?»

«Danke Martin, vielleicht besser bei dir.»

«Ok, darf Anna auch dabei sein?»

«Anna? Ja, warum nicht.»

«Also, dann komm doch einfach vorbei, Tom. Wir freuen uns über deinen Besuch.»

«Ok, in einer knappen Stunde bin ich bei euch.»

«Wieso so spät, bist du noch im Büro?»

«Ja, und ich habe kein Auto …»

Tom steckte sein Handy ein und verliess mit Soja die Kanzlei. Er begleitete sie bis zum Hauseingang, wo eine steile Treppe hinauf in ihre Wohnung führte. Als er gehen wollte, hielt ihn Soja am Arm zurück.

«Tom … Bitte, lass mich jetzt nicht allein!»

Doch Tom wusste, dass es nicht sein durfte. Er riss sich los, rannte durch die Altstadt, zum Bahnhof, löste am Automaten eine Fahrkarte und erwischte gerade noch den nächsten Zug.

In Thusis angekommen eilte er zum Lift bei der Posthaltestelle. Dort warteten schon mehrere Einheimische, die ihn zurückhaltend grüssten. Tom war bekannt. Die Leute fragten sich, wieso der Anwalt mit der Bahn nach Hause kam statt mit dem Auto.

Tom lief hinauf zur Villa, daran vorbei, läutete bei Martin und erschrak, als seine Frau ihm die Tür öffnete.

«Christa?»

«Hallo Tom, nur hereinspaziert», sagte sie liebenswürdig und liess ihm den Vortritt. Am grossen Stubentisch sassen Martin und Anna.

«Was ist das hier? Ein Gericht? Ich sage nichts ohne meinen Anwalt!», scherzte Tom gequält.

Martin stand auf, nahm ihn am Arm und sagte: «Komm, setz dich, Tom. Bitte entschuldige, dass Christa auch da ist. Anna hat sie zufällig im Dorf getroffen.»

Christa setzte sich ihrem Mann gegenüber; Martin und Anna rückten ihre Stühle neben Tom, so, als ob sie ihn vor der Anklage seiner Frau schützen wollten.

«Tom, du weisst, um was es geht», begann Christa. «Du hast dich in diese Soja verliebt, möchtest aber auch mich und Lara nicht verlieren und natürlich auch nicht unsere gemeinsamen Freunde, was heisst, dass du dich nicht scheiden lassen möchtest, oder?»

«So ist es! Du hast es auf den Punkt gebracht, Christa!», antwortete Tom etwas aggressiv.

«Nur wer selbst so etwas erlebt, kann nachvollziehen, was in mir abläuft. Doch du hast vermutlich noch nie solche Gefühle gehabt, Christa!»

«Ich habe auch Gefühle! Doch ich habe mich noch nie von ihnen ins Chaos lenken lassen, Tom!»

«Ach ja? Und wie war das denn bei Jonas? Waren da keine Gefühle im Spiel?», fragte Anna agressiv herausfordernd.

Jetzt wurde Christa etwas verlegen.

«Ich hatte Mitleid mit ihm, wollte ihm helfen, das ist nicht zu vergleichen mit dem, was Tom für seine Sekretärin empfindet!»

Martin und Anna sahen sich an, dann ergriff Anna das Wort: «Tom, Christa! Ihr wisst, dass wir eure Freunde sind. Und das werden wir auch bleiben, ganz gleich, was ihr in Zukunft für ein Verhältnis zueinander haben werdet. Ich für meinen Teil verstehe sowohl dich Christa, als auch Tom. Das Leben ist keine Eisenbahn, die auf festgelegten Schienen verläuft. Manchmal ergeben sich Situationen, die all unsere Pläne über den Haufen werfen. Was Tom im Moment erlebt, kann ich gut nachvollziehen ... Aus Erfahrung, meine ich.»

«Aus Erfahrung?», fragte Martin etwas irritiert.

«Wie meinst du das?»

«Nun, ich denke, dass jeder Mann und jede Frau im Leben ähnliche Erfahrungen machen ...»

«Nein, Anna, das glaube ich nicht! Ich habe auf jeden Fall noch nie solche Erfahrungen gemacht und Martin wohl auch nicht! Oder Martin?», rief Christa und blickte ihren Arzt herausfordern an.

Martin blickte Christa an, dann mit gerunzelter Stirn seine Frau.

«Anna, ich finde es schön, dass du Toms Probleme nachvollziehen kannst, und ich möchte dich auch nicht drängen konkreter zu werden ... Trotzdem würde mich interessieren, wann in deinem Leben du eine ähnliche Erfahrung wie Tom gemacht hast ...»

«Genau Anna. Deine Erfahrung, falls du sie teilen möchtest, könnte uns allen helfen, das Phänomen Verliebtheit besser zu verstehen», fand auch Tom.

«Erfahrungen mit der Verliebtheit eines Mannes, Tom? Die habe ich durch dich zur Genüge kennengelernt!», rief Christa erbost.

«Mich hat es damals genauso erwischt wie Tom jetzt mit seiner Sekretärin», begann Anna ihre Beichte.

«Damals?», fragte Martin misstrauisch.

«Ja, damals», antwortete Anna.

«Ich traf einen Mann, der anders war als alle Männer, die ich bis dahin kennengelernt hatte. Ein Einzelgänger. Kühl, introvertiert und ohne jede Erfahrung mit dem weiblichen Geschlecht, für das er sich übrigens nicht im Geringsten zu interessieren schien. Seine Andersartigkeit, seine Distanziertheit, seine Intelligenz, lösten in mir eine ungeheure Faszination aus. Und obwohl ich in einer langjährigen Beziehung war, konnte ich nicht anders: Ich musste diesen Mann einfach haben!

Meine Beziehung ging in die Brüche, doch das war mir egal. Der andere Mann bedeutete mir einfach alles. Es war eine schwere Zeit. Ich war unsäglich verliebt und manchmal völlig verzweifelt, weil es keine Anzeichen gab, dass meine Gefühle erwidert wurden. Doch dann, nach über zwei Jahren, machte mir dieser Mann völlig überraschend einen Heiratsantrag ...»

05

I

Soja war in Präz, einem kleinen Dorf am Heinzenberg aufgewachsen, wo ihr Vater seit über zwanzig Jahren als Oberstufenlehrer Schule gab. Bernard war ein strenger Lehrer und bekannt für seine Wutanfälle.

Eines Tages brachte ihre Mutter Soja in den Kindergarten. Eine freundliche Frau mit aufgesteckten schwarzen Haaren reichte ihr die Hand und sagte etwas, das Soja nicht verstand.

«Sie wird sich daran gewöhnen», sagte ihre Mutter, «Kinder lernen schnell.»

Soja gewöhnte sich nicht. Auch nach zwei Jahren sprach sie noch kaum ein Wort Romanisch und war froh, als in der ersten Klasse wieder Deutsch gesprochen wurde.

In der fünften Klasse wurde es wieder schwieriger. Soja musste jetzt zu ihrem Vater in die Schule. Und wie sie befürchtet hatte, behandelte er sie nicht wie seine Tochter; er verlangte mehr von ihr als von allen anderen. Als ihre Mutter ihr eines Abends bei einer Strafaufgabe helfen wollte, schrie er: «Du untergräbst meine Autorität, Klara! Mach das nie wieder!»

Eines Tages musste Soja mit der ganzen Klasse zusehen, wie ihr Vater den Sohn des Gemeindepräsidenten am Ohr durchs Schulzimmer zog und vor die Tür stellte. Als Marco wieder auf seinen Platz durfte, bemerkte sie, dass sein Ohr blutete. Der Fall kam vor den Schulrat, was ihren Vater jedoch nicht besonders beeindruckte.

Doch dann, als ob das Schicksal sich eingeschaltet hätte, geschah etwas, das die ganze Gegend – nach einiger Zeit sogar das ganze Land – in Aufregung versetzte: Sojas Vater kam eines Abends nicht mehr nach Hause. Niemand wusste, wo er war. Ihre Mutter weinte tagelang, was Soja nicht ganz verstehen konnte. Für sie war eine tägliche Bedrohung verschwunden. Weshalb sollte sie darüber traurig sein?

Die Polizei wurde eingeschaltet, eine Suchaktion gestartet, die sich über Wochen hinzog. Ohne Erfolg. Ihr Vater war und blieb verschwunden. Man ging von einem Verbrechen aus, hatte jedoch, ohne das Opfer gefunden zu haben, keine Beweise.

Inspektor Klaus untersuchte mit seinen Leuten die Wohnung und beschlagnahmte auch den Computer des Lehrers. In seinem Arbeitszimmer wurde in einem Buch eine verblichene Seite einer italienischen Zeitung gefunden. Im Bericht über mehrere Morde in Sizilien schrieb der Journalist, dass eine Mafiaorganisation der Ermordung eines ihrer Mitglieder wegen auf Rachefeldzug sei.

Als Klara um ein Foto ihres Mannes gebeten wurde, sagte sie: «Bernard hatte einen Tick: Er wollte sich um alles in der Welt nicht fotografieren lassen. Schon wenn jemand in seiner Nähe eine Kamera in der Hand hielt, wurde er ärgerlich.

«Aber ein Handy-Foto haben sie doch, oder?», fragte Inspektor Klaus.

«Nein, leider auch nicht», antwortete Klara kleinlaut. «Bernard hat mein Handy ständig kontrolliert und alles gelöscht, was ihm nicht gefallen hat.»

«Und Hochzeitsfotos? Gibt es die auch nicht?»

Klara schüttelte den Kopf.

«Leider nein. Wir haben nur zivil geheiratet. Bernard wollte danach nicht fotografiert werden.»

«Aber als Lehrer ist er doch sicher auf Klassenfotos zu finden?»

Klara nickte, lief zum Büchergestell und kam mit einem Fotoalbum zurück.

«Da sind alle Klassenfotos drin, auf denen meine Kinder drauf sind. Sehen sie selbst.»

Der Inspektor schlug das Album auf, blätterte es durch und schüttelte den Kopf.

«Ihr Mann trägt auf jedem Foto einen Hut, zudem steht er meist im Schatten, sein Gesicht ist kaum zu erkennen. Wie und wo haben sie ihn denn kennengelernt?»

Das war eine Frage, die Sojas Mutter noch so gerne beantwortete.

«Möchten sie eine Tasse Kaffee?»

«Gerne», antwortete der Inspektor und setzte sich erwartungsvoll an den Küchentisch.

II

Marcos Eltern hatten einen Monat vor dem Verschwinden von Sojas Vater mit dem Bau eines neuen Stalles begonnen. Die Tiefe der Baugrube betrug hangseitig etwa acht Meter.

Eines Abends – es hatte den ganzen Tag geregnet, regnete noch immer und dunkelte bereits – blieb der Schulmeister mit seinem schwarzen Schirm in der Hand auf dem Heimweg bei der Baugrube stehen. Er schaute hinüber zum Bauernhof und sah, dass in der Stube Licht brannte. Man war wohl beim Abendessen. Er erinnerte sich kurz an diese Geschichte mit dem Schulrat, der seine Strafmassnahme für Marco zu hart gefunden hatte, verliess die Strasse und lief die paar Meter bis zum Rand der Grube. Tief unten war bereits alles für die Betonierung des Bodens vorbereitet worden.

Bernard begutachtete ausgiebig die Holzverschalung für die Mauer, die den Hang stabilisieren sollte, dann das Gitter der Eisenarmierung für den Boden, bewunderte die Technik und die Geschicklichkeit der Eisenbinder, ein Handwerk, das so gar nicht mit seinem Beruf zu vergleichen war.

Etwa dreissig Meter entfernt auf dem Balkon des Bauernhauses lag ein junger Mann mit seinem Kleinkalibergewehr auf dem staubigen Bretterboden ...

Als Bernard einen Schritt näher an die Baustelle herantrat und sich etwas vorneigte, spürte er plötzlich einen stechenden Schmerz im Oberschenkel ... Er knickte ein, liess den aufgespannten Schirm fallen, der von einem Windstoss getragen durch die Luft flog und dann langsam in die Tiefe segelte.

Am nächsten Tag kamen in aller Frühe die Arbeiter. Giovanni, ein junger Italiener aus Sizilien, der kein Wort Deutsch verstand, sah eine Abbruchstelle am Hang. Der starke Regen in der Nacht hatte einen kleinen Erdrutsch ausgelöst. Das Material hatte die etwa einen Meter tiefe Grube beim Schweineauslauf aufgefüllt, wo eine

Mauer zum Heutenn den Hang befestigen sollte, und war dann in die tiefergelegene Verschalung hinter dem Stall hinuntergerutscht.

Gegen zehn Uhr fuhr ein Lastwagen auf die Baustelle, und Giovanni füllte mit ein paar Kollegen die Eisenarmierung der Holzverschalung mit Beton. Nach zwei Tagen waren sowohl der Boden als auch die hohe Mauer am Hang ausgehärtet.

Um weitere Erdrutsche zu verhindern, beschloss man, den Zwischenraum vom Hang zur Mauer früher als geplant aufzuschütten. Als Giovanni mit Mühe die Verschalung am Fuss der Mauer entfernte, entdeckte er den hölzernen Griff eines Regenschirms. Er zog daran, doch die schwere nasse Erde, die in der Nacht heruntergerutscht war, liess den Schirm nicht los.

«Ombrello di merda!», rief er ärgerlich und gab dem Kranführer das Zeichen, ihn und das Material nach oben zu ziehen.

III

Sojas Mutter Klara machte wegen des Verschwindens ihres Mannes die Hölle durch. Das Ganze kam ihr vor wie ein Albtraum. Es gab einfach keine Erklärung dafür. Wenn sie bei Inspektor Klaus nachfragte, kam immer die gleiche Antwort: Keine neuen Erkenntnisse, keine Spuren, kein Hinweis auf ein Verbrechen.

«Das sind nur die Fakten, der Ist-Zustand unserer Untersuchungen, Klara! Der ganze Fall ist äusserst ungewöhnlich. Als unsere Spezialisten versucht haben, das Passwort von Bernards Computer zu knacken, hat sich die Festplatte zerstört. Eigentlich eine Technik, die nur Geheimdienste benutzen.»

Alle Leute in Präz hatten sich einer Befragung unterziehen müssen, auch die Schüler. Marcos Vater sogar mehrmals. Weil der Verschwundene seinen Sohn im Unterricht misshandelt hatte, war er der Einzige, der ein Motiv gehabt hätte. Dass er, als Gemeindepräsident, deswegen einen Mord begehen würde, konnte sich allerdings niemand vorstellen.

Es war nicht einmal sicher, dass der Lehrer einem Verbrechen zum Opfer gefallen war. Eine Boulevard-Zeitung schloss nicht aus, dass er von einem UFO entführt worden sein könnte. Worauf das kleine Dorf mit einem Mal über die Landesgrenze hinaus bekannt wurde. Mehrere Fernsehteams reisten an, blockierten mit ihren grossen Bussen die schmale Strasse hinauf nach Präz, liefen in den Wiesen herum und belästigten die Einwohner tagelang mit ihren Fragen.

Alles, was man jedoch herausfand, war, dass niemand den Lehrer an diesem Abend nach Schulschluss noch gesehen hatte, weder beim Verlassen des Schulhauses noch auf dem Heimweg durchs Dorf.

Einzig die Lehrerin der Unterstufe hatte vom Klassenzimmer aus beobachtet, wie er sich nach Schulschluss vor dem Eingang des Schulhauses eine Zigarette angezündet und kurz die Beine vertreten hatte. Und dann wieder – wohl zum Korrigieren der Aufgaben – im Schulhaus verschwunden war.

Soja kam problemlos in die Sekundarschule und dort zu Silvia, einer jungen Lehrerin, die sie vom ersten Tag an liebte. Sie war einfach wunderbar. Freundlich, geduldig, intelligent, humorvoll. Soja blühte auf und wurde zu einer richtig guten Schülerin.

Doch das Glück dauerte nicht lange. Ihre Mutter, die sich in Präz nie ganz zu Hause gefühlt hatte, fuhr eines Tages in die Stadt und kam mit der Nachricht zurück, dass sie eine Anstellung als Bibliothekarin in Chur angenommen habe.

Soja kam dort in die Handelsschule und wurde von Lehrerinnen und Lehrern unterrichtet, die ganz anders waren als ihr Vater. Und in Nina fand sie eine Freundin, die jederzeit zu ihr stand.

Als sie fünf Jahre alt geworden war, hatte ihre Mutter ihr im Scherz gesagt, dass sie – weil so hübsch – eines Tages vielleicht sogar einen Prinzen heiraten würde. Soja hatte das ernst genommen und nie vergessen. Und so stimmte ihre Erwartung an das Leben nicht ganz mit der Realität überein. Denn weder war sie bisher einem Mann begegnet, der ihr wie ein Prinz vorgekommen war, noch wurde sie im täglichen Leben wie eine Prinzessin behandelt.

Klara veränderte sich nach dem Verschwinden ihres Mannes zu einer selbstbewussten, aktiven Frau, die versuchte, ihrer Tochter noch etwas Realität nahezubringen. Doch es war zu spät. Soja lebte in einer Art Traumwelt und verdrängte alles, was nicht damit übereinstimmte. Und so war es nicht verwunderlich, dass die plötzliche Erkenntnis, dass Tom sie nie in sein Schloss führen würde, ihr den Boden unter den Füssen wegzog.

Tom hatte ihren Arm weggestossen und war davongerannt, als ob er vor ihr fliehen müsste. Das war so schlimm, dass sie nicht einmal weinen konnte. Der Schmerz schnürte ihr die Kehle zu, eine eiserne Faust drückte ihr Herz zusammen.

Sie legte sich angezogen aufs Bett, vergrub das Gesicht im Kissen und hoffte, dass sich ihr Herz beruhigen würde. Das tat es dann auch irgendwann, doch anders, als erwartet. Mit jedem Schlag schien es zu flüstern: Was soll das, Soja, warum diese Tortur? Dann kamen Bilder, Szenen: Ihr wurde gezeigt, wie das Leben vorzeitig beendet werden konnte. Alles schien so einfach, so leicht zu bewerkstelligen.

Soja entschied sich, nach langem Abwägen, ins Wasser zu gehen, dem Fluss, der zwischen der Stadt und dem grossen Berg gegenüber ins Meer floss, ihr Leben zu übergeben.

Nach diesem Entschluss fühlte sie sich auf einmal ganz leicht. Es gab eine Lösung, sie musste nicht weiter leiden. Dann fiel ihr ein, dass sie sich vielleicht noch von ein paar Menschen verbschieden sollte: Von ihrer Mutter, dem Bruder, von Nina, ihrer Freundin.

Ein letztes Treffen, ein Anruf, ein paar nette Worte. Nur sie würde wissen, dass der Abschied endgültig war.

Sie stellte sich vor, was die Todesanzeige in der Tageszeitung auslösen würde: Entsetzen, Schmerz, tiefste Trauer bei der Mutter, dem Bruder, der Freundin ... Fragen über Fragen: Warum nur? Warum?

Und Tom erst! Es würde ihn tief schmerzen, und das sollte es auch. Er würde sie vermissen, und vielleicht würde Christa ihn doch noch verlassen.

Dann kam eine Phase des Zweifels. Was würde sie auf der anderen Seite erwarten? Falls es überhaupt ein Leben danach gab. Sie hatte einmal gelesen, dass man von verstorbenen Familienmitgliedern erwartet und begrüsst würde, und dass es drüben wunderschön wäre. Kein Leid, keine Schmerzen, keine Sorgen, keine Probleme. Kein Hass, keine Missgunst, keine Eifersucht, kein Konkurrenzdenken. Und: Es gäbe kein Alter, nur ewige Jugend, Schönheit, Glück und Harmonie.

Also, warum noch zögern? Und warum sich noch von jemandem verabschieden? Das würde alles nur noch schlimmer machen.

Soja wartete, bis es dunkel wurde. Dann zog sie ihre Lieblingsjeans an, schlüpfte in die blaue Bluse, die sie das letzte Mal in der Kanzlei bei der Arbeit getragen hatte, und zog die weissen Laufschuhe an.

Sie lief noch einmal durch ihre Wohnung, dachte daran, dass jemand all das würde regeln müssen. Ihre Mutter, ihr Bruder ...

Es berührte sie nicht.

IV

Marco, der mit Soja in Präz zu ihrem Vater in die Schule gegangen war, hatte vor einiger Zeit die Landwirtschaftsschule absolviert, weil er eines Tages den Hof seiner Eltern übernehmen wollte.

An diesem Freitagabend hatte er sich mit ein paar ehemaligen Kollegen in der Stadt getroffen. Nach drei Stunden trinken, festen und spassen in der Bierhalle verliess die Gruppe das Lokal und lief auf schwankenden Beinen singend durch die Altstadt.

Marco bemerkte als Erster eine weibliche Gestalt, die aus einem Hauseingang kam und auf sie zulief.

«Hallo, schöne Frau!», rief er und breitete die Arme aus. Soja wollte ausweichen, hatte jedoch keine Chance. Sechs betrunkene Männer umringten sie. Als sie erkannten, was für ein reizendes Exemplar sie gefangen hatten, wollten sie es nicht mehr gehen lassen. Marco, als Anführer der Gruppe, verlangte für ihre Befreiung ein Losungswort.

«Hallo Marco!», sagte Soja in einem Ton, der tiefsten Ernst ausdrückte. «Ich glaube nicht, dass ich bei dir ein Losungswort brauche, oder?»

«Soja!», rief Marco überrascht. Er drängte mit beiden Armen die Kollegen auseinander und schrie: «Das ist Soja, die braucht kein Losungswort!»

Dann fasste er sie an beiden Schultern und fragte: «Was machst du so spät allein in der Stadt, Soja?»

Als er die tiefe Traurigkeit in ihren Augen sah, konnte er von einer Sekunde zur anderen wieder klar denken.

«Soja, etwas stimmt nicht mit dir! Hast du Kummer, Sorgen? Können wir dir helfen?»

Soja senkte den Blick, schüttelte den Kopf und wollte weitergehen. Marco hielt sie am Arm zurück. Soja versuchte, sich zu befreien, doch Marco liess sie nicht los.

«Marco, bitte! Lass mich gehen!»

«Ich weiss nicht warum, aber ich kann einfach nicht, Soja. Etwas in mir kann dich nicht loslassen.»

«Lass sie nicht los, lass sie nicht gehen, wir wollen zu ihr stehen!», riefen im Chor die fünf Kollegen.

Soja fühlte, wie der Entschluss, ihr Leben dem Fluss zu opfern, sich langsam auflöste. Es war, als ob Marco ihr mit seinen betrunkenen Kollegen eine Tür geöffnet hätte, eine Tür zurück ins Leben.

V

Jonas und Lara sassen mit Esther und Cecil zusammen im Kino und schauten diesen – wie Jonas fand – perversen Film *Fifty Shades of Grey* an.

Er war erleichtert, als er nach zwei Stunden wieder vor dem Kino stand, atmete die frische Herbstluft ein und fühlte sich schnell etwas besser. Bald darauf tauchte auch Lara mit Cecil und Esther auf.

«Du warst aber schnell draussen, Jonas! Hat dir der Film etwa nicht gefallen?», fragte Cecil belustigt.

«So eine Scheisse!», grummelte Jonas, legte den Arm um seine Freundin und wollte mit ihr zum Auto laufen. Doch Lara hielt ihn zurück.

«Wir gehen noch nicht nach Hause, oder Girls?»

«Natürlich nicht, wir wollen noch etwas erleben!», rief Cecil.

Jonas wollte kein Spielverderber sein.

«Ok, wo wollt ihr hin?»

«Dumme Frage!», maunzte Cecil. «Natürlich in die Felsenbar, wie immer!»

«Geh voran, du bist der Mann», flüsterte Lara ihrem Freund ins Ohr. Laute, heulende Musik, farbige Lichtstrahlen blitzten über Leiber, die, dicht aneinandergedrängt, im Rhythmus der Musik, Arme und Beine bewegten.

Jonas empfand den dringenden Wunsch, auf der Stelle kehrt zu machen, doch hinter ihm standen drei Girls, die sich unbedingt in dieses Menschengewühl stürzen wollten. Also nahm er Lara bei der Hand und zog sie durch die tanzenden jungen Leute.

Dann verstummte die Musik. Jonas bemerkte erleichtert, dass, nachdem sich alle gesetzt hatten, kein Platz mehr frei war. Doch seine Hoffnung auf einen schnellen Abgang wurde nicht erfüllt. Cecil und Esther hatten bereits Freunde getroffen und liessen sich unter grossem Hallo umarmen.

Lara zog Jonas zielstrebig an die Bar, wo bereits mehrere Männer und Frauen sassen. Sie setzte sich mit Jonas auf die letzten freien Hocker und bestellte zu trinken. Für Jonas etwas ohne Alkohol, weil er noch fahren musste.

Der Mann neben Lara unterhielt sich mit einer jungen Frau, die ein Problem zu haben schien. Bevor die Musik wieder zu spielen begann, hörte Lara ein paar Worte, die sie aufhorchen liessen: «Er hat unsere Liebe verraten, das werde ich ihm nie verzeihen ...»

Lara spitzte die Ohren, doch dann setzte die Musik ein, die Leute strömten auf die Tanzfläche. Unter ihnen auch Cecil und Esther. Cecil winkte. Lara zog den widerstrebenden Jonas auf die Tanzfläche, wo er unbeholfen herumhüpfte, die Arme schlenkerte und nur darauf wartete, dass der Albtraum zu Ende ging.

«Er hat seine Frau zu Hilfe gerufen», jammerte Soja. «Das ist doch krank, Marco, oder? Angenommen, du würdest dich heute Abend in mich verlieben, hättest aber seit Jahren eine treue Freundin … Würdest du sie bitten, um dich zu kämpfen?»

Marco war mit der Frage überfordert. Erstens hatte er keine feste Freundin, und zweitens war er noch nie verliebt gewesen. Er arbeitete, zusammen mit seinen Eltern, jeden Tag auf dem Bauernhof. Über eine feste Beziehung oder Heirat hatte er sich noch kaum Gedanken gemacht. Obwohl, wenn er eines Tages den Hof übernehmen wollte, musste er eine Frau haben. Das war ihm klar. Nur schon wegen der Arbeitskraft war das unabdingbar. Und auch Kinder wollte er haben, wenn möglich Buben. Doch was es bedeutete, verliebt zu sein, davon hatte er keine Ahnung.

Eine Beziehung mit Soja kam sowieso nicht infrage. Das würde alles noch schlimmer machen. Nicht, weil ihr Vater ihn in der Schule misshandelt hatte, sondern wegen dem, was zwei Jahre später geschehen war.

«Soja», rief er deshalb durch den Lärm der Musik. «Soja, ich war noch nie verliebt und hatte auch noch nie eine feste Freundin. Ich weiss nicht, was ich in so einem Fall tun würde.»

In diesem Moment setzten sich Lara und Jonas wieder auf ihre Hocker.

Lara hatte den letzten Satz gehört, tippte Marco auf die Schulter und fragte: «Entschuldigung, geht mich eigentlich nichts an …»

Marco drehte sich um, schaute in Laras strahlend blaue Augen und verlor für einen Moment die Sprache.

«Ich bin Lara und du?»

«Marco … Was hast du gesagt, Lara?»

«Mich würde interessieren, ob du wirklich noch nie verliebt warst?»

Jetzt beugte sich Soja über Marco zu Lara hin.

«Wieso willst du das wissen?»

«Ach, nur so. Ich interessiere mich für alles, was mit Liebe zu tun hat.»

«Darüber könnte ich dir eine ganze Menge erzählen, falls du möchtest», rief Soja.

«Ok, wechseln wir die Plätze, dann könnt ihr euch austauschen, ist sowieso nicht mein Thema», grummelte Marco.

Soja setzte sich zu Lara, hob ihr Glas und rief durch den Lärm der Musik ihren Namen.

«Also, erzähl, ich bin gespannt», rief Lara.

Und Soja begann zu erzählen. Von ihrem Chef, einem über zwanzig Jahre älteren Mann, in den sie sich verliebt habe und er sich in sie. Doch dann habe er ihre Liebe verraten, seine Frau informiert und sie sogar gebeten, ihm zu helfen, von ihr loszukommen.

Lara wurde auf einmal schwindlig, die ganze Bar drehte sich im Kreis. Die Geschichte passte zu gut zu einer, die sie schon kannte.

Soja bemerkte, wie die eben noch interessiert zuhörende Lara neben ihr erbleichte und ihre Augen noch grösser wurden, als sie von Natur aus schon waren.

«Soja …», flüsterte sie.

Und dann schrie sie: «Soja, dein Chef ist mein Vater, und die Frau, die er um Hilfe gebeten hat, ist meine Mutter!»

Soja wurde so bleich wie Lara. Angsterfüllte braune starrten in entsetzte blaue Augen.

«Lara! Was ist mit euch, habt ihr Streit bekommen?», fragte Jonas erschrocken.

«Jonas, das ist Soja, die Sekretärin meines Vaters!»

Laras und Jonas Blicke bildeten einen Strahl, der jede Einzelheit von Toms Sekretärin scannte.

Lara musste zugeben, dass sie besonders hübsch war und eine tolle Figur hatte, stellte aber mit Befriedigung fest, dass sie nicht an sie herankam. Gleichzeitig schwankte sie zwischen Wut, Ablehnung und Sympathie für diese Tussi, die ihrem Vater den Kopf verdreht und sein Herz gestohlen hatte.

Jonas hingegen verstand, dass Tom sich in Soja verliebt hatte. Ihre ganze Erscheinung strahlte etwas Märchenhaftes aus, etwas seltsam Verträumtes, und die Angst in ihren braunen Augen verstärkte diesen Eindruck noch.

«Lara, komm, bleib cool, lass uns wie erwachsene Menschen miteinander reden», rief er seiner Freundin ins Ohr.

Lara vergrub ihr Gesicht in den Händen, seufzte, wimmerte und jammerte wie eine gequälte Katze ... Doch dann fasste sie sich ein Herz ...

«Ok, lass uns darüber reden, Soja. Vielleicht können wir das Problem lösen, ohne dass meine Eltern etwas davon mitbekommen.»

«Danke, Lara, wie wäre es, wenn du und Jonas auf einen Drink zu mir nach Hause kommt? Dort können wir in aller Ruhe reden ...»

VI

Nico stand vor der Wahl seines Lebens. Wie Martin, Jonas Vater, vermutete, hatte er sein berufliches Ziel aus den Augen verloren.

Nora hatte sich eine Harley gekauft und nahm ihn am Wochenende auf ausgedehnte Touren mit. Nico hatte sich überreden lassen, obwohl er sich als Beifahrer nicht besonders wohl fühlte. Unter anderem deshalb, weil er der einzige männliche Soziusfahrer in der Gruppe war.

Ein anderes Problem war die Schule. Nora hielt nichts von studierten Typen. Nico wollte wenigstens die Matura machen, verbrachte aber so viel Zeit mit Nora, dass ihm zu wenig Zeit zum Lernen blieb, und seine Noten immer schlechter wurden.

Inzwischen war es auch selbstverständlich geworden, dass er Nora an sämtliche Wochenend-Turniere begleitete, die er mit Kampfsport-Insidern auf der Zuschauerbank verbrachte, um seine Freundin bei ihren Kämpfen anzufeuern.

Nora hatte gehofft, dass sich Nico eines Tages für ihre Sportart begeistern liesse. Ja, sie hatte ihn sogar zu einem Anfänger-Kurs angemeldet. Doch Nico war nicht hingegangen. Er sah nicht ein, wieso er sich mit jemandem prügeln sollte, schon gar nicht auf sportlicher Ebene.

«Taekwondo macht man nicht, weil man Freude daran hat, sich mit jemandem zu prügeln!», hatte Nora erklärt. «Dieser Sport hat mir geholfen, meine Mitte zu finden!»

Wie Nora und ihre Sportsfreunde mit Faust- und Fusstechniken kämpften, war schon beeindruckend, das musste Nico zugeben. Doch er fragte sich, ob sich der Aufwand für ihn lohnte. Er war jetzt bald zwanzig, gross und kräftig und hatte noch nie das Gefühl gehabt, dass ihn jemand nicht respektierte.

Die Aggressionen, die er als Kind wegen Lara gehabt hatte, waren seit dem Vorfall mit Nora in der Bahnhofunterführung in den Hintergrund gerückt. Wütend wurde er nur noch, wenn es ihm nicht gelang, eine Aufgabe zu lösen oder wenn Rosa nicht aufhören wollte, ihn zu bemuttern.

An einem Abend im November lag er nach der Schule in seinem Zimmer auf dem Bett und dachte darüber nach, was er mit seinem Leben anfangen wollte. Vor ein paar Stunden hatte er ein Gespräch mit dem Schulleiter gehabt, der ihn auf seine ungenügenden Leistungen hingewiesen hatte. Nico wusste, dass er an einem Wendepunkt angelangt war. Er musste sich entscheiden: Nora oder die Schule. Oder auf jeden Fall viel weniger Nora.

Durch das offene Fenster hörte er den Lärm der Stadt. Das Geräusch, wenn ein Tram anhielt und wieder wegfuhr. Ab und zu eine Polizeisirene. Rufe, Lachen von Menschen, das Bellen eines Hundes. Und manchmal sogar das Schiffshorn vom See. Dann war wieder Stille. Und in dieser Stille schlief er ein.

Als er aufwachte, war die Nacht hereingebrochen. Nico schloss das Fenster, setzte sich an den Schreibtisch, startete den Computer und wartete, bis das Programm bereit war.

Nora ... Wie sollte er ihr beibringen, dass er sich für die Schule entschieden hatte? Dass er sie viel weniger sehen würde. Ob sie das akzeptieren konnte? Wenn sie ihn liebte, konnte sie es. Und sonst halt nicht.

Plötzlich erinnerte er sich an den Traum, den er beim Besuch mit Nora bei seinen Eltern gehabt hatte: Er allein auf einer kleinen Insel, zwei Frauen, die darauf zuruderten. Die rothaarige Kriegerin war zuerst angekommen. Die Frau im zweiten Boot mit langen blonden Haaren hatte ihm zugewunken und seinen Namen gerufen. Worauf die Rothaarige den Speer geworfen hatte ...

Nico horchte lange in sich hinein. War in Gedanken wieder im Kindergarten, sah dieses wunderschöne Mädchen mit den blonden Locken und empfand, was er damals gefühlt hatte: Liebe und das Wissen, dass sie sein war, dass sie zusammengehörten. Und plötzlich erkannte er, dass er seine Liebe verloren hatte.

«Neeeiiinnn!!!», schrie er so laut, dass kurz darauf ein Schulkollege, der das angrenzende Zimmer bewohnte, an die Tür klopfte.

«Alles in Ordnung bei dir, Nico?», fragte er besorgt.

Nicos Stimme zitterte: «Kannst du kurz hereinkommen, ich würde dir gerne etwas erzählen.»

Sein Schulkollege setzte sich auf einen Stuhl. Und dann erzählte ihm Nico seine ganze Geschichte.

Lean hörte schweigend zu, staunte und schüttelte ab und zu ungläubig den Kopf. Nachdem Nico zum Abschluss seinen Traum beschrieben hatte, sagte er: «Nico, dieser Traum macht, so wie ich es verstehe, alles klar: Du sitzt allein auf einer kleinen Insel, du hast zwar genug Nahrung (Kokosnüsse und Wasser) doch eigentlich bist du ein Gefangener. Die blonde Frau symbolisiert die Liebe, sie will dich aus deiner Einsamkeit befreien, was eben nur durch Liebe möglich ist. Die zweite Frau will, dass du ein Gefangener bleibst, unter ihrer Kontrolle. Sie tötet die blonde Frau (die Liebe) und hat damit die alleinige Macht über dich.»

VII

Nora fuhr vom Ausland zurück in die Schweiz. Seit bald drei Stunden sass sie hinter dem Steuer. Es regnete in Strömen und dämmerte bereits. Sie brauchte dringend eine Pause. Kurz nachdem ein grosses Schild aufgetaucht war, nahm sie die Ausfahrt zur Autobahnraststätte, fuhr ihren fünfzehn Meter langen LkW auf den Parkplatz und stellte den Motor ab.

Sie legte sich in die schmale Pritsche in der Fahrerkabine, der rechte Arm stützte den Kopf, die linke Hand lag auf ihrem Herzen. Es war ihr nicht entgangen, dass Nico sich immer öfter von ihr überfordert fühlte. Wie bisher übrigens jeder Mann vor ihm. Sie wusste natürlich, dass er sie nicht auf ihren langen Transporten begleiten konnte, fand aber, dass Schule nicht das Wichtigste im Leben war.

Nico schien sich auch auf der Harley nicht mehr wohl zu fühlen und auch bei den Wettkämpfen und ihren Trainings nicht. Er hatte den Taekwondo-Anfängerkurs abgesagt, ohne sie vorher zu informieren. Alles Zeichen, dass ihre Wünsche sich wahrscheinlich in Luft auflösen würden. Wieder ging eine Beziehung in die Brüche. Es war zum Verzweifeln! Und alles nur, weil sie etwas anders war als andere Frauen.

Nora konnte – da sie die Macht, die sie über Nico gewonnen hatte, als angenehm und natürlich empfand – nicht nachvollziehen, wie schwierig es für ihn war, auf Dauer die passive Rolle in ihrer Beziehung zu spielen. Sie drehte sich auf die Seite und hätte am liebsten zu weinen begonnen. Doch Tränen passten nicht in ihr Frauenbild. Sie war keine Tussi, die bei jedem Problem den Bettel hinwarf. Sie war Nora, die Kämpferin, die *siegreiche Frau*. Sie würde sich etwas einfallen lassen, mit Nico reden. Es musste einen Weg geben!

Eine Frau wie Lara hätte gesagt, dass sie ihn liebte. Dieses Wort konnte und wollte Nora nicht benutzen. Was war Liebe? Sie wusste es nicht. Was sie kannte, war Freundschaft, damit war sie schon zufrieden.

Nora wälzte sich aus der Pritsche, rutschte über den Beifahrersitz, öffnete die LkW-Tür und stieg rückwärts die senkrechten Metallstufen hinunter.

«Hallo Nora, auch noch unterwegs?»

Tim kam auf sie zu. Kurze Umarmung, Schulterklopfen. Ein unaufmerksamer Beobachter hätte sie für zwei Kollegen gehalten. Beide trugen Jeans, eine Lederjacke, feste Lederstiefel und ein Baseball-Cap.

Tim etwas grösser, etwas kräftiger, lief mit Nora an seinem LkW vorbei ins Restaurant, wo bereits ein paar Fernfahrer an einem Tisch sassen.

Nora zog die Lederjacke aus, legte ihr Cap auf den Tisch und fuhr sich mit der Hand durch die roten Haare. Bald fühlte sie sich besser. Aufgehoben, geborgen, angenommen. Man ass zusammen, trank ein Bier, redete, diskutierte, klagte über die schwere Arbeit, die langen Fahrten, die Einsamkeit. Man schwieg, man rauchte. Einer für alle, alle für einen! Das war, was zählte!

Natürlich sahen die Männer in Nora keinen Mann. Und es störte sie auch nicht, wenn ab und zu begehrliche Blicke an ihr hängen blieben. Nora fand das normal. Wenn sie nicht so gewesen wäre, wie sie nun mal war, wäre Tim die erste Wahl gewesen. Dreiunddreissig, gross, kräftig, unkompliziert und humorvoll. Ein verwegener Ausdruck in den Augen, ein ansteckendes Lachen. Doch Nora war nicht bereit, sich einem Mann in irgendeiner Form hinzugeben, die passive, weibliche Rolle zu spielen. Sie wollte erobern, bestimmen, sich nehmen, was sie brauchte.

Tim war ein Kollege. Nico hingegen war ihr nah, so richtig ans Herz gewachsen. Warum nur konnte sie mit Tim nichts anfangen? Konnte es sein, dass sie neben ihm als Frau keine Chance auf Gleichberechtigung sah. Tim, sich an sie schmiegend auf der Harley, war jedenfalls unvorstellbar.

Was Nora mit Nico zusammen auf der Harley empfand, war ein Gefühl von Zusammengehörigkeit und auch von Sorge um sein Wohlergehen. Vielleicht weil sie spürte, dass sein Leben in diesem Moment ganz von ihren Fahrkünsten, ihrer Kraft und ihrem Mut abhing. Dass sie sich damit gegenüber ihm auch in einer Machtposition befand, war ihr nicht bewusst.

Wenn Männer andeuteten, dass sie mit einer Frau besser bedient wäre, wurde Nora wütend. Sie wollte als Frau nicht mehr als alle Rechte haben, die auch die-

Männer für sich in Anspruch nahmen. War das zu viel verlangt?

Als Nora an diesem Abend wieder in ihren Truck stieg und im Dunkeln auf die Autobahn fuhr, wusste sie noch nicht, dass das Schicksal bereits Fäden gesponnen hatte, durch die auch sie den Weg zum Glück finden konnte, falls sie denn bereit war, es anzunehmen.

VIII

«Was möchtet ihr trinken?», fragte Soja ihre Gäste.

«Ein Glas Wasser», antwortete Lara und liess ihre Blicke durch die hübsche Dachzimmerwohnung streifen.

«Mir auch!», sagte Jonas.

«War mein Vater schon einmal hier?», fragte Lara argwöhnisch.

«Leider nein», murmelte Soja, die in der Küche stand, vor sich hin, rief aber: «Wo denkst du hin, Lara! Dein Vater ist nicht so einer. Es geht nicht um Sex zwischen uns! Es ist viel schlimmer: Unsere Herzen haben sich ganz kompliziert ineinander verschlungen. Deshalb ist es so schwierig und tut so weh. Wenn es nur um Sex ginge, wäre alles einfacher.»

«Und andere Männer?», hackte Lara nach.

«Natürlich, was glaubst du denn? Ich bin keine Nonne und auch nicht gerade hässlich, oder?»

«Nein, hässlich bist du sicher nicht, sonst hätte sich mein Vater nicht in dich verliebt. So ist er auch wieder nicht!»

«Hattest du schon einmal längere Zeit einen Freund?», wollte Lara auch noch wissen.

«Du bist aber neugierig, Lara! Ehrlich gesagt nie länger als zwei Monate. Warum weiss ich auch nicht. Ich glaube, die Typen waren einfach zu jung. Mit Männern unter dreissig kann ich nicht viel anfangen. So ist das einfach bei mir.»

«Aber Papa ist fünfundvierzig, das ist doch schon uralt! Was wäre denn, wenn er noch älter wäre, über fünfzig zum Beispiel?»

«Ach Lara, so genau kann ich das nicht sagen. Es ist einfach so, dass Tom ein ganz besonderer Mann ist.»

Lara nahm das Glas Wasser aus Sojas Hand, trank einen Schluck und schlang dann einen Arm um Jonas Hüfte ...

«Für Soja kommst du also nicht infrage, Jonas. Du bist noch nicht einmal zwanzig. Weisst du, wie bin ich froh darüber?», scherzte sie mit einem leicht hysterischen Lachen.

«Jonas und ich, wir haben auch eine spezielle Beziehung. Vom ersten Tag im Kindergarten an war das so: Liebe auf den ersten Blick!»

«Na ja», murmelte Jonas. «Für mich war es eher ein Schock auf den ersten Blick. Nico war so böse, er hat mir das Lastauto weggerissen, das mir Lara gegeben hatte. Ich bin furchtbar erschrocken.»

«Trotzdem, es war Liebe auf den ersten Blick, das weiss ich ganz genau. Von diesem Tag an haben wir alles zusammen gemacht. Und auch später in der Schule. Jonas ist für mich einfach alles. Ich würde für ihn durchs Feuer gehen!»

«Ich freue mich über eure schöne Beziehung, über diese Liebe auf den ersten Blick. Ich wünsche euch von Herzen, dass sie ewig halten möge. Doch für mich sieht es leider nicht so aus. Meine Liebe ist dem Tode geweiht. Sie wird sterben, zusammen mit mir.»

«Soja, was sagst du da? Die Liebe zu meinem Vater sehe ich als eine Art Unfall. Du hast dich in einen Mann verliebt, der nicht frei ist, das ist das Problem. Das ist eine schwierige Situation und sicher sehr schmerzhaft, wird aber irgendwann vorbeigehen. Deswegen musst du noch lange nicht sterben.»

«Ich wollte sterben ... Ich war schon unterwegs ... Heute Abend wollte ich mein Leben dem Fluss übergeben ...», flüsterte Soja.

«Was?», schrie Lara. «Du wolltest dich umbringen? Wegen meinem Vater dein Leben wegwerfen? Das darf doch nicht wahr sein! Soja, so etwas darf man nicht machen, niemals unter keinen Umständen! Versprich mir, dass du nicht einmal mehr daran denkst!»

«Ach Lara», stammelte Soja. Tränen kullerten über ihre Wangen. Sie beachtete sie nicht. Stand einfach da, weinte und wollte nicht mehr aufhören.

Lara konnte nicht anders. Sie stand auf und nahm die Frau, die ihrem Vater das Herz gestohlen hatte, in die Arme. Sie musste sie einfach trösten, ganz egal wie grosse Probleme sie ihr und ihren Eltern mit ihrer grossen Liebe auch machte.

Nach einer Weile stand auch Jonas auf, legte die Arme um die beiden Frauen und murmelte: *«Was ist, das ist, was kommt, das kommt, was sein wird, wird sein.»*

IX

Ein regnerischer Tag im November. Reto hatte miserabel geschlafen, schlecht gelaunt gefrühstückt, einen Tag voller Ärger verbracht und war, nach fast zehn Stunden im Geschäft, immer noch übel gelaunt nach Hause gekommen. Vielleicht lag es am Wetter. Er wusste es nicht, und gerade das nervte ihn besonders. Etwas lag ihm auf der Seele. Etwas, das er einfach nicht einordnen konnte.

Als sich sein Zustand auch nach zwei Wochen noch nicht gebessert hatte, machte sich Rosa langsam Sorgen. Ihr Mann hatte ein ernstes Problem. Ein unsichtbarer Feind hatte sich in ihm breitgemacht. Widersprüchlichste Gefühle störten seinen Frieden.

Eines Abends vor dem Einschlafen: «Rosa, es tut mir leid, ich weiss, dass ich im Moment unausstehlich bin, wenn ich nur wüsste, was mit mir los ist.»

«Ich denke, du solltest zu Martin gehen. Der kann dich untersuchen, und wenn vom medizinischen Standpunkt her alles in Ordnung ist ...»

«Was dann, Rosa? Was dann? Er wird mich zu seinem Psychiater schicken, darauf kannst du Gift nehmen!»

«Und davor hast du Angst?»

«Nein, aber ich hasse diese Psychoheinis. Wer weiss, was der mit mir anstellen wird!»

Trotz der ernsten Situation musste Rosa lachen. Es gab etwas, vor dem sich ihr grosser, starker Mann fürchtete wie der Teufel vor dem Weihwasser. Sie kroch zu ihm unter die Bettdecke, schob einen Arm unter seinen Nacken und zog ihn an ihre Brust.

«Alles kommt gut, Schatz! Da bin ich mir ganz sicher. Vielleicht hast du die letzten Jahre zu viel gearbeitet. Und dann das mit Nico, dass er wegen Lara in die Privatschule musste. Und jetzt auch noch diese Emanze, diese Nora. Vielleicht wäre es gut, wenn du das alles mit professioneller Hilfe aufarbeiten könntest ...»

«Aufarbeiten? Ich muss gar nichts aufarbeiten, Rosa!», rief Reto erbost.

Doch wie immer, wenn es hart auf hart ging, führte auch diesmal kein Weg an seiner Frau vorbei.

Martin wusste ziemlich genau, was er zu erwarten hatte. Wenn Reto in seine Praxis kam, trafen zwei völlig verschiedene Charaktere aufeinander. Cholerisches Temperament auf kühles, analytisches Denken; ein feuerspeiender Vulkan auf eine ruhig daliegende Wasserfläche. Und da Feuer mit Wasser gelöscht wird, verliess Reto Martins Praxis meist unbefriedigt.

Doch diesmal sollte sich etwas ändern.

«Hallo Martin.»

«Hallo Reto, was führt dich zu mir?», fragte der Arzt vorsichtig. Reto liess sich schwer seufzend in den Besuchersessel fallen.

«Ganz genau gesagt, hat Rosa mich zu dir geschickt, Martin. Ich weiss nicht, was mit mir los ist! Ich glaube, diesmal brauche ich wirklich Hilfe!»

«Wenn ich weiss, was dir Probleme macht, kann ich vielleicht helfen, Reto.»

«Ich kann kaum mehr schlafen, bin meist aggressiv, unzufrieden und schlecht gelaunt. Rosa hält es kaum mehr aus mit mir. Sie sagt, dass es vielleicht psychisch ist. Du weisst ja, dass ich mich immer gegen alles Psychische gewehrt habe ...»

Martin runzelte die Stirn. Reto und psychische Probleme? Wirklich kaum vorstellbar.

«Wir machen erst mal einen Generalcheck, Reto: Blut, Wasser, Herz, Lunge, Blutdruck usw. Erst, wenn wir dort nichts finden, müssen wir tiefer schneiden.»

Reto erschrak: «Schneiden?», fragte er in einem Ton, der Martin ein Lächeln entlockte.

«Weitersuchen, wollte ich sagen», schmunzelte Martin. «Wenn ich es nicht bereits wüsste, würde ich dich fragen, ob du rauchst, trinkst, wie viel am Tag und so weiter.»

«Sag nicht, dass du mir das verbieten willst, Martin, das kommt ganz schlecht an bei mir, das weisst du!»

«Ich weiss, Reto, ich weiss! Du lebst nur einmal und willst das bis zum letzten Atemzug geniessen. Fragt sich nur, wie man sich noch am Leben erfreuen kann, wenn man durch übermässigen Genuss krank geworden ist.»

«Martin, mach mir nicht noch mehr Angst, als es Rosa schon getan hat», stöhnte Reto.

«Also gut, ich denke, du bist kerngesund, vermutlich nur über die letzten Jahre etwas zu viel Stress, das ist alles. Trotzdem müssen wir dich auf Herz und Nieren durchchecken.»

«Danke Martin!», rief Reto, stand auf und verabschiedete sich mit einem kräftigen Händedruck.

Rosa war erleichtert, als Reto ihr erzählte, dass einzig zu viel Stress der Grund für seine Probleme sei. Ihr Gefühl sagte ihr allerdings, dass das nicht die ganze Wahrheit war.

X

«Was hast du da für komisches Zeugs gemurmelt, Jonas?», fragte Lara misstrauisch.

Jonas wiederholte die Worte: *Was ist, das ist, was kommt, das kommt, was sein wird, wird sein.*

«Und wo hast du das gelesen, es tönt so esoterisch, ja magisch, fast wie eine Art Beschwörungsformel.»

«Gelesen? Nirgends, das ist einfach so aus mir herausgekommen. Ich höre in letzter Zeit oft solche Weisheiten in meinem Kopf; es ist, als ob sie in einer Kathedrale vorgelesen würden.»

Lara sah Jonas befremdet an: «Jonas, ich glaube, du musst wirklich zum Freund deines Vaters, das ist nicht normal, was du da erzählst. Es macht mir Angst. Bitte sag das nie mehr in meiner Gegenwart.»

Soja setzte sich wieder auf die Couch, trocknete ihre Tränen und schnäuzte sich lautstark.

«Mir hat es keine Angst gemacht, Jonas, im Gegenteil, es hat mich beruhigt. Etwas hat durch dich gesprochen. Glaub mir, ich kenne mich mit solchen Dingen aus. Meine Grossmutter mütterlicherseits war eine Heilerin, sie hat mir etwas von diesem Talent vererbt. Es gibt Wesen, die wir nicht sehen, die aber immer da sind und auf uns aufpassen. Das war so jemand. Es hat mir durch dich eine Botschaft gesandt. Und ich weiss auch warum: Weil ich selbst durch meinen Kummer, meinen Schmerz, nicht hören konnte.»

Soja umarmte Jonas mit tiefer Dankbarkeit im Herzen, was Lara in den falschen Hals bekam. Ihre Augen wurden dunkel, die Wangen röteten sich vor Zorn.

«Deine Grossmutter war eine Heilerin, Soja? Und du hast auch was davon abbekommen? Vielleicht hast du ja meinen Vater mit Hexerei von dir abhängig gemacht! Das wäre noch schlimmer als alles, was ich mir bis jetzt zusammengereimt habe. Deshalb ist es nicht Sex. Es sind diese magischen Gefühle, mit denen du meinen Vater um den Finger gewickelt hast!»

Lara riss Jonas mit sich zur Tür und schrie: «Und jetzt willst du auch noch Jonas in deinen Bann ziehen? Das wird dir nicht gelingen, niemals!»

Die Tür fiel krachend ins Schloss. Soja hörte Laras Stimme, das Poltern wütender Schritte auf der Holztreppe des alten Hauses. Vergebens hoffte sie auf ein Aufbegehren von Jonas. Entweder war er ebenso sprachlos wie sie oder seine Stimme war zu schwach, als dass sie die von Lara hätte übertönen können.

Dann war es, als ob plötzlich die Zeit angehalten hätte. Stille in ihr, Stille ausserhalb. Alles war gut, so, wie es war.

Soja konnte später nicht sagen, wie lange sie in diesem Zustand verweilt hatte. Minuten, Stunden? Irgendwann bewegte sie ihren Körper ins Schlafzimmer und legte sich aufs Bett. Und während sie langsam in den Schlaf hinüberdämmerte, hörte sie Melodien, die sie noch nie gehört hatte. Die wundervolle Musik zog sie in ein helles, warmes, strahlendes Licht hinein.

Und dann wusste sie, dass sie zu Hause war. Alles war Liebe. Alles, was dort existierte, es gab nichts anderes. Eine Liebe, die sie, im Gegensatz zur menschlichen, nie verletzen, nie enttäuschen und nie verlassen würde.

Marco verabschiedete sich am Bahnhof von seinen Kollegen und fuhr mit dem letzten Zug nach Thusis.

Sein Vater, der Gemeindepräsident von Präz, wartete am Bahnhof im Subaru. Es war Mitternacht vorbei und er war müde. Marco stieg ins Auto, sein Vater startete den Motor und fuhr schweigend los.

Die Strasse durch das kleine Dorf vor Präz war seit Wochen wegen Bauarbeiten gesperrt. Deshalb mussten sie einen Umweg über die alte Naturstrasse machen. Mehrere enge Kurven durch den Wald hinauf bis zu einer kleinen Brücke, die über einen Bach in die Wiesen unterhalb des Dorfes führte.

Auch Marco schwieg. Er war in Gedanken bei Soja, dachte daran, dass sie sich das Leben hatte nehmen wollen, und dass der Zufall es gewollt hatte, dass er und seine Kollegen sie davon hatten abhalten können.

Als sie aus dem Wald heraus und über die kleine Brücke fuhren, brach sein Vater das Schweigen.

«Marco, ich muss immer wieder über das plötzliche Verschwinden deines Lehrers nachdenken. Es lässt mir einfach keine Ruhe.»

«Mir auch nicht!», sagte Marco wahrheitsgemäss.

«Wie kann ein Mensch so plötzlich spurlos verschwinden? Wenn es in der Stadt gewesen wäre oder auf einer Wanderung in unwegsamem Gelände. Aber hier in unserem Dorf. Ich bekomme das einfach nicht auf die Reihe!»

«Mir war und ist es immer noch recht, dass er weg ist», murmelte Marco.

«Er war ein Diktator, alle Schüler haben ihn gefürchtet. Vielleicht hat der liebe Gott eingegriffen und ihn verschwinden lassen. Verdient hätte er es!»

«Ich weiss, Marco. Aber, falls ihn deswegen jemand verschwinden lassen wollte – was ich mir kaum vorstellen kann –, wie wäre das möglich gewesen?»

«Für den da oben ist nichts unmöglich! Es heisst ja immer, dass Gott gerecht ist, oder? Dann müsste er die Bösen bestrafen und die Guten belohnen, was er – wie man sehen kann – nur selten tut. Vielleicht hat er sich in diesem Fall für einmal gegen das Böse durchsetzen können.»

«Das Böse? So einfach ist das alles nicht, Marco. Gut und Böse gehören zum Leben so wie Winter und Sommer, Regen und Sonnenschein, Licht und Schatten.»

«In diesem Fall hat sich dann eben ausnahmsweise das Gute durchgesetzt! Ausser seiner Frau und seinem Sohn Livio hat ihn kaum jemand vermisst, nicht einmal Soja, seine Tochter», sagte Marco in einem Ton, der seinen Vater aufhorchen liess.

XII

Jonas fuhr mit Lara im alten Opel seines Vaters vorsichtig durch die Nacht. Weil er erst vor zwei Monaten die Fahrprüfung bestanden hatte, benutzte er die Hauptstrasse, die um diese Zeit kaum befahren war.

«Eine Heilerin ist keine Hexe!», erklärte er Lara. «Sie hat die Fähigkeit zu helfen. Eine Hexe ist etwas ganz anderes. Sie arbeitet mit schwarzer Magie.»

«Vielleicht benutzt Soja ja Magie und hat meinen Vater so dazu gebracht, sie zu lieben. Was bei ihm problemlos möglich wäre, denn von solchen Dingen hat er keine Ahnung!»

Lara schwieg eine Weile und fragte dann: «Wieso kennst du dich auf diesem Gebiet so gut aus, Jonas? Kannst du mir das einmal erklären?»

Jonas beeilte sich nicht mit der Antwort. Seit geraumer Zeit klebten zwei helle Scheinwerfer am Heck des alten Opels. Jonas wartete darauf, dass der Fahrer hinter ihm endlich überholen würde.

Martin, sein Vater, hatte in solchen Situationen einen Trick angewandt, und das tat Jonas nun auch. Er schaltete einen Gang zurück und drückte dann das Gaspedal durch. Als der Verfolger ebenfalls beschleunigte, bremste Jonas ab. Beim dritten Mal erklang hinter ihm ein langes, genervtes Hupen. Die beiden Scheinwerfer schwenkten aus, überholten und verschwanden mit stark überhöhter Geschwindigkeit in der Nacht.

«Wer war denn das?», rief Lara aufgebracht.

«Ein Kindskopf», murmelte Jonas.

«Ein Idiot!», schrie Lara.

Nach der nächsten Kurve, die unter einem überhängenden Felsen hindurchführte, lag das Auto auf dem Dach. Jonas trat die Bremse bis zum Anschlag durch, konnte den Aufprall jedoch nicht mehr verhindern.

Lara wurde vom Sicherheitsgurt aufgefangen. Die Aufprallenergie schleuderte ihren Kopf nach hinten.

Jonas, der sich mit aller Kraft am Lenkrad festhielt, sah, dass seine Freundin stöhnend in den Gurten hing.

«Laaaraaa!!!», schrie er. «Halt durch! Ich hole Hilfe!»

Mit einem verzweifelten Schrei versuchte er, die Tür aufzustossen ... Sie klemmte. Entsetzliche Angst erfasste ihn. Er konnte nicht mehr klar denken. Dann hörte er die vertraute Stimme: *Was ist, das ist, was kommt, das kommt ...*

«Ist es denn schon Zeit?», fragte Jonas.

Nein, sagte die Stimme ruhig, *eure Zeit ist noch lange nicht gekommen!*

Nuja, auf dem Heimweg von einem späten Spitexeinsatz, fuhr, weil auf der Hauptstrasse um diese Zeit selten Gegenverkehr herrschte, mit aufgeblendeten Scheinwerfern auf die Felsenkurve zu. Als plötzlich die verunfallten Autos auftauchten, reagierte sie blitzschnell: Vollbremsung, Pannenblinker, Polizeinotruf. Sie beschrieb Ort und Art des Unfalls und fuhr dann so nah als möglich an die Unfallstelle heran. Es gelang ihr, die Tür zu öffnen und Jonas aus dem Auto zu ziehen.

«Lara ...», stöhnte er, «Lara ...»

Aus dem Kühler des auf dem Dach liegenden Autos stieg immer dichterer Rauch. Nuja lief um den Opel herum und versuchte, Lara zu retten. Doch es gelang ihr nicht; die eingedrückte Tür klemmte. Verzweifelt schrie sie: «Gott, wenn es dich gibt, so hilf, aber schnell!»

In diesem Moment erklangen die Sirenen. Kurz darauf sprangen Feuerwehrleute hinzu, befreiten Lara und trugen sie und Jonas zum Rettungswagen.

Aus dem Auto des Unfallverursachers schossen Flammen. Kurz bevor die Schaumlöschgeräte zum Einsatz kamen, gab es eine gewaltige Explosion.

XIII

Martin und Anna, Christa und Tom trafen sich um zwei Uhr nachts im Krankenhaus. Christa weinte laut, Anna liefen Tränen übers Gesicht. Tom und Martin reichten sich wortlos die Hand. Eine Pflegerin führte sie ins Zimmer, in dem Lara und Jonas, entgegen der Geschlechtertrennung, nebeneinander lagen. Tränen liefen über Jonas Wangen, als er stammelte: «Mama, Papa, schön, dass ihr da seid ...»

Lara stand unter Schock, war entsetzt über das, was geschehen war. Martin und Anna setzten sich zu Jonas, Christa und Tom an Laras Bett.

«Wie konnte das nur passieren, Jonas?», fragte Martin verwirrt.

«Wie fühlst du dich, mein Schatz?», flüsterte Christa und drückte Laras Hand.

«Wie das passieren konnte, das ist mir im Moment egal», sagte Jonas. Es ist jetzt, wie es ist. Damit müssen ich und Lara, wir alle, klarkommen.»

Es klopfte. Die Tür ging auf, der diensthabende Arzt trat ins Zimmer, begrüsste erst Martin und Anna, dann Tom und Christa: «Das war ein schlimmer Unfall! Die beiden haben riesiges Glück gehabt, dass diese Spitex-Schwester noch auf dem Heimweg war ...»

«Wir wissen noch gar nicht, wie alles abgelaufen ist, Herr Doktor», beschwerte sich Tom. «Wie geht es dem anderen Fahrer?»

«Kurz nachdem Lara und Jonas ausser Gefahr waren, ist sein Auto explodiert. Dem Mann war nicht mehr zu helfen.»

«Ums Himmelswillen!», schrien Christa und Anna.

«Mein Gott!», riefen Tom und Martin.

Lara begann zu weinen. Jonas schloss die Augen.

«Ich möchte mich bei dieser Krankenschwester bedanken, sie hat Lara und mir das Leben gerettet», flüsterte Jonas.

«Weiss jemand, wie sie heisst, wo sie ist?»

«Alles wird im Protokoll stehen», sagte der Arzt.

«Sie wird euch sicher bald besuchen.»

«Weshalb wart ihr denn noch so spät unterwegs?»

Lara und Jonas wichen Martins fragendem Blick aus.

«Wir waren mit Cecil und Esther im Kino ... Und danach noch in einem Dancing ..., in der Felsenbar ...»

«In der Felsenbar? Und wie lange wart ihr dort?»

Jonas blickte zum Fenster. Lara erzählte: «Wir haben dort eine Frau getroffen. Ich habe mit ihr geplaudert, und als sich herausstellte, dass sie dich kennt, Papa, hat sie uns noch zu einem Drink in ihre Wohnung eingeladen ...»

«Eine Frau, die Tom kennt? Tom kennt leider viele Frauen», rief Christa genervt.

Das war eine Frau, die ihm besonders nahesteht, Mama: «Soja, seine Sekretärin. – Sie wollte sich an diesem Abend seinetwegen das Leben nehmen.»

XIV

Als Christa und Tom das Spital verliessen, war es fast zwei Uhr morgens. Christa stieg ins Auto, knallte die Tür zu und begann gleich mit einer Strafpredigt:

«Ich fasse es nicht, Tom! Ich fasse es nicht!», rief sie und schlug mit der Hand aufs Lenkrad.

«Treffen doch Lara und Jonas diese Soja in der Bar, sie lädt sie zu sich nach Hause ein und erzählt ihnen, dass sie sich deinetwegen das Leben nehmen wollte! Wenn das nicht Erpressung ist! Raffiniert ausgedachte Erpressung! Und in so eine Tussi hast du dich verliebt, Tom! Ich kann einfach nicht glauben, dass du so dumm bist! Und jetzt noch dieser schreckliche Unfall! Ich weiss nicht, wie ich das verkraften soll!»

Christa liess den Motor aufheulen, fuhr aus der Stadt hinaus, bog auf die Autobahn ein und raste nach Hause.

Was sollte Tom sagen? Die Nachricht, dass Soja seinetwegen ihr Leben hatte beenden wollen, war einfach nur schrecklich. Er fühlte sich, als ob ihm jemand ein Brett über den Kopf geschlagen hätte. Sein Hirn war leer, sein Herz schmerzte.

Niemand würde verstehen, was mit ihm los war, was in ihm ablief, alles schien völlig irrational. Wie sollte er die wunderbaren Gefühle für Soja jemandem erklären, der das selbst nicht erlebt hatte? Gefühle, die gleichzeitig unglaublich schmerzten. Er hatte keine Worte dafür.

«Christa ...», murmelte er, «ich will nur noch nach Hause, ins Bett kriechen und schlafen. Am liebsten ein ganzes Jahr lang. Bis dieser Albtraum vorbei ist.»

Als sie zu Hause ankamen, fuhr Christa in die Garage, stieg aus und rannte die Treppe hinauf in die Wohnung. Sie schleuderte ihre Schuhe durch den Gang, warf – wie ein kleines, zorniges Kind – ihre Jacke auf den Boden, ging in die Küche, öffnete den Kühlschrank, lief mit einer Flasche und einem Sektglas in der Hand ins Wohnzimmer, liess sich dort auf die Couch fallen, zündete sich eine Zigarette an und blieb schweigend, rauchend und trinkend, sitzen, bis der Morgen graute.

Tom legte sich angezogen aufs Bett und versuchte, noch etwas zu schlafen, bevor er um acht Uhr wieder in der Kanzlei erscheinen musste. Er hoffte, dass Soja auch dort sein würde.

Um sieben Uhr stand er auf und trank in der Küche einen Kaffee. Christa schlief auf der Couch, zusammengerollt wie eine Katze. Die Flasche war leer, der Aschenbecher quoll über.

Tom liess sie schlafen.

Erst als er in seinen BMW steigen wollte, fiel ihm ein, dass er drei Monate Führerscheinentzug hatte.

«Scheisse!», fluchte er. Sollte er Christa aufwecken? Nein, das kam nicht infrage. Es blieb ihm nur die Bahn. Er schaute auf die Uhr. Bald halb acht. Um acht wollte er im Büro sein. Er verliess die Garage, eilte hinunter ins Dorf, überquerte die Strasse, stieg in den Lift zum Bahnhof und erwischte gerade noch den Zug nach Chur.

XV

«Jonas, du hast meine Frage noch nicht beantwortet.»
«Welche Frage?»

«Kurz bevor uns das Auto bedrängte, habe ich dich gefragt, wieso du über das Thema Magie und all das so gut Bescheid weisst.»

Jonas drehte vorsichtig den Kopf.

«Lara, das spielt doch keine Rolle. Es interessiert mich eben, all diese Dinge liegen mir. Ich lese im Netz viel darüber, weisst du. Das ist nichts für dich, das habe ich schon lange bemerkt. Immer, wenn ich dir etwas davon erzählen wollte, hast du die Tür zugemacht.»

«Ach Jonas, das ist doch nicht wahr, ich wollte dir nur helfen, weil mir das Angst macht.»

«Wieso Angst?»

«Weisst du, jedes Mal, wenn du deine Zustände hast und diese schrecklichen Bilder siehst, bist du danach längere Zeit verändert. Du hast dann ganz schwarze Augen, bist völlig abwesend! Das macht mir Angst, weil ich nicht weiss, was mit dir los ist. Und wenn du dann solche Sachen sagst wie eben bei Soja, erinnert mich das an ...»

«Ich weiss, Lara. Es ist ein Gebiet, in das du mir nicht folgen kannst. Ich tauche ab und zu in eine Welt ein, in der ich mich sehr einsam fühle, weil ich dort völlig allein bin. Das ist nicht einfach für mich.»

«Ach Jonas, das klingt alles so dramatisch. Von was für einer Welt redest du denn? Wir sind doch hier zu Hause, im Moment im Spital in Chur. Wieso musst du dich denn immer mit solchen Dingen beschäftigen? Vielleicht sind das alles nur Hirngespinste, Fantasien, Einbildungen. Im Netz gibt es so viel dummes Zeug. Es wäre wirklich einfacher für mich, wenn du etwas weniger träumen würdest, Jonas. Wenn ich mir vorstelle, dass wir eines Tages heiraten und Kinder haben werden, dann möchte ich nicht, dass ihr Vater ihnen so komische Sachen erzählt.»

Jonas schloss die Augen. Er fühlte sich von Laras Zukunftsplänen überfordert.

«Bist du denn ganz sicher, dass wir eines Tages heiraten werden, Lara?»

«Jooonaas!»

«Lara, lass uns erst einmal gesund werden, dann sehen wir weiter, mehr kann ich im Moment nicht sagen.»

Lara warf sich aufgebracht auf die Seite, weg von Jonas. Die starre Halskrause konnte nicht verhindern, dass die abrupte Bewegung einen stechenden Schmerz in ihrem Genick auslöste. Mit einem Aufschrei drehte sie sich wieder auf den Rücken.

«Soja konnte dir natürlich in deine Welt folgen. Vielleicht hat sie dich ja auch schon verhext wie meinen Vater ... Auaaua! – Scheisse, ich habe solche Schmerzen! Jonas, du liebst mich doch noch, oder?»

«Natürlich Lara, natürlich, seit dem Kindergarten und für immer und ewig!», flachste Jonas.

«Hast du denn keine Schmerzen?»

«Doch schon, aber nicht so schlimm.»

Während Lara mit ihren Schmerzen kämpfte, dachte Jonas an Soja. Es tat ihm leid, dass Lara sie so zusammengestaucht hatte. Am liebsten hätte er sie angerufen, doch er hatte ihre Handynummer nicht. Was auch besser war, weil das bei Lara nicht gut angekommen wäre. Er beschloss zu warten, bis er wieder zu Hause war.

XVI

Ein Freitagabend anfangs Oktober. Rosa schaute einen Liebes-Film, Reto schlief auf der Couch. Die Dämmerung war schon weit fortgeschritten, als ein Motorrad mit lautem Dröhnen vor das Haus fuhr. Reto erwachte, Rosa sprang auf und schaute aus dem Fenster.

«Besuch Reto! Niko und Nora sind da!», rief Rosa erfreut und eilte die Treppe hinunter zum Hauseingang.

Reto setzte sich stöhnend auf und rieb sich die Augen.

Kurz darauf wurde die Tür aufgerissen.

«Hallo Papa, haben wir dich überrascht?», rief Nico.

«Kann man wohl sagen», murmelte Reto, zog ihn an sich und klopfte ihm gerührt auf die Schultern.

Und auch Nora bekam eine Umarmung.

«Wow, Reto, das ist aber ein Empfang, hätte ich nicht erwartet. Hast du denn keine Angst, dass die Kämpferin durchbricht?», flachste Nora gerührt.

«Ach, alles Quatsch, weisst du, ich habe mich etwas verändert.»

«Das glaube ich jetzt aber nicht!», rief Nico.

«Wie denn? Du siehst immer noch genau gleich aus.»

«Äusserlich schon, aber im Inneren ist nicht mehr alles wie bei eurem letzten Besuch.»

«Ist etwas passiert?», fragte Nora.

«Zieht doch erst einmal eure Ledermontur aus, dann können wir uns setzen und in Ruhe über alles reden», schlug Rosa vor.

Nico und Nora zogen ihre Jacken aus, Rosa hängte sie an die Garderobe.

«Was wollt ihr trinken? Nora? Nico?»

Und dann sassen vier Leute am Tisch und drei davon sahen erwartungsvoll Reto an.

«Zwei Geschehnisse haben etwas in mir verändert», begann Reto.

«Bitte nicht erschrecken, Nico, es ist kein Todesurteil. Martin hat mich vor einiger Zeit auf Herz und Nieren durchgecheckt. Erst meinte er, alles sei in Ordnung, doch dann bestand er darauf, dass ich noch in die Röhre sollte. Leider hat man dort dann etwas entdeckt: Ein bösartiges Karzinom.»

Nico sah fragend seine Mutter an. Rosa hob traurig die Schultern und liess sie wieder fallen.

«Heisst das, du hast Krebs?», fragte Nora.

«Ja, genau! Krebs, diese verdammte Krankheit, vor der sich alle fürchten. Bei mir allerdings sollen die Heilungschancen gross sein. Man muss jedoch die ganze Prostata entfernen, doch das sei heute – mit diesem Roboter – fast eine Routineoperation, meinte die Urologin. Trotzdem macht es mir Angst. Niemand kann mir genau sagen, wie es danach mit meiner Potenz steht, mit meinen Gefühlen. Jemand hat mir erzählt, dass manche Männer danach psychische Probleme haben.»

«Reto, das müssen Nico und Nora nicht unbedingt wissen, oder?», warf Rosa dazwischen.

«Doch, ich finde es gut, dass Reto dieses Problem nicht unter den Tisch kehrt», sagte Nora.

«Wenn bei uns Frauen aus dem gleichen Grund die Gebärmutter entfernt wird, hat das ja auch psychische Auswirkungen, oder?»

Nico stand auf, lief ans Fenster. Die Nacht war da, alles dunkel, so dunkel wie in seinem Herzen. Er hatte jetzt zwei Probleme: Die Krankheit seines Vaters und Nora.

Nico setzte sich wieder: «Und das andere, Papa?»

«Mich wundert, dass ihr das nicht schon erfahren habt: Jonas und Lara hatten einen Autounfall ...»

«Waaas? Lara und Jonas hatten einen Unfall? Ist Lara schwer verletzt, wie geht es ihr?»

Nico war plötzlich ausser sich. Seine Augen flackerten, die Hände zitterten. Er schlug die Faust auf den Tisch und schrie drohend: «Wer ist gefahren, wie ist es passiert? Heraus mit der Sprache! Ich will alles genau wissen! Warum habe ich das nicht früher erfahren?»

Nora blickte Nico mit grossen Augen an. Jetzt war alles klar: Lara war noch immer Nicos grosse Liebe. Sie hatte es gespürt, die ganze Zeit, doch dass es so ernst war, hatte sie nicht geahnt.

«Nico, bitte beruhige dich! Weder Jonas noch Lara sind schuld an diesem Unfall. Jonas ist gefahren und ist von einem Fahrer bedrängt worden. Nachdem dieser mit überhöhter Geschwindigkeit überholt hat, ist er hinter der Felsenkurve vermutlich in die Leitplanke geknallt und dann über die Strasse an die Felswand geschleudert worden. Als Jonas mit Lara um die Kurve bog, lag sein Auto auf dem Dach ... Der Bremsweg war zu kurz ...»

«Wie schwer ist Lara verletzt, Papa?», fragte Nico.

«Beide haben eine Halswirbelverletzung, was fatale Folgen haben kann, haben die Ärzte gesagt. Trotzdem haben sie grosses Glück gehabt. Wenn nicht zufällig eine Spitex-Schwester auf dem Heimweg gewesen wäre ... Sie hätten wahrscheinlich – wie der Unfallverursacher

– nicht überlebt. Sein Auto ist explodiert, worauf auch Jonas Auto Feuer gefangen hat.»

«Sein Auto hat Feuer gefangen?», schrie Nico entsetzt.

«Wieso war nichts davon in den Zeitungen?»

«Die Zeitungen waren voll davon, aber ohne die Namen von Lara und Jonas», sagte Rosa leise.

«Ach ja, jetzt erinnere ich mich ... Hab es nur am Rande wahrgenommen und nicht weiter darüber nachgedacht. Es passiert einfach zu viel.»

Nora stand auf, schlang ihre Arme um Nicos Nacken: «Und ich, Nico? Was ist mit mir? Bin ich nicht mehr deine Freundin? Ist dir Lara so viel wichtiger?»

Nico dachte an seinen Traum, an die blonde Frau, die von der Kriegerin getötet worden war. Und nun war Lara um ein Haar selbst umgekommen.

«Ich weiss nicht, Nora. Etwas in mir hat sich verändert. Ich brauche Zeit, um mit dem Unfall von Lara klarzukommen. Und wahrscheinlich hast du schon gemerkt, dass ich mich in eine andere Richtung entwickle als du. Ich habe beschlossen, mich ab jetzt voll auf die Schule und danach auf mein Studium zu konzentriere. Es tut mir leid, Nora, aber ich werde in Zukunft nur noch wenig Zeit für dich haben.»

XVII

Montagmorgen, Operationstermin.

Das letzte Mal war Reto mit dreiundzwanzig im Spital gewesen, weil die Mandeln geschnitten werden mussten. Daran hatte er ganz schlechte Erinnerungen.

Weil die Betäubung nicht gewirkt hatte, war er bei vollem Bewusstsein operiert worden. Sitzend in einem massiven Holzstuhl, an Armen und Beinen gefesselt. Er hatte geschrien wie ein Tier. Das Blut war aus seinem Hals gespritzt, der Arzt hatte gebrüllt, er solle sich nicht so anstellen. Doch die Schmerzen waren zu heftig gewesen. So etwas wollte er nie mehr erleben.

«Reto, du wirst unter Vollnarkose operiert, da spürst du nichts. Du schläfst ein, und wenn du aufwachst, ist alles vorbei», versuchte ihn Rosa zu beruhigen.

«Ja, wenn ich noch aufwache!», knurrte Reto. «Wenn man so hört, was in den Spitälern alles schiefgeht ... Da kann einfach alles passieren!»

«Am Mittwoch, spätestens am Donnerstag, bist du wieder zu Hause, dann kannst du dich erholen.»

«Erholen? Mit Katheter und Urinbeutel, nicht gerade ein Vergnügen, wie soll ich mich da erholen?»

«Nur zwei Tage, dann wird alles entfernt, und schon ist es vorbei. Ich bin sicher, dass alles gut wird!»

«Ich nicht, Rosa, ich nicht! Ich habe ein ganz schlechtes Gefühl bei der ganzen Sache. Fünf Löcher werden sie in meinen Bauch schneiden! Fünf Löcher! Sag nicht, dass ich danach keine Schmerzen haben werde, Rosa!»

Jetzt ertönte Rosas helles Lachen.

«Och, du armer Mann! Weisst du, was wir Frauen bei einer Geburt durchmachen? Ich glaube, kein Mann würde das überleben!»

Es half alles nichts. Rosa setzte sich ans Steuer und fuhr Reto ins Spital. Sie begleitete ihn zur Anmeldung, in sein Zimmer, packte seine Kleider aus und versorgte sie in dem ihm zugewiesenen Schrank.

Reto bekam ein schönes, hellgrün-geblümtes Spital-Hemd. Murrend schlüpfte er hinein. Es spannte an den Schultern und am Bauch. Noch schlimmer war aber, dass es hinten nur einen Verschluss hatte, ganz oben am Hals. Reto fühlte sich blossgestellt und wäre am liebsten sofort wieder nach Hause gefahren.

Sein Bett stand am Fenster in einem Zweierzimmer. Die Wand gegenüber war herausgebrochen worden und gab den Blick auf zwei bereits belegte Betten im Nachbarzimmer frei.

«Eine Frau vom Mahlzeitendienst tauchte auf. In den Händen hielt sie eine Liste mit Menüvorschlägen.

Was er zu essen gedenke? Am Mittag noch nicht, nein, da würde er noch auf dem OP-Tisch liegen. Aber am Abend? Schon etwas Kleines? Und was zu trinken? Und am nächsten Morgen? Ein Müesli? Ein Joghurt? Kaffee? Und dann am nächsten Mittag und Abend?

Zum Glück übernahm Rosa die Menüauswahl, sie wusste am ehesten, was ihr Mann essen mochte.

«Und jetzt legen sie sich bitte ins Bett, bald wird die Narkoseärztin kommen und ihnen den Ablauf erklären. Danach werden sie ziemlich bald für die Operation vorbereitet», erklärte die Pflegefachfrau lächelnd, als ob alles nur ein Spaziergang wäre.

Widerwillig legte sich Reto ins Bett.

«Mein Gott, Rosa, das ist so schmal, da falle ich garantiert mitten in der Nacht im Schlaf auf den Boden.»

Rosa lachte ihr schönes Lachen, zog einen Stuhl heran, setzte sich und legte eine Hand auf seinen Arm.

«Hab doch etwas Vertrauen, Reto! Dein Chirurg hat über tausend dieser Operationen durchgeführt.»

«Das weiss ich! Doch was ist, wenn ich meine Potenz verliere? Das kann trotz der Nerven schonenden Operation passieren, hat die Fachärztin gesagt.»

«Hoffen wir das Beste, Reto. Die Hauptsache ist, dass dieses Karzinom weg ist und hoffentlich nie mehr kommt. Alles andere werden wir schon in den Griff kriegen.»

XVIII

Entgegen seinen Befürchtungen, überlebte Reto die Operation. Doch als er aus der Narkose erwachte, spürte er extreme Schmerzen an Schultern und Waden. In der Nacht fiel ihm auf, dass er seine Füsse kaum noch spürte. Am nächsten Morgen, als er sich auf die Sitzwaage hieven sollte, waren die Schmerzen in den Schultern so schlimm, dass er mit einem Schrei aufs Bett zurücksank. Der Physiotherapeut kam und massierte Schultern und Waden. Gestützt auf einen Rollator gelang es Reto danach, ein Stück durchs Zimmer zu laufen. Seine Füsse fühlten sich allerdings an, als ob eine dicke Schicht Gummi darunter läge.

Die zweite Nacht war noch schlimmer als die erste. Ihm war elend übel. Die Füsse spürte er gar nicht mehr. Der Bauch war, durch das Gas, das in den Bauchraum geblasen worden war, schmerzhaft aufgebläht, die Verdauung völlig eingestellt. Ab und zu kam die Pflegerin mit der Taschenlampe ins Zimmer, untersuchte den Urinbeutel und seufzte, dass etwas mit den Nieren nicht stimmen könne, weil kaum etwas fliesse.

Schon in der Nacht und den ganzen nächsten Morgen machte sie dann mit einem jungen Pfleger zusammen Meldung. Doch es dauerte, bis die Ärzte reagierten. Erst am zweiten Abend standen der Operateur, Retos Urologin und ein Nierenspezialist mit Rosa zusammen längere Zeit an seinem Bett und rätselten, was mit seinen Füssen und Nieren los sein könnte.

Nachdem Rosa in grosser Sorge nach Hause gegangen war, kam die Meldung, dass Reto um zweiundzwanzig Uhr auf die Notfallstation komme. Dort stach man ihm Nadeln in die prall gespannten Waden und fand schnell heraus, dass der Muskeldruck viel zu hoch war. Diagnose: Kompartmentsyndrom!

Reto wusste nicht, was das war, gab jedoch sein Einverständnis für eine Notoperation um ein Uhr nachts. Man erklärte ihm später, dass er während der fünfstündigen Prostata-Operation kopfabwärts gelagert worden sei, und dass vermutlich beim Zurückfahren in die liegende Position das Blut nicht mehr bis in die Füsse hätte zurückfliessen können, wodurch es sich in den Waden gestaut habe. Durch den massiv erhöhten Druck seien Muskelteile abgestorben, die mit dem Blut in die Nieren geschwemmt worden seien und diese verstopft hätten. In all den Jahren mit über tausend dieser Operationen sei das in diesem Spital noch nie passiert.

Reto verzichtete darauf, seine Frau um Mitternacht anzurufen, weil er gesehen hatte, dass sie dringend Schlaf benötigte.

Als er am frühen Morgen langsam zu sich kam, waren beide Waden dick eingebunden, doch spürte er bereits die Zehen wieder. Während fast fünf Stunden im Aufwachsaal litt er unter quälendem Durst, bekam jedoch nur ein Fläschchen Wasser, mit dem er ab und zu die Zunge besprühen durfte.

Als er um neun Uhr morgens endlich wieder in seinem Zimmer war und Rosa anrufen konnte, war sie nicht einmal überrascht. Sie erzählte, ihr Gefühl habe ihr gesagt, dass etwas nicht in Ordnung sei, und so habe sie sich darauf eingestellt.

Die langen Schnitte in den Waden wurden mit drei Operationen im Abstand von ein paar Tagen wieder zugenäht. Jedes Mal mit einer Teilnarkose, einer sogenannten Spinalanästhesie ins Rückenmark. Statt drei Tage lag Reto drei quälend lange Wochen im Spital.

Als er kurz vor Weihnachten nach Hause durfte, war ihm, als ob er aus einem Gefängnis entronnen wäre.

Rosa holte ihn mit dem Auto ab und fuhr zuerst zur Apotheke. Als sie zurückkam, legte sie eine grosse Plastiktasche mit Einlagen, Verbänden und Medikamenten auf den Rücksitz. Reto ahnte, dass sein Leben, sein Befinden, nie mehr so sein würde wie vor der Operation.

Kaum zu Hause liess er sich von Rosa ins Geschäft fahren. Er rief die Mitarbeiter zusammen und informierte die Leute darüber, was gelaufen war und wie es weitergehen würde.

Eine besonders erfreuliche Mitteilung bestand darin, dass Nico in ein paar Monaten sein Studium an der ETH abschliessen und als Bauingenieur in der Firma mitarbeiten werde.

XIX

Giovanni hatte gesehen, dass die Polizei im Dorf etwas suchte. Er hatte gestaunt, als Fernsehteams aufgetaucht waren und auf den Wiesen von Präz nach irgendwelchen Spuren gesucht hatten. Da er jedoch kein Wort Deutsch verstand, blieb ihm lange verborgen, was die genaue Ursache der ganzen Aufregung war. Die Polizei hatte den Bauführer, ihn und seine Kollegen vernommen, doch erst, als die Hangseite schon mit Steinen und Kies aufgefüllt worden war.

Alles, was Giovanni mitbekam, war, dass ein Mann gesucht wurde. Falls jemand nach einem Ombrello gefragt hätte, wäre ihm vielleicht ein Licht aufgegangen.

Als der Winter kam und Giovanni in der Baufirma keine Arbeit mehr hatte, fuhr er nach Sizilien zu seiner Familie. Erstaunt erfuhr er dort, dass das Dorf, in dem er gearbeitet hatte, auch in den italienischen Zeitungen für Aufregung gesorgt hatte.

Giovanni wurde – weil er im Dorf, wo die vermeintlichen UFOs gelandet waren, gearbeitet hatte – empfangen wie ein Held. Alle wollten etwas wissen, ständig wurde er auf das Thema angesprochen. Und obwohl er wirklich nichts gesehen hatte und nicht einmal genau wusste, was ein UFO war, fühlte er sich dazu berufen, die Neugierde seiner Landsleute zu befriedigen.

Giovanni genoss es, im Mittelpunkt zu sein, so viel Aufmerksamkeit zu bekommen. Und obwohl er ein einfacher Bauarbeiter war und nur die Grundschule besuchen konnte, hatte er genug Fantasie, um Geschichten zu erfinden. Mit der Zeit liess er sich dazu verleiten, die

Abbildungen in den Zeitungen von eingedrücktem Gras in den Wiesen von Präz fachmännisch als echte UFO-Spuren zu bezeichnen. Und bald benahm er sich, als ob ihm von den Ausserirdischen ein Geheimnis anvertraut worden wäre. Natürlich wüsste er, was mit dem Lehrer geschehen sei, ja sogar, auf welchem Gestirn er jetzt lebe. Doch mehr dürfe er nicht sagen, niemandem, der nicht, wie er, zu den Auserwählten gehöre.

Es gab allerdings eine Person in Giovannis Familie, die seine UFO-Geschichte stark bezweifelte: Sein Cousin Ernesto. Er hatte früher selbst in der Schweiz auf dem Bau gearbeitet. Und im Gegensatz zu Giovanni fehlte ihm jegliche Fantasie. Abgesehen davon gab es einen triftigen Grund, warum die Organisation, der er angehörte, das Verschwinden des Lehrers genauer untersuchen wollte.

XX

Anna hatte Martin vor fünfundzwanzig Jahren kennengelernt, als er die Praxis des pensionierten Dorfarztes in Thusis übernommen und eine Assistentin gesucht hatte.

Schon am ersten Arbeitstag war ihr aufgefallen, dass er anders als alle Männer war, die sie kannte. Martin brauchte Nachhilfeunterricht in Bezug auf alles, was zwischen einer Frau und einem Mann das Leben lebenswert macht.

Als Anna nach zwei Jahren erreicht hatte, dass er mit ihr vor den Traualtar trat, konnte sie ihr Glück kaum fassen. Sie war bereit, alles zu tun, um ihre Ehe zu festigen.

Anna war keine leichtfertige Frau aber auch kein Mauerblümchen. Bevor Martin in ihr Leben getreten war, hatte sie kaum ein Fest in der Gegend ausgelassen. Etwas, was ihr Mann nie mitbekommen hatte. Menschenansammlungen mit Festlärm mied er, wenn immer es irgendwie möglich war. Mit den übermässigen Emotionen von lachenden, trinkenden und tanzenden Leuten konnte er nichts anfangen. Es war ein Verhalten, das er nicht nachvollziehen konnte.

Nachdem Jonas erwachsen war und meist bei Lara in der Villa schlief, fühlte sich Anna immer öfter allein.

Wenn Martin aus der Praxis kam, war er in Gedanken meist noch mit einem Patienten beschäftigt und kaum ansprechbar. Anna musste ihn richtiggehend aufwecken, wenn sie sich mit ihm unterhalten wollte.

Eines Abends fühlte sich Anna besonders einsam. Und als Martin wieder schweigend am Tisch sass und abwesend die Suppe löffelte, die sie mit viel Sorgfalt und Liebe aus Biogemüse zubereitet hatte, beschloss sie, ihren Mann massiv zu provozieren:

«Martin!»

«Ja, Anna?»

«Ich war heute Nachmittag mit dem Pfarrer im Bett!»
Martin schaute sie abwesend an: «Ah ja ...»

«Und gestern habe ich es mit dem Lehrer gemacht!
Und morgen treibe ich es mit dem Bäcker!»

Martin lief zum Büchergestell und kam mit einem medizinischen Lexikon zurück. Er legte es auf den Tisch, setzte sich und begann, darin zu blättern.

«Martin, hast du gehört, was ich gesagt habe?»

«Jaja, Anna ...»

«Dann stört es dich also nicht, was ich mache?»

«Nein Anna, bitte entscheide doch selbst, was du tun möchtest, ich bin gerade sehr beschäftigt.»

Martin lief in sein Arbeitszimmer, kam mit Notizblock und Kugelschreiber zurück, blätterte im Lexikon und machte sich Notizen.

«Ich vermute, der Patient leidet unter Morbus Crohn, doch sicher bin ich mir nicht. Die Symptome sind nicht absolut typisch», murmelte er vor sich hin.

«Was ich von deinen Symptomen nicht sagen kann, Martin», ärgerte sich Anna.

«Sie scheinen mir typisch für geistige Verwirrung oder Autismus zu sein!»

«Anna, ich habe jetzt wirklich keine Zeit für Streitereien!», erwiderte Martin genervt, nahm Buch und Schreibzeug, lief in sein Arbeitszimmer und schloss die Tür.

Anna nahm ihr Handy und rief Rosa an.

«Hallo Anna, wie geht's?»

«Rosa, ich muss dringend mit jemandem reden, sonst drehe ich noch durch. Hast du Zeit?»

«Für dich habe ich immer Zeit, Anna», sagte Rosa, lief ins Schlafzimmer und schloss die Tür hinter sich, damit Reto nicht zuhören konnte.

«Also Anna, wo drückt der Schuh ...»

«Es geht um Martin. Er nimmt mich kaum noch war, ich halte das nicht mehr lange aus ...»

Nico hatte sich von Nora getrennt und die Matura bestanden. Er wohnte, bis er wusste, was er mit seinem Leben weiterhin anfangen wollte, bei seinen Eltern. Rosa und Reto waren glücklich, ihren Sohn wieder bei sich zu haben.

Nico hatte Lara nicht vergessen. Er konnte es einfach nicht. Und als er an diesem Sonntag die Piste am Heinzenberg hinunterfuhr, war ihm, als ob sie bei ihm wäre. Er machte noch ein paar Schwünge, hielt beim Restaurant an, steckte die Ski in den Schnee und lief auf die Terrasse zu, auf der Leute auf Liegestühlen in der Sonne lagen, an Tischen sassen, assen und tranken.

Als er das Restaurant betreten wollte, entdeckte er auf der Terasse ein paar bekannte Gesichter: Martin und Anna und ... Nico stockte der Atem: Lara und Jonas.

Wie angewurzelt blieb er stehen. Sein Kopf sagte nein, sein Herz ja. Er lief auf den Tisch zu.

«Nico?», rief Lara.

«Ja, ich bin es. Der böse Nico!»

«Komm, setz dich, Nico!», sagte Martin versöhnlich und rutschte etwas auf die Seite. Nico setzte sich und war froh, dass die Sonnenbrille seine Augen verdeckte.

Lara! Seine grosse Liebe! Wie schön sie war, noch schöner als in seiner Erinnerung. Liebe und Schmerz fuhren durch seine Brust, denn neben ihr sass Jonas.

«Nico, es ist so lange her! Ich habe dich fast nicht mehr erkannt, wie geht es dir?», fragte Lara.

«Soweit gut. Ich habe die Schule abgeschlossen und wohne im Moment wieder bei meinen Eltern. Solange, bis ich weiss, was ich studieren will. Aber eigentlich ist schon klar, dass ich an die ETH gehe.»

«Du willst Bauingenieur werden wie dein Vater, das finde ich super!», meinte Anna.

«Und wie geht es euch, ich habe gehört, ihr hattet einen schweren Unfall?», fragte Nico.

«Nicht gut, Nico, mir geht es nicht gut!», jammerte Lara. «Dieses Schleudertrauma macht mir jeden Tag zu schaffen: Genickschmerzen, Wallungen, psychische Probleme. Es ist manchmal fast nicht auszuhalten!»

«Lara hat es schlimmer erwischt als mich, aber auch mir geht es nicht viel besser», antwortete Jonas.

Nico sah, dass Jonas ein Mann geworden war. Es schien ihm, als ob er jetzt etwas weniger an Lara hängen würde, was eine winzige Hoffnung nährte ...

«Die beiden müssen durch eine harte Zeit», erklärte Martin. «Ich habe in jungen Jahren selbst einen Autounfall gehabt und weiss, was das heisst. Es kann Jahre dauern, bis so ein Schleudertrauma ausheilt. Die beiden haben den Vorteil, dass sie noch jung sind. Bei älteren Menschen hätte ich weniger Hoffnung.»

«Wo ist Nora?», fragte Lara neugierig.

«Eine Emanze soll sie sein, hat dein Vater gesagt, und eine Kampfsportlerin. Fährt sie auch Ski?»

«Ja schon, aber dieses Wochenende ist sie an einem Turnier im Ausland.»

«Ich würde sie gerne kennenlernen, Nico! Und weisst du auch warum?»

«Nein ...»

«Ich möchte herausfinden, was sie hat, das ich nicht habe, und was ich habe, das sie nicht hat!»

Ernesto liess seine Verbindungen spielen und kurz darauf tauchten zwei Männer beim Gemeindepräsidenten von Präz auf. Durch den Fall des verschwundenen Lehrers und der vermeintlichen UFO-Entführung sei der Ort international bekannt geworden. Deshalb sei man daran interessiert, in der Gegend Land zu kaufen, erzählten ihm die Fremden.

Land gäbe es kaum zu kaufen, erwiderte Marcos Vater. Sie würden ja selbst sehen, dass das Dorf an einem Hang klebe, dazu im Winter nur wenig Sonne bekomme und das mit den UFOs sei erwiesenermassen sowieso ein Hirngespinst.

Was er denn darüber denke, wie der Lehrer habe verschwinden können? Wo er zuletzt gesehen worden sei? Ob es irgendwelche Hinweise gebe? Sie würden in ein paar Tagen nochmals nachfragen, sagten sie, bevor sie in ihren grossen schwarzen Mercedes stiegen.

Als die beiden Männer die steile Dorfstrasse hinauffuhren, wurden sie von einer Herde Kühe aufgehalten, die Marco – wie immer um diese Tageszeit – von der Weide durchs Dorf zum Stall trieb.

Marco fragte sich, was das für Leute waren, die in so einem teuren Auto durch sein Dorf fuhren. Er bemerkte, dass die Männer hinter der Frontscheibe aufgeregt die Arme bewegten. Sie schienen ihm etwas sagen zu wollen, trauten sich der Kühe wegen jedoch nicht, die Scheiben herunterzulassen. Plötzlich gingen zwei Tiere aufeinander los. Und schon krachten ein paar kräftige Hörner gegen den glänzenden schwarzen Lack.

Der Kampf steigerte sich, bis mehrere Kühe drängten und schoben. Marco schlug die Hände über dem Kopf zusammen, als das teure Gefährt immer näher zum Strassenrand geschoben wurde, dann über die zwei Meter hohe Mauer kippte und zwischen Nachbars Stall und der Mauer eingeklemmt auf der Seite liegen blieb.

Jetzt öffnete sich, elektronisch gesteuert, das obenliegende Seitenfenster, eine Hand, ein rot angelaufenes Gesicht erschien ... Flüche, Schreie ertönten ...

Marco hatte keine Zeit, sich um den Unfall zu kümmern. Er rannte seinen Kühen nach, holte sie kurz vor dem Stall ein, versorgte die Tiere und liess bewusst noch etwas Zeit verstreichen.

Als er im Stall fertig war, lief er ins Dorf hinauf. Von weitem beobachtete er, wie sein Vater mit zwei Männern in dunklen Anzügen auf der Strasse stand. Er sah, wie die sie aufgeregt mit den Armen fuchtelten, bekam es mit der Angst zu tun und schlich sich davon.

Später erzählte sein Vater, dass die beiden Besucher auf keinen Fall die Polizei haben wollten. Sie hätten ihn gebeten, für die Bergung zu sorgen, ihm einen Blankoscheck ausgestellt und dann ein Taxi gerufen.

XXIII

Auf der Fahrt nach Chur hatte Tom eine halbe Stunde Zeit, über alles nachzudenken. Er öffnete seine Mappe, nahm Notizblock und Kugelschreiber und schrieb ein paar Stichworte auf: 1. Soja, 2. Die Kanzlei, 3. Lara und Jonas Unfall, 4. Christa.

Soja war im Moment eindeutig sein grösstes Problem. Ihrer Gefühle wegen und der Absicht, sich seinetwegen das Leben zu nehmen. Wenn es ihm gelang, sie zu stabilisieren, hatte er Problem Nummer zwei gelöst, die Kanzlei. So ungern sich Tom das eingestand, er hatte einen Fehler gemacht, ihr so schnell so viel Verantwortung einzuräumen.

Soja hatte es in kurzer Zeit geschafft, sein Vertrauen und das seiner Kunden zu gewinnen. Sie empfing die Scheidungskandidaten mit Charme und Einfühlungsvermögen, koordinierte seine Termine, überwachte den Ablauf der Sitzungen und machte ihn darauf aufmerksam, wenn in einer Akte oder einem Bericht, den sie für ihn in den Computer tippte, etwas fehlte oder nicht korrekt war. Manchmal kam es Tom vor, als ob nicht sie seine Angestellte, sondern er ihr Mitarbeiter wäre.

Die Probleme eins und zwei würden spätestens bis am Mittag gelöst sein. Er würde Soja noch etwas Zeit geben. Zwei Stunden in der Kanzlei sollten auch ohne ihre Hilfe zu schaffen sein.

Lara und Jonas Unfall belastete ihn auch, doch neben Problem eins und zwei war das eher ein Nebenschauplatz. Zudem war es, wie es war. Das galt es, wie Jonas gesagt hatte, zu akzeptieren. Das Schicksal, oder was auch immer, hatte wieder einmal seine Finger im Spiel gehabt.

Dann Christa! Dieses Problem konnte er nicht lösen, heute nicht, morgen nicht und auch später nicht. Weder konnte er ihren Schmerz wegzaubern noch ungeschehen machen, was früher geschehen war. Und auch nicht verhindern, was noch auf sie zukommen würde.

Es war fast halb elf, als Tom die Praxis verliess und bald darauf vor dem Haus zu Sojas Dachwohnung stand. Er drückte den Zeigefinger auf den Knopf unter ihrem Namen und liess ihn drauf.

Weit weg, dann näher drängte sich das schrille Klingeln in Sojas Schlaf. Sie legte das Kissen über den Kopf, doch das Geräusch war immer noch zu hören.

Tom gab nicht auf. Nach dem, was Lara erzählt hatte, war nicht auszuschliessen, dass sie sich doch noch etwas angetan haben konnte. Dann war Soja wach, sprang aus dem Bett und eilte zur Wohnungstür.

«Ja?», rief sie ungehalten in die Gegensprechanlage.

«Gott sei Dank, du lebst! Ich bin es, Tom. Kann ich bitte hinaufkommen?»

Tom? Sojas Herz begann zu rasen. Ihr wurde heiss, dann kalt und wieder heiss. Der Kopf sagte nein, das Herz schrie jaaaa! Sie drückte auf den Türöffner, eilte ins Bad und machte sich blitzschnell für Tom bereit.

Tom bekam weiche Knie, als sich langsam die Türe öffnete und Soja in einem Negligé vor ihm stand. Gefühle, die er mit allen Mittel bekämpft hatte, überfluteten ihn, als ob ein Staudamm gebrochen wäre.

«Ich wollte nur sehen …, ich brauche dich in der Kanzlei, dringend …», stammelte Tom.

Soja fasste ihn am Arm, zog ihn in die Wohnung und schloss die Tür ab.

«Danke für deine Fürsorge, Tom. Fast wäre sie zu spät gekommen …»

«Ja, ich weiss, Lara und Jonas … Sie liegen im Spital, haben gestern Abend auf dem Heimweg einen schlimmen Autounfall gehabt … Der andere Fahrer ist tot.»

Soja erschrak. «Mein Gott!», rief sie und bedeckte ihr Gesicht mit beiden Händen.

«Wie konnte das denn passieren?»

«Das erzähle ich dir später, im Moment bin ich froh, dass du noch lebst! Ich wusste nicht, dass ich dir so sehr am Herzen liege, dass du meinetwegen dein Leben beenden wolltest ...»

Soja trat nah an Tom heran, so nah, dass er sie einfach in die Arme nehmen musste. Er spürte die Wärme ihres Körpers, sie legte ihren Kopf an seine Schulter. Toms Verlangen stieg ins Unermessliche. Er dachte an seinen Plan, der mit Soja – wieder einmal – nicht so laufen würde, wie er gedacht hatte.

«Wenn du mir eine Stunde schenkst, bin ich bereit, mit dir in die Kanzlei zu kommen», flüsterte sie.

«Eine Stunde für mein Leben, Tom. Das sollte nicht zu viel sein, oder?»

Soja nahm seine Hand und zog ihn hinter sich her ins Schlafzimmer. Tom liess es zu, konnte nicht anders, war Wachs in ihren Händen.

Soja legte sich aufs Bett. Tom zog die Schuhe aus, das Jackett, löste die Krawatte ... Er wusste, dass er den Kampf gegen sein Herz, gegen die Liebe, gegen seine Sekretärin, verloren hatte.

XXIV

Christa beobachtete belustigt ihren Arzt. Sie sah, dass Martin sich grosse Mühe gab, professionell Distanz zu halten. Christa hatte vom ersten Termin an Vertrauen zu ihm gehabt. Natürlich lag Anna nicht ganz falsch, wenn sie vermutete, dass sie von Anfang an ein Auge auf ihn geworfen hatte. Martin passte tatsächlich in ihr Beuteschema, wenn sie denn noch auf der Jagd gewesen wäre. Doch das war schon lange nicht mehr der Fall. Sie fühlte sich als Ehefrau, im Gegensatz zu ihrem Mann, zur Treue verpflichtet.

Als Martin das Rezept fertig geschrieben hatte, es ihr hinhielt und sich seine braunen mit ihren blauen Augen trafen, fühlte Christa für einen Sekundenbruchteil etwas, das sich wie Liebe anfühlte. Es war, als ob sie für einen Augenblick tief in Martins Wesen eingetaucht wäre, sie sich erkannt, vereint und schon wieder gelöst hätten.

Martin verdrängte das Gefühl, das Christas Augen in ihm ausgelöst hatten, stand schnell auf und hielt ihr zum Abschied die Hand hin.

«Also dann, alles Gute Christa! Und, wie besprochen, wenn du Hilfe brauchst, die über das Medizinische hinausgeht, finden wir einen Weg.»

Christa war noch nicht so weit. Langsam, ohne Martin aus den Augen zu lassen, erhob sie sich.

«Martin ...»

«Ja, Christa?»

«Da war doch eben etwas ..., in deinen Augen ...»

«In meinen Augen? Wie meinst du das?»

«Ich weiss auch nicht ... Seltsam ...», flüsterte Christa.

Sie ignorierte die ausgestreckte Hand des Arztes, umarmte Martin, küsste ihn auf beide Wangen und verliess die Praxis.

Martin sah ihr kopfschüttelnd nach. Er konnte und wollte nicht verstehen, was Christa angedeutet hatte. Trotzdem ertappte er sich dabei, wie er kurz darüber nachdachte.

Als Christa nach Hause kam, war es neun Uhr. Als Erstes entsorgte sie die Flasche und leerte den Aschenbecher mit ihren Zigarettenstummeln. Dann holte sie den Staubsauger hervor. Während sie mechanisch die Wohnung säuberte, war sie in Gedanken bei Martin. Immer wieder sah sie seine Augen, es waren die gleichen wie auch Jonas sie hatte.

Plötzlich fiel Christa ein, dass Tom mit der Bahn zur Arbeit hatte fahren müssen. Sie nahm ihr Handy und wählte seine Nummer.

XXV

Tom lag eng umschlungen mit seiner Sekretärin im Bett, als sein Handy klingelte. Er beachtete es nicht, zog Soja näher an sich heran. Er wollte noch mehr von ihr, viel mehr!

Es war bereits früher Nachmittag, als das Handy wieder zu läuten begann. Und diesmal hörte es nicht auf. Irgendwann hatte Tom genug. Er sprang aus dem Bett und wollte das nervende Gerät ausschalten.

Doch dann …

«Lola, wo brennt's?»

«Hallo Tom, bei mir nirgends, aber vielleicht bei dir?»

«Wie kommst du auf so eine Idee, Lola?»

«Deine Frau hat angerufen!»

Toms Herz zog sich schmerzhaft zusammen. Christa hatte er völlig vergessen ...

«Deine Frau macht sich Sorgen, weil du nicht auf ihre Anrufe reagierst. Sie hat Angst, dass dir etwas zugestossen ist ...»

Tom schwieg. Ja, ihm war etwas zugestossen, etwas, das seine Beziehung zu Christa für immer verändern würde. Denn auf Soja, das wusste er jetzt mit absoluter Sicherheit, würde er nie mehr verzichten.

«Tom, bist du noch da?»

«Ja, Lola. Christa hat richtig vermutet. Es ist tatsächlich etwas mit mir passiert. Zum ersten Mal in meinem Leben weiss ich, was Liebe ist.»

Lola schwieg eine Weile, im Hintergrund waren Stimmen zu hören.

«Tom, deine Kollegen sind bei mir an der Bar. Sie fragen, wann du wieder in die Kanzlei kommst. André macht sich deiner Kunden wegen Sorgen. Möchtest du mit ihm reden?»

«Nein, Lola! André soll mich bei meinen Kunden krankmelden oder, noch besser, er soll sie übernehmen. Und, Lola, wenn Christa noch einmal anruft, sag ihr, dass ich mich scheiden lassen werde.»

«Tom, ich denke, dass du ihr das selbst sagen solltest, meinst du nicht auch?»

Tom gab keine Antwort. Er schaltete das Handy aus und kroch wieder zu Soja unter die Decke. Lola, Christa, Lara, die Kanzlei, seine Kunden, ja die ganze Welt, hatten für ihn jede Bedeutung verloren. Alles, was er noch brauchte, war so nah wie sein Herzschlag.

XXVI

Als Ernesto die Nachricht erhalten hatte, dass seine Leute in Präz an einer Kuhherde gescheitert waren, die auch noch den teuren Mercedes demoliert hatte, bekam er einen Wutanfall. Nachdem er ausgiebig geflucht und diverse Gegenstände durchs Arbeitszimmer geworfen hatte, rief er seinen Cousin zu sich ins Büro.

Giovanni, inzwischen ein Star in seiner UFO-Gemeinde, gab sich locker. Er wusste, dass er von Ernesto nichts zu befürchten hatte. Wieso er sich allerdings so für den Fall interessierte, war ihm ein Rätsel. Wohin dieser Lehrer in Präz verschwunden war, das konnte Ernesto doch völlig egal sein. Doch da er wusste, dass sein Cousin nie ohne Grund eine Spur verfolgte, nahm er an, dass irgendetwas an dem Fall eine tiefere Bedeutung für ihn und seine Organisation haben musste.

«Giovanni!»

«Was ist, Ernesto? Möchtest du meiner UFO-Gemeinde beitreten? Nur als Mitglied erhältst du die Möglichkeit, über mich mit den Ausserirdischen näher in Kontakt zu treten.»

«Schweig Giovanni! Ich will nichts von dem ganzen Humbug hören. Du bist ein Schwindler und eine Schande für die Familie! Du weisst ganz genau, dass alles, was du erzählst, erstunken und erlogen ist! Du kannst froh sein, dass du zur Familie gehörst, sonst wäre dein Leben ernsthaft in Gefahr!»

«Mein Leben in Gefahr? Und weshalb? Weil ich erzähle, dass der Lehrer entführt worden ist?»

Ernesto starrte ihn wütend an.

«Wir sind überzeugt, dass er nicht entführt worden ist. Er wurde umgebracht! Und zwar von Profis, anders wäre es nicht möglich, dass er so völlig verschwinden konnte.»

«Wir?», fragte Giovanni spöttisch. «Wer ist WIR?»

«Das weisst du ganz genau, Giovanni!»

«Ach, du meinst du und deine geheimen Brüder?»

«Genau! Sie sind sauer auf dich, weil sie vermuten, dass du mehr weisst, als du zugibst!»

«So, so, deine Brüder sind sauer auf mich, weil sie denken, dass ich weiss, wer den Lehrer umgebracht hat. Nun dann habe ich eine Frage: Was zum Teufel interessiert dich und deine Bruderschaft an diesem Fall? Lass mich raten. Es gibt nur zwei Möglichkeiten: Entweder geht es um viel Geld, was bei euch ja immer mit Drogen oder Waffen zusammenhängt, oder ...»

Giovanni griff sich an den Kopf.

«Mamma mia! Dieser Lehrer war doch nicht etwa ein Mitglied eurer ehrenwerten Gesellschaft, Ernesto?»

Ernesto starrte seinen Cousin an, als ob er ihn mit seinen Blicken töten wollte.

«Spotte nicht über die Gesellschaft, Giovanni, das haben schon viele mit dem Leben bezahlt!»

«Mein Gott, Ernesto, ich lese es in deinen Augen. Er hat zu euch gehört! Ich fasse es nicht! Wie kommt ein alter Lehrer dazu, deine Bruderschaft zu unterstützen? Und dann erst noch in diesem Kaff in den Bergen. Was für einen Nutzen kann er denn für euch dort oben gehabt haben?»

Ernesto starrte schweigend vor sich auf den Schreibtisch. Dann zog er mit einem Ruck die Schublade auf, nahm eine Pistole hervor, richtete sie einen Moment auf seinen Cousin und legte sie dann vor sich auf den Schreibtisch.

«Giovanni, du hast zwei Tage Zeit, uns mitzuteilen, was du weisst, an was du dich erinnern kannst, und zwar bis ins Detail. Du hast die Wahl: Entweder erzählst du es freiwillig, oder wir erfahren es durch Methoden, die, wie du weisst, sehr schmerzhaft sein können. Falls die Bruderschaft zur Auffassung kommt, dass du sie immer noch mit deiner UFO-Geschichte hinters Licht führst, kann ich nichts mehr für dich tun!»

Giovanni verstand, ging nach Hause und bat seine Anhänger, ihn zwei Tage in Ruhe zu lassen, weil die Ausserirdischen den Wunsch geäussert hätten, mit ihm Kontakt aufzunehmen.

Er schloss sich in sein Haus ein, setzte sich an den Küchentisch, nahm Papier und Bleistift und versuchte, alles, was er noch wusste, bis ins kleinste Detail aufzuschreiben. Doch vorerst brachte er keine Zeile aufs Papier. Erst in der Nacht erinnerte er sich wieder an den Ombrello, den er nicht aus dem Erdrutsch hatte ziehen können. Er machte Licht, begab sich in die Küche, schrieb ein paar Stichworte auf und legte sich wieder ins Bett. Doch an Schlafen war nicht zu denken. Sein Hirn arbeitete auf Hochtouren.

Er fragte sich, wie ein professioneller Killer an diesem Abend – und erst noch bei strömendem Regen – genau zur richtigen Zeit am richtigen Ort gewesen sein konnte. Zudem in einem kleinen Bergdorf wie Präz, wo jeder jeden kannte. Es gab nur ein Gasthaus mit ein paar Betten. Ein Fremder wäre sofort aufgefallen. Wie also hatte es der Killer geschafft, ungesehen seinen Job zu erledigen? Er versuchte, sich vorzustellen, wie und von wo aus der Ombrello in die Grube hinunter gelangt sein könnte. Dann schrieb er langsam, in grossen Buchstaben und mit Bleistift, Worte, Zeilen und später sogar ganze Sätze auf ein Blatt Papier.

Weil er seine Geschichte immer weiter ausschmückte, ab und zu ganze Zeilen ausradierte und neu schreiben musste, erschien Giovanni erst am späten Abend des zweiten Tages in Ernestos Büro. Er setzte sich und warf das beidseitig beschriebene Blatt Papier auf den Schreibtisch seines missmutig dreinschauenden Cousins.

Ernesto nahm das zerknitterte Papier in die Hand, schüttelte den Kopf und rief: «Giovanni! Alles von Hand und mit Bleistift geschrieben? Hast du denn keinen Computer?»

«Computer, Ernesto? Ich hatte schon Mühe, den Bleistift zu halten. Alles, was mir eingefallen ist, steht auf diesem Blatt Papier, wenn wahrscheinlich auch mit jeder Menge Fehler!

Falls du deinen Cousin nach dem Lesen meines Berichts immer noch foltern und töten lassen willst, denk an meine treuen Anhänger! Sie würden einen riesigen Lärm machen. Der UFO-Fall würde an die Presse gelangen und international noch einmal aufgerollt werden. Wahrscheinlich käme auch der Besuch deiner Männer in diesem Dorf und die peinliche Begegnung mit der Kuhherde in die Presse. Etwas, was deinen ehrenwerten Brüdern wohl sauer aufstossen würde, da sie ja lieber im Hintergrund bleiben. Und noch etwas, Ernesto, du hast meine Frage noch nicht beantwortet: Wie kommt ein Mitglied deiner Bruderschaft in dieses Bergdorf?»

Ernesto schwieg lange. Dann sagte er: «Er musste untertauchen. In diesem kleinen Ort in der Schweiz war er sicher. Zwanzig Jahre lang. Es fällt uns schwer zu glauben, dass man ihn nach so langer Zeit noch gefunden hat. Etwas Aussergewöhnliches muss passiert sein. Wir werden alles unternehmen, um herauszufinden, wer dafür zur Rechenschaft gezogen werden muss.»

«Daran zweifle ich keine Sekunde», murmelte Giovanni, stand auf und verliess mit einer übertrieben tiefen Verbeugung Ernestos Haus.

Er trat auf die Strasse und wurde sofort von seinen Anhängern umringt. Sie wollten wissen, was er in den zwei Tagen seiner Abwesenheit von den Ausserirdischen erfahren hatte.

06

I

Ein lauer Sommerabend im Juli. Jonas und Lara spazieren dem Fluss entlang und setzen sich auf die gleiche Bank wie damals, als Jonas von Ängsten und tiefer Traurigkeit überfallen worden war.

Wegen gesundheitlichen Problemen nach dem Unfall hatten beide den Schulabschluss um ein Jahr verschieben müssen. Und zu Martins Enttäuschung wollte Jonas danach nicht mehr Arzt werden. Er entschied sich für eine journalistische Ausbildung und bekam, dank Beziehungen von Tom, eine Anstellung als Volontär bei der regionalen Tageszeitung.

Lara verzichtete ebenfalls auf ein Studium. Sie wollte in der Nähe von Jonas bleiben, liess sich zur Heilpraktikerin ausbilden und half ihrer Mutter, über die Scheidung hinwegzukommen.

Tom hatte in der Stadt eine luxuriöse Wohnung gekauft und war mit Soja zusammengezogen. Nach zwei Jahren hatten sie geheiratet. Die Beziehung zu Soja hatte seinem Leben einen Sinn gegeben. Zum ersten Mal wusste er, was Liebe war.

Kurz nach der Hochzeit hatte er mit André, Daniel und Klaus eine Anwaltskanzlei eröffnet. Soja, als Chefsekretärin eingestellt, war von da an nie mehr auf den Gedanken gekommen, ihr Leben dem Fluss zu opfern.

Jonas wohnte abwechselnd bei seinen Eltern und bei Lara und Christa in der Villa. Weil Martin meist in Gedanken versunken aus der Praxis kam und den ganzen Abend kaum ansprechbar war, fühlte sich Anna oft einsam.

«Vor fast genau fünf Jahren sind wir schon einmal auf dieser Bank gesessen, Jonas. Kannst du dich noch erinnern?», fragte Lara versonnen.

Jonas schaute zum Heinzenberg hinauf und dann zum Felsenplateau mit der Burg. Ja, er konnte sich erinnern. An die Ängste, die Trauer und die grosse Leere, die ihn immer wieder überfallen hatte. Auch an die schlimmen Träume von Folter und Gefangenschaft. Daran, wie er einmal in der Villa Zuflucht gesucht hatte, weil seine Eltern nicht da gewesen waren. Und an Christa, der es gelungen war, ihn ganz wunderbar zu beruhigen.

«Ja, das war nicht lustig.»

«Und du hast diese Zustände nie mehr gehabt, Jonas?»

«Seit dem Unfall nicht mehr, was ja eigentlich seltsam ist, aber so war es. Irgendetwas muss dieser Schlag aufs Genick in mir eingerenkt haben.»

Lara schwieg eine ganze Weile.

«Hast du schon einmal daran gedacht, dass wir heiraten könnten, Jonas?»

«Heiraten? Nein Lara! Wieso auch? Es läuft doch jetzt so gut mit uns, zudem sind wir noch viel zu jung.»

«Eben, gerade darum, weil es so gut läuft. Ich möchte irgendwann Kinder haben, zwei oder drei, bis dann wäre ich schon gerne verheiratet», klagte Lara bewusst theatralisch.

«Kinder? Aber ich bin doch erst dreiundzwanzig. Wir haben noch jede Menge Zeit. Zuerst muss ich mir eine Existenz aufbauen. Vom Schreiben kann ich im Moment noch keine Familie ernähren. Vielleicht in zehn Jahren, wenn ich zum Chefredaktor aufgestiegen bin», scherzte Jonas.

«Das dauert mir zu lange, Jonas. Zudem glaube ich nicht, dass du einmal Chefredaktor wirst, dazu bist du zu wenig ehrgeizig. Doch ich könnte nebenher weiter als Heilpraktikerin arbeiten. Das wäre ohne weiteres möglich. Meine Mutter würde sicher gerne ab und zu ihre Enkel betreuen.»

«Christa? Da bin ich mir nicht so sicher, Lara. Deine Mama scheint mir nicht die geborene Nona zu sein.»

«Ach Jonas, das weisst du doch gar nicht, in sowas wächst man hinein. Mama ist ziemlich einsam, seit Papa ausgezogen ist.»

Lara stand auf, nahm Jonas an der Hand und zog ihn auf die Beine.

«Komm, lass uns etwas rennen, so wie damals ...»

Und schon rannte sie davon. Ein Stück dem Fluss entlang und durch die Wiese, wo der Kirschbaum stand, unter dem sie sich zum ersten Mal geküsst hatten.

Jonas folgte langsam. Als er beim Baum ankam, legte Lara ihre Arme um seinen Hals und drückte ihre Lippen auf seine. Jonas liess es geschehen, doch es war nicht dasselbe wie damals. Es gab keine Blüten mehr, die ihren Duft hätten verströmen können wie Hochzeitsglocken ihren Klang.

II

Martin hatte gehofft, dass Jonas eines Tages seine Praxis übernehmen würde. Es war ihm schwer gefallen, seinen Entschluss, Journalist zu werden, zu akzeptieren. Schreiben konnte jeder, der etwas gebildet war und ein wenig Fantasie hatte, fand er. Die journalistischen Bemühungen, die er jeden Tag in den Zeitungen lesen konnte, waren für ihn nicht annähernd mit dem Beruf eines Arztes – wie er einer war und wie Jonas einer hätte werden können – zu vergleichen.

Anna hatte sich jedoch für Jonas Entscheidung eingesetzt, und durch Toms Beziehungen war es gelungen, ihm den Job bei der Zeitung zu verschaffen.

Als Jonas seinem Vater dann begeistert seinen ersten Artikel vorlas, schämte sich Martin etwas, dass er den Berufswunsch seines Sohnes so lange bekämpft hatte.

Abgesehen davon war er glücklich, dass die schlimmen Träume und Gemütsschwankungen nach dem Unfall wie durch ein Wunder verschwunden waren.

Martin vermutete, dass der peitschenartige Schlag beim Aufprall nicht nur das Schleudertrauma, sondern auch eine psychische Blockade ausgelöst hatte. Dass dadurch die Verbindung zu Eindrücken aus dem Unterbewussten unterbrochen worden war und somit alles, was bei Jonas ablief, nicht mehr ins Tagesbewusstsein weitergeleitet werden konnte.

Markus meinte, dass die Ursache eher in einem vergangenen Leben gelegen habe, und der Unfall nur die Wirkung davon gewesen war. Und da die Wirkung erlebt und überlebt wurde, sei natürlich auch die Ursache beseitigt worden. Den gleichen Effekt hätte er auch mit einer Rückführung erzielen können.

Anna, die den beiden bei ihren Gesprächen zugehört hatte, meinte, dass ihre Thesen für sie keine Rolle spielten, für sie sei nur von Bedeutung, dass Jonas geheilt sei.

«Martin, ich weiss, dass du ein ausgezeichneter Arzt bist, doch du musst zugeben, dass es bei jedem Menschen einen grösseren Bereich gibt, der durch keine medizinischen Erkenntnisse erklärt werden kann. Die Psyche, der Geist und auch der Glaube haben schon immer Einfluss auf den Körper gehabt. Warum ist zum Beispiel bei Reto dieses Syndrom aufgetreten? Etwas, das in diesem Spital nach über tausend solcher Operationen noch nie vorgekommen ist. Doch ausgerechnet bei Reto passiert es. Rosa hat mir erzählt, dass er das Schlimmste erwartet, ja sogar Angst gehabt habe, nach der Operation nicht mehr zu erwachen. Haben seine Ängste zu diesem Vorfall geführt oder war es eine Wirkung, deren Ursache anderswo zu suchen ist?

Vor ein paar Tagen habe ich mit einer Spitex-Pflegefachfrau über diesen Fall geredet. Nuja, deren Grossmutter Afrikanerin ist, erzählte, dass in ihrer Heimat sehr oft Leute mit schwarzer Magie krank gemacht würden. Aus Neid, aus Missgunst, wie auch immer. Sie meinte, dass Retos Kompartmentsyndrom auf diese Weise verursacht worden sein könnte.»

«Anna ...», begann Martin mit einem Augenzwinkern zu Markus, «ich wundere mich immer wieder, wie gut du über diese Themen Bescheid weisst. Vielleicht liegt es daran, dass du als Frau einen anderen Zugang zur menschlichen Natur hast als wir Männer.»

«Du hast es erfasst, Martin. Auf diesem Gebiet seid und bleibt ihr Männer uns Frauen immer unterlegen. Weil ihr mit dem Verstand zu lösen versucht, was nur mit dem Herzen gesehen werden kann.»

III

Christa sass allein in der Villa. Ohne Tom war das schöne Gebäude für sie – auch nach fünf Jahren noch – nur ein Haus mit ein paar Räumen, in denen sie essen und schlafen, rauchen und trinken konnte.

Sie erinnerte sich, wie sie damals im Café Merz gesessen, über Tom nachgedacht und beschlossen hatte, dass sie ihn, trotz seiner Schwäche für die Frauen, so annehmen wollte, wie er nun einmal war.

Auch wenn es nicht die grosse Liebe gewesen sein sollte, die Tom jetzt scheinbar mit Soja gefunden hatte, so war das Leben mit ihm doch angenehm gewesen. Sogar nach fünf Jahren fehlte er ihr noch jeden Tag. Und weshalb? Weil es vielleicht doch Liebe war?

Eines Abends sass Christa nach dem gemeinsamen Nachtessen mit Lara und Jonas auf der Couch. Jonas sass neben Christa und hatte den rechten Arm um Lara gelegt.

«Ich möchte diesen Liebesfilm anschauen, Jonas. Mama, bist du einverstanden?»

Lara wartete Christas Antwort nicht ab, nahm die Fernbedienung, schaltete den Fernseher ein, und kurz darauf trafen sich auf dem Bildschirm eine junge Frau und ein etwas älterer Mann. Wie sich bald herausstellte, waren beide verheiratet und hatten sich über das Internet gesucht und kennengelernt.

Die nächste Szene zeigte das Paar in einem Hotelzimmer mit einem grossen Doppelbett. Dann den Mann der Frau, wie er in der Küche stand und das Nachtessen zubereitete.

Als die junge Frau nach Hause kam, sprangen ihr die Kinder entgegen. Sie küsste ihren Mann und war wieder hingebungsvolle Mutter.

«So eine Schlampe!», schimpfte Lara. «Betrügt ihren Mann und lässt ihn mit den Kindern allein! Was würdest du sagen, wenn ich so eine wäre, Jonas?»

«Das würde ich dir nie verzeihen, Lara. Wenn ich dich bei einem Seitensprung erwischte, würde ich dich sofort verlassen!», rief Jonas mit einem Augenzwinkern zu Christa.

«Trotz der Kinder?», fragte Lara etwas erschrocken.

«Na ja, vielleicht müsste man der Kinder wegen für einmal ein Auge zudrücken.»

«Du nimmst mich nicht ernst, Jonas!», rief Lara.

«Und was würdest du machen, wenn du mich mit einer anderen Frau erwischen würdest?»

«Ich? Ich würde dich umbringen, mindestens zwei oder dreimal am Tag!», schrie Lara lachend und schlug mit einem Kissen auf Jonas ein.

Der Film war erst zur Hälfte gelaufen, als Laras Handy klingelte. Sie drückte die Stopptaste an der Fernbedienung und meldete sich. Nachdem sie eine Weile zugehört hatte, legte sie die Hand aufs Mikrofon und flüsterte: «Cecil, sie hat Probleme mit ihrem Freund ...»

Und etwas später: «Das dauert länger, sie weint, ich komme gleich wieder ...»

Lara stoppte den Film und verschwand in ihrem Zimmer. Jonas und Christa hörten durch die Tür, wie sie versuchte, ihre Freundin zu beruhigen. Sie lächelten sich an und rückten näher zusammen.

Jonas lag dösend auf der Couch, als Lara aus ihrem Zimmer kam.

«Hey, Schlafmütze!», rief sie lachend, rüttelte ihn wach und liess sich neben ihm auf die Couch fallen. Sie nahm Jonas Arm, legte ihn um ihre Schultern und kuschelte sich an seine Brust.

Als Christa aus der Küche kam, war der junge Mann im Film gerade dabei, die Koffer zu packen. Ein Freund hatte ihm erzählt, dass er gesehen habe, wie seine Frau Hand in Hand mit einem fremden Mann in einem Hotel verschwunden und erst nach einer Stunde mit ihm wieder aufgetaucht sei. – Die Frau hatte, trotz der Kinder, keine Chance.

Lara verstand den Mann, fand sein Verhalten aber trotzdem fies. Ihr taten die Kinder leid. Vielleicht war er ja nicht unschuldig am Verhalten seiner Frau. Im umgekehrten Fall wäre es einfacher gewesen: Sie hätte den Mann hinausgeworfen, das Haus behalten, und er hätte Alimente zahlen müssen, erklärte Lara, als ob das die natürlichste Sache der Welt wäre.

IV

Nico stieg aus dem Auto, schlug die Tür zu, lief zum Hauseingang und stürmte die Treppe hinauf und in die Stube, wo sein Vater auf der Couch lag.

«Hallo Papa, alles in Ordnung?»

«Hallo Nico! Es geht, den Umständen entsprechend halt, ich will nicht klagen.»

«Und wo ist Mama?»

«Sie ist mit Anna am Telefon. Es gibt Neuigkeiten.»

«Was für Neuigkeiten?»

«Och, es scheint, als ob Anna und Martin Probleme haben. Und deine Mutter ist dabei, sie zu lösen», sagte Reto lachend. «Du kennst sie ja. Sie würde auch versuchen, die Welt zu retten, wenn es nötig wäre.»

Nico verdrehte die Augen und verzog sich in die Küche.

«Das Essen steht auf dem Herd!», rief Reto.

Danach war es lange Zeit still. Er hörte Geschirr klappern und durch die Schlafzimmertür die Stimme von Rosa. Reto drehte sich auf die Seite, schloss die Augen und schlief kurz danach ein.

Nachdem Rosa ihr Telefonat beendet hatte, setzte sie sich zu Nico an den Küchentisch.

«Hi Mam!», sagte er, ohne vom Handy aufzuschauen. «Alles in Ordnung? Oder gibt es etwas, das ich wissen müsste?» Rosa gab ihm eine leichte Kopfnuss.

«Gar nichts musst du wissen. Was ich mit Anna besprochen habe, ist nur etwas für Erwachsene!»

«Ich bin erwachsen, Mama, merkst du das denn nicht? Vielleicht werde ich sogar bald heiraten.»

«Heiraten? Wen denn? Nora?»

«Nein, die Frau, die seit dem Kindergarten für mich bestimmt ist!»

«Ach Nico, da kannst du lange warten. Lara ist noch immer völlig auf Jonas fixiert. Und das wird sich auch nicht so schnell ändern. Es müsste schon etwas Aussergewöhnliches passieren ...»

Nico schaute vom Handy auf: «Ich habe vor ein paar Tagen Sven getroffen. Er arbeitet mit Jonas bei der Zeitung. Er hat mir erzählt, dass es Jonas nerve, dass Lara schon von Heirat rede. Dann habe er von Laras Mutter Christa geschwärmt. Jonas lebt ja abwechselnd in der Villa und zu Hause bei seinen Eltern. Noch, soll er gesagt haben.»

«Na ja, Lara ist jung, natürlich ist ihre Mutter reifer. Ich hätte allerdings nicht gedacht, dass Jonas sich bei Kollegen so über sie äussert. Was sagen denn Laras Freundinnen dazu?»

«Cecil findet auch, dass die Fixierung von Lara auf Jonas nicht ganz normal ist. Sie würde gerne mehr mit ihr zusammen sein, doch Jonas gehe immer vor. Sie und Esther haben sogar einmal versucht, ihn zu verführen. Doch das ging gewaltig schief. Jonas scheint, wie sein Vater, gegen weibliche Reize resistent zu sein.»

Rosa setzte sich zu Nico an den Tisch.

«Nico, ich würde es dir von Herzen gönnen, wenn du deine Traumfrau für dich gewinnen könntest. Doch so einfach ist das nicht. Lara wird Jonas von sich aus nie loslassen. Es sei denn ...»

«Es sei denn?»

«Die einzige Möglichkeit, die ich sehe», fuhr Rosa fort, «besteht darin, dass Jonas eine andere Frau ...»

«Jonas? Der interessiert sich doch nicht für andere Frauen. Wenn Lara sich nicht um ihn bemühen würde, wäre er wahrscheinlich allein. Und falls doch, würde Lara um ihn kämpfen, da bin ich mir ganz sicher.»

«Und Lara, was wäre, wenn Lara einen anderen Mann kennenlernen würde?»

«Kann ich mir auch nicht vorstellen. Das müsste dann schon ein ganz besonderer Mann sein.»

V

Lara hatte nach der dreijährigen Ausbildung mit Sarah zusammen eine Praxis eröffnet. Sarah war ein paar Jahre älter und hatte eine Ausbildung als Physiotherapeutin gemacht. Es dauerte fast ein Jahr, bis sie sich einen kleinen Kundenstamm aufgebaut hatten.

Ein Freitagmorgen im Oktober. Lara fuhr mit der Bahn in die Stadt zur Arbeit. Wie gewohnt betrat sie gegen acht Uhr die Praxis. Sarah hatte bereits zwei Tassen mit Teebeuteln auf den kleinen Empfangstisch gestellt. Während sie heisses Wasser dazugoss, fragte sie: «Geht es dir gut, Lara?»

«Ja, schon. Bin einfach zu spät ins Bett gegangen.»

Sarah lächelte, weil sie vermutete, dass Jonas ihr keine Ruhe gelassen hatte.

«So ist das halt, wenn man einen Freund hat, der einen nicht schlafen lässt», neckte sie.

«Jonas? Nein, der war bei seinen Eltern. Er hat gesagt, dass er wieder einmal Zeit für sich brauche. Was ich ja verstehen kann. Trotzdem war ich unruhig, als er weg war. Was mich wach gehalten hat, ist aber etwas anderes. Jonas Mutter Anna hat meine Mama angerufen, sie ist mit dem Handy ins Schlafzimmer gegangen und hat die Tür zugemacht. Das tut sie sonst nie, wenn sie telefoniert. Das Gespräch hat eine ganze Stunde gedauert. Als ich sie fragte, wer dran war, antwortete sie: *Anna, sie hat Probleme mit Martin.*

Und auf meine Frage «Was denn für Probleme?» hat sie geantwortet, es wäre besser, wenn ich das nicht erfahren würde.

Weisst du, Sarah, Jonas Mutter Anna ist etwas seltsam. Bis vor ein paar Jahren hatte Jonas manchmal massive Angstzustände. Einmal, als es besonders schlimm war und seine Eltern nicht zu Hause waren, wollte er zu mir. Doch ich war weg und da hat meine Mama ihn getröstet, was bei Anna den Verdacht erweckt hat, dass sie ihren Sohn verführt haben könnte.»

Lara und Sarah konnten das Gespräch nicht weiterführen, weil die ersten Kunden eintrafen.

In der Mittagspause sassen sie im Stadtpark, assen einen Salat und tranken ein Mineralwasser dazu.

«Etwas lässt mir keine Ruhe, Sarah ...»

«Was denn?»

«Jonas hat sich verändert. Abwesend war er immer schon, doch jetzt ist er ab und zu richtiggehend abweisend. Ich weiss nicht, was das soll. Manchmal habe ich das Gefühl, dass er mich nicht mehr liebt.»

«Ich kenne das», sagte Sarah. «In meinem Fall wurde ich misstrauisch und kontrollierte eines Tages sein Handy. Danach war alles klar. Elvis hat zugegeben, dass er eine andere Frau kennengelernt hat. Er ist noch am gleichen Tag ausgezogen. Ich glaube fast, ich habe ihm einen Gefallen getan.»

Lara reagierte gelassen auf Sarahs Bericht. Sie wusste, dass Jonas eine Ausnahme war, was Frauen betraf. Das hatten Cecil und Esther bewiesen.

Jonas war wie sein Vater. Ihn interessierten ganz andere Dinge. Seine inneren Welten, in die sie ihm nicht folgen konnte, zum Beispiel. Doch das konnte Lara akzeptieren. Und eigentlich auch, dass er noch nicht heiraten wollte.

Lächelnd blickte sie Sarah an. «Ich kenne deinen Ex-Freund nicht, doch sicher ist er ganz anders als meiner. Jonas würde nie hinter meinem Rücken etwas mit einer anderen Frau anfangen. Und wenn, würde ich ihn sofort durchschauen und ihm wahrscheinlich sogar verzeihen. Manchmal frage ich mich, wieso ein Seitensprung immer eine Trennung oder eine Scheidung nach sich ziehen muss. Das führt zu so viel Leid und Schmerz. Vor allem die Kinder tun mir leid, sie leiden am meisten darunter.»

Um siebzehn Uhr schlossen sie die Praxis. Sarah wollte noch einkaufen, weil ihre Eltern zu Besuch kamen.

Lara lief zum Bahnhof. Ein Blick auf die Uhr zeigte ihr, dass ihr Zug erst in einer halben Stunde fuhr.

Als sie die Bahnhofstrasse hinauflief, kam ihr ein Mann entgegen, den sie kannte.

«Nico!», rief sie überrascht. «Was für ein Zufall! Ich wollte gerade einen Kaffee trinken. Kommst du mit?»

Nico fand keine Worte. Er war einfach nur glücklich. Lara endlich einmal ohne Jonas!

«Ja, natürlich, gerne», hörte er sich sagen und schon lief er neben Lara her. Sie setzten sich ins Café, in dem vor ein paar Jahren Soja und Christa gesessen hatten. Lara gegen die Sonne, Nico gegenüber.

Lara plauderte unbefangen, erzählte von der Arbeit, von Sarah und ihrem Freund und fragte dann:

«Wie steht es mit Nora? Seid ihr noch zusammen?»

«Nein, aber wir sind Freunde geblieben.

«Ist sie wirklich so anders als ich?»

Nico lächelte.

«Wenn ich wählen könnte ... Du bist für mich immer

noch die Nummer eins, daran hat sich nichts geändert. Doch gegen Jonas habe ich ja keine Chance.»

Lara legte die Hand auf seinen Arm.

«Ach, Nico. Die alte Geschichte. Es tut mir leid, dass du meinetwegen weg musstest.»

Und mit einem Blick auf die Uhr: «Oh nein, jetzt habe ich meinen Zug verpasst ...»

«Ich kann dich im Auto mitnehmen, wenn du möchtest», schlug Nico vor.

«Allerdings nur, wenn Jonas nichts dagegen hat.»

VI

Beim Eintritt in die Firma seines Vaters hatte Reto seinem Sohn ein Auto geschenkt. Als Lara den grossen Rover sah, flippte sie fast aus.

«Wow, Nico, das Ding ist der helle Wahnsinn.»

Nico hielt ihr die Tür auf. Lara stieg ein und war begeistert von den cremefarbenen Ledersitzen und der edlen Holzverkleidung.

«Mensch, da sitzt man ja wie im Kino!»

«Ein Geschenk meines Vaters zum Eintritt in die Firma», sagte Nico bescheiden und startete den Motor. Das tiefe Brummen des Diesels jagte Lara einen Schauer durch den Körper. Sie dachte an Jonas und wusste, dass sie mit ihm nie in so einem Auto sitzen würde.

Nico steuerte den Rover ruhig durch den Verkehr. Lara beobachtete ihn. Zum ersten Mal wurde ihr bewusst, dass aus dem einsamen, liebeskranken Buben ein gutaussehender junger Mann geworden war, der sein Leben im Griff hatte. Nico würde irgendwann heiraten, eine Familie gründen und beruflich erfolgreich sein. Er war bodenständig wie sein Vater Reto und würde bestimmt nie in irgendwelche seltsamen *inneren Welten* abtauchen.

«An was denkst du, Lara?»

«Daran, wie du dich verändert, dein Leben unter Kontrolle hast. Und an Jonas, der so ganz anders ist.»

Im letzten Moment entschloss sich Nico, die Hauptstrasse zu nehmen.

«Warum fährst du nicht über die Autobahn?»

«So bist du etwas länger bei mir», lächelte Nico.

Als sie unter der Felsennase durchfuhren, wo Lara mit Jonas vor ein paar Jahren verunfallt war, fragte Nico: «Hast du noch gesundheitliche Probleme, vom Unfall her, meine ich?»

Lara erzählte, wie sie sich langsam wieder hochgekämpft hatte. Auch das Schleudertrauma mache nur noch ab und zu Beschwerden.

«Wir haben grosses Glück gehabt, Jonas und ich.»

«Weisst du, wer der Mann war, der umgekommen ist?»

«Nein, zum Glück nicht. Das wäre schlimm gewesen.»

«Ich habe ihn gekannt. Seine Kollegen haben mir erzählt, dass er an diesem Abend auch im Dancing war. Er soll sich fürchterlich genervt haben, als er dich mit Jonas tanzen sah.»

«Was? Wieso denn?»

«*So eine schöne Frau und so ein Clown*, soll er gesagt haben. Er wollte dich unbedingt kennenlernen, doch dann hast du mit Jonas und einer Frau die Bar verlassen. Er ist euch gefolgt und hat so lange vor dem Haus gewartet, bis ihr wieder zum Vorschein kamt. Und dann ist er euch nachgefahren ...»

Lara war schockiert.

«Mein Gott, was für ein ... Ich habe Jonas noch gesagt, dass nur ein Idiot so etwas machen kann.»

Die Strasse führte durch einen Laubwald hinauf zum nächsten Dorf. Der Rover fuhr wie auf Schienen durch die Kurven.

Plötzlich schrie Lara «Achtung!»

Nico machte eine Vollbremsung und riss das Steuer herum. Gerade noch rechtzeitig, um einen Zusammenstoss mit dem landwirtschaftlichen Fahrzeug zu vermeiden.

«So ein Idiot!», schimpfte Lara.

«Danke für die Warnung!», murmelte Nico.

«Noch einmal Glück gehabt.»

Langsam fuhr er durchs nächste Dorf und beschleunigte danach wieder auf achtzig.

«Nico ...»

«Ja, Lara?»

Da vorne führt ein Weg den Wald hinauf zu einer kleinen Lichtung. Da war ich als Kind oft mit meinen Eltern. Wir könnten dort anhalten und reden ...»

«Reden?»

«Ja, über alles, was geschehen ist.»

Nico konnte sein Glück kaum fassen, bog auf den Waldweg ab und fuhr mit eingeschalteten Scheinwerfern hinauf zu der kleinen Lichtung.

Als er parkte, dämmerte es bereits. Nico blieb stumm sitzen und schaute angestrengt in den Wald hinaus. Lara wusste, dass sie die Initiative ergreifen musste, doch es war nicht so einfach, wie sie gedacht hatte. Zwischen ihnen lag eine ganze Kindheit, in der Nico ihr und Jonas mit seiner Eifersucht grosse Probleme gemacht hatte.

«Lass uns über alles reden, was bisher geschehen ist», schlug Lara vor.

«Ok, reden wir.»

Im Auto war es warm und gemütlich. Nico erzählte, Lara hörte zu. Lara erzählte, Nico hörte zu. Solange, bis alles gesagt war. Schweigend sassen sie nebeneinander im Dunkeln.

«Kannst du etwas Musik machen?», fragte Lara leise.

Und dann: «Kann man diesen Sitz verstellen?»

«Lara. Vielleicht bin ich altmodisch, aber ich möchte nicht im Auto ... All die Jahre, wenn ich an dich dachte, sah ich uns zusammen Hand in Hand durch eine Blumenwiese laufen. Weit unten im Tal hörte ich Kirchenglocken. Sie läuteten für uns, nur für uns.»

Lara nahm keine Rücksicht auf die Blumenwiese. Und die Glocken hörte Nico auch im Auto. Sie läuteten, bis er alles um sich herum vergass. All die schweren Jahre seit dem Kindergarten. Sehnsucht, Eifersucht, Wut, Angst und Hoffnungslosigkeit lösten sich in Laras Armen für immer auf.

VII

Nora war zurück aus Korea, wo sie bei den grossen Meistern ihrer Kampfsportart Kurse belegt, geübt, gekämpft, gewonnen und verloren hatte. Am letzten Tag hatte sie die Prüfung zum ersten Meistergrad, dem schwarzen Gürtel, mit Bravour bestanden. Nora hatte ein Ziel erreicht, für das sie jahrelang gekämpft und gelitten hatte.

Überglücklich war sie nach Hause geflogen. Ihre Eltern hatten sie in die Arme geschlossen. Die Mutter erleichtert, dass sie gesund heimgekehrt war, der Vater stolz auf das, was sie erreicht hatte.

Als Nora in ihrem Zimmer den schwarzen Gürtel aus der Tasche nahm, kamen ihr die Tränen. Erleichterung, Freude und Stolz auf die erbrachte Leistung liessen sie die emotionale Kontrolle für kurze Zeit vergessen. Vor dem Einschlafen musste sie an Nico denken. Sie vermisste ihn. Doch leider waren sie nur noch Freunde.

Ein paar Tage später traf sie sich mit ihren Kollegen. Eine Gruppe von dreissig Motorradfahrern donnerte über die Autobahn nach München zum Oktoberfest-Wochenende.

Es war später Samstagabend in einem überfüllten Bierzelt, als Nora eine Gruppe Männer auffiel, die sich lautstark in einem Dialekt zuprosteten, den sie kannte.

Es dauerte nicht lange und einer von ihnen machte mit dem Bierkrug in der Hand an ihrem Tisch die Runde. Er setzte sich neben Nora auf die Bank, hob seine Mass und rief: «Marco! Und du?»

«Nora!», schrie Nora durch den Festlärm.

«Woher kommst du, Nora?»

«Aus der Schweiz!»

«Wahnsinn, ich auch! Das kann kein Zufall sein! Das ist ein Zeichen, Nora! Wir sind füreinander bestimmt!»

Nora schüttelte lachend den Kopf.

«Das glaube ich eher nicht, Marco!»

«Wieso nicht?»

«Du trinkst zu viel, das gefällt mir nicht!»

«Aber du trinkst ja auch Nora, wo ist der Unterschied?»

«Ich trinke nur an einem Fest und nicht so viel, dass ich nicht mehr stehen kann.»

«Ich kann noch stehen, Nora! Immer!»

Marco stand auf, hob ein Bein und blieb zu ihrer Überraschung im Gleichgewicht.

«Siehst du, ein Bauer fällt nicht so leicht auf die Schnauze!», verkündete er stolz.

«Wo bauerst du denn, Marco», fragte Nora belustigt.

«In Präz, dem Dorf mit der Ufo-Geschichte.»

«Mensch, Marco, mein Ex-Freund lebt in diesem Tal.»

«Wie heisst er denn, dein Ex?», rief Marco.

«Nico!», schrie Nora durch den Festlärm.

«Heilige Scheisse!», dann kennst du auch Lara und Jonas, hast sicher von ihrem Unfall gehört?»

«Lara? Allerdings! Ihretwegen hat Nico mich verlassen, weil er sie nicht vergessen konnte.»

«Das tut mir echt leid.»

Marco rückte näher an Nora heran und legte einen Arm um sie.

«Das ist nicht so schlimm, Nora. Das Schicksal hat dir schon wieder einen Freund geschenkt, mich!»

Er drückte sie ein paar Mal, liess sie dann los, hob seine Mass und prostete ihr zu.

Und dann lief etwas ab, was Nora an die Szene mit Nico in der Bahnhofunterführung erinnerte: Luca, einer ihrer Motorrad-Kollegen, fühlte sich, wohl weil er Nora als sein Mädchen betrachtete, durch Marco herausgefordert. Er stand auf, riss ihn von der Bank und schlug ihn zu Boden.

«Luca!», schrie Nora. «Bist du nicht bei Trost? Er hat nur mit mir geplaudert!»

Und weil es so aussah, als ob ihr Kollege weiter auf Marco eindreschen wollte, war Nora mit einem Satz auf den Beinen und setzte Luca mit einem blitzschnellen Fussschlag ausser Gefecht. Der kräftige Biker fiel der Länge nach zwischen die Festbänke.

«Bravo, das hat er verdient!!!», schrien die Festbesucher rundum. Kurz darauf kamen Sanitäter angerannt. Die beiden Bewusstlosen wurden auf Bahren gehoben und ins Erste-Hilfe-Zelt getragen.

«Nur weil Luca dich vor einem aggressiven, besoffenen Deutschen schützen wollte, hast du ihn bewusstlos geschlagen. War das nötig, Nora?», fragte Nils.

«Erstens war er kein Deutscher, sondern ein Landsmann, zweitens war er überhaupt nicht aggressiv und drittens kann ich mich jederzeit selbst verteidigen, wie du vielleicht gesehen hast!», erwiderte Nora dem Anführer der Biker-Gruppe.

Im Sanitätszelt versicherte man Nora etwas später, dass mit Marco und Luca soweit alles in Ordnung war. Es würde allerdings noch ein paar Stunden dauern, bis sie ihren Rausch ausgeschlafen hätten.

Am Sonntag stand Nora früh auf, schlüpfte in den Trainingsanzug, verliess das Hotel und joggte durch die Strassen von München. Gegen neun Uhr war sie wieder in ihrem Zimmer.

Ihre Kollegen sassen bereits beim Morgenessen. Nora wollte sich bei Luca entschuldigen, doch der winkte ab.

«Bin selber schuld, Nora. War stockbesoffen. Hast mich klasse erwischt. Ich hab's gar nicht kommen sehen.»

Luca war nicht nachtragend und auch Nils nickte ihr aufmunternd zu. Nora war erleichtert. Es hätte ihr zu schaffen gemacht, wenn sie wegen dieses Vorfalls aus dem Club geflogen wäre.

«Wieso hast du diesen Marco eigentlich so gnadenlos verteidigt? Du kennst ihn doch gar nicht?», fragte Nils.

«Doch, ein wenig schon. Er ist ein Freund von Lara und Jonas und ein Bekannter von Nico. Zudem bauert er in Präz, diesem Dorf mit der Ufo-Geschichte.»

«Lara und Jonas kenne ich nicht, aber von Präz habe ich schon gehört. Ist dort nicht dieser Lehrer verschwunden?»

«Ja, das hat damals längere Zeit die Medien beschäftigt. Sogar aus dem Ausland sind Fernsehteams angereist. Doch herausgefunden hat man nichts. Der Lehrer ist nicht mehr aufgetaucht. Niemand hat die geringste Ahnung, was passiert ist. Ausser natürlich die Leute, die glauben, dass ihn ein Ufo entführt hat», klärte Nora ihre Freunde auf.

Am Nachmittag traf sie auf dem Festgelände einen halbwegs nüchternen Marco. Strahlend kam er auf sie zu, schloss sie in die Arme und dankte ihr.

«Wofür dankst du mir, Marco?», fragte Nora.

«Du hast mich vor einem Schläger gerettet. Ohne dich wäre ich wahrscheinlich nicht mehr am Leben, Nora!»

Nora spürte, wie ihr Herz warm wurde. Marco war überzeugt, dass sie ihm das Leben gerettet hatte. Das berührte sie, auch wenn es nicht ganz der Wahrheit entsprach.

Marco wich danach den ganzen Sonntagnachmittag nicht mehr von Noras Seite. Immer, wenn sie ihn darauf aufmerksam machte, erklärte er ihr, dass er bei ihr bleiben müsse, weil das Schicksal sie zusammengeführt habe, auch wenn sie das im Moment noch nicht annehmen könne.

Als Nora am Sonntagabend mit ihren Kollegen den Heimweg antrat, fuhr etwas in ihrem Herzen mit, das sie schon einmal erobert, doch wieder verloren hatte. Eine kleine, warme Glut, die nur etwas Schutz und Sorgfalt brauchte, um sich zu einem kräftigen Feuer zu entwickeln. Vielleicht hatte Marco ja recht und das Schicksal hatte sie zusammengeführt. Auf jeden Fall war es aber eine weitere Chance, doch noch der Liebe zu begegnen.

VIII

Als Lara nach Hause kam, sass ihre Mutter vor dem Fernseher.

«Spät kommt sie, doch sie kommt!», scherzte sie.

«Sorry, bin noch aufgehalten worden ...»

Lara liess sich neben Christa aufs Sofa fallen und legte einen Arm um ihre Schultern.

«Benutzt Jonas ein neues Rasierwasser?»

Lara erschrak etwas, fasste sich aber schnell wieder. «Vielleicht, habs gar nicht bemerkt.»

«Sowas sollte eine Frau sofort merken, Lara. Stell dir vor, Jonas kommt nach Hause und riecht plötzlich anders, was würdest du denken?»

«Ach Mama, ich weiss schon, was du meinst! Dass er was mit einer anderen Frau hat oder so ...»

«Und was würde er denken, wenn du nach Hause kämst und ...»

«Ok, Mama, was willst du mir sagen?»

«Lara, warst du mit Cecil und Esther im Ausgang?»

«Nein! Warum?»

«Dann kannst du nur mit einem Mann zusammen gewesen sein ...»

«Maaam ... Eigentlich ist das meine Sache, oder?»

«Natürlich, Lara. Ich habe ja nur gesagt, was ich denke, und wenn ich zufällig ins Schwarze getroffen habe, tut es mir leid!»

Christa kannte ihre Tochter. Lara war kurz davor, alles zu erzählen.

«Ok, Mama, ich gebe es zu. Auf dem Weg zum Bahnhof habe ich Nico getroffen. Wir haben zusammen Kaffee getrunken und dann war mein Zug weg. Nico hat mich in seinem neuen Auto nach Hause gefahren.»

«Dann habt ihr aber einen grossen Umweg gemacht. Wo wart ihr denn so lange?»

«Ach, Mama!», rief Lara gequält.

«Wieso muss ich dir immer alles erzählen?»

«Weil es mir als Mutter zusteht!», lächelte Christa.

«Du hast Jonas mit Nico betrogen? Habe ich recht?»

«Mama, ich schäme mich so! Aber weisst du, Cecil und Esther haben mich immer ausgelacht, weil ich erst einen Mann hatte, Jonas.»

Christa schüttelte den Kopf, steckte sich eine Zigarette zwischen die geschminkten Lippen, zündete sie an und blies Lara den Rauch ins Gesicht.

«Oh, Mama! Hast du nicht gesagt, dass du nur noch auf der Terrasse rauchst?»

«Ist mir egal, Lara. Alles ist mir egal! Mein Mann ist mit einer jungen Tussi verheiratet, meine Tochter betrügt ihren Freund, Anna vielleicht bald ihren Mann ... Alle haben ein aufregendes Leben. Nur ich sitze hier allein in meiner Villa. Kein Schwein interessiert sich für mich! Ich weiss nicht, wie lange ich das noch aushalte!»

«Was sagst du da? Anna soll Martin betrügen? Wie kommst du denn darauf?»

«Rosa hat mir erzählt, Anna habe angerufen und gesagt, dass Martin sie gar nicht mehr als Frau wahrnehme. Und, dass sie das kaum noch ertrage.»

«Martin ist halt wie Jonas, beide sind manchmal sowas von abwesend, aber das ist noch lange kein Grund, ihn zu betrügen! Oder?»

«Mir hat Martin immer gefallen, ich würde ihn sofort übernehmen, falls Anna ihn verlässt.»

«Mama, das wäre aber komisch! Du mit Martin, ich mit seinem Sohn?»

Christa winkte ab.

«Und? Wie war es mit Nico? War er besser als Jonas?»

«Maaam! Das ist ... Es war einfach anders ... Nico ist stark, seine Hände sind gross und kräftig ... Und er hat Erfahrung. Nora hat ihm beigebracht, was eine Frau und ein Mann alles miteinander machen können.»

«Und? Willst du es Jonas beichten?»

«Ich weiss nicht ... Ich weiss nicht, ob er das verkraften würde. Zuerst muss ich mir über meine Gefühle klar werden.»

«Ah, das ist ja interessant. Dann könnte es also durchaus passieren, dass Nico doch noch sein Ziel erreicht?»

«Nico hat gesagt, dass ich immer seine erste Wahl bleibe und auch, dass er, während wir zusammen waren, Hochzeitsglocken gehört hat. Hochzeitsglocken, Mama! Ist das nicht romantisch?»

«Allerdings», seufzte Christa.

«Jonas wird das schwer toppen können.»

IX

Es war ein wunderschöner Tag im Oktober, als Nora mit ihrer Harley Marco besuchte. Vor Thusis bog sie rechts ab und fuhr die vielen Kurven den Heinzenberg hinauf. Durch die Dörfer Tartar und Sarn bis zu dem grossen, weissen Haus im Weiler Dalin. Dort hielt sie an und schaute ins Tal. Fünfhundert Meter weiter unten spiegelte sich der Hinterrhein in der Sonne. Was sich auf der Autobahn vorwärts bewegte, sah aus wie Spielzeug. Nora betrachtete die Berge ringsum. Ihr Herz weitete sich vor Freude. Das also war Marcos Heimat.

Nora fuhr weiter und erreichte nach ein paar Minuten Präz. Das Dorf lag, wie Marco erzählt hatte, auf einem kleinen Plateau, zu dem die Strasse steil ins Dorf hinunterführte. Sie fuhr zwischen alten Häusern und Ställen hindurch, langsam am Restaurant und wenig später an Kirche und Friedhof vorbei.

Marco wartete bereits an der Strasse beim Dorfausgang, setzte sich auf den Sozius und wies ihr den Weg zum Hof.

Bevor sie ins Haus traten, zeigte er ihr den neuen Stall, der, am Abhang unter dem Dorf gelegen, tief in den Hang hineingebaut worden war.

Marcos Mutter kam aus der Küche, reichte Nora die Hand: «Ich bin die Rosmarie. Willkommen in unserem Haus!»

«Hallo Nora, ich bin der Andy!» Der Gemeindepräsident öffnete die Stubentür und liess sie eintreten.

«Wow! Sooo schön! Boden, Wände, Decke, alles aus Holz!», rief Nora begeistert.

«Freut mich, dass es dir gefällt.»

Andy bat Nora, Platz zu nehmen. Marco hängte ihre Lederjacke neben den grossen Kachelofen an die Wand. Rosmarie brachte selbst gebackenen Kuchen, dazu eine Kaffeekanne und einen Krug Milch. Nora rührte nur etwas Zucker in den Kaffee.

«Trinkst du keine Milch?», fragte Marco.

«Nein, wegen Laktoseintoleranz nicht.»

Rosmarie wollte wissen, wie Marco und Nora sich gefunden hatten.

«Marco! Nora! Erzählt doch einmal, wie ihr euch kennengelernt habt.»

Nora und Marco sahen einander an. Dann begann Marco, nicht ganz wahrheitsgemäss, zu berichten. Bei seinem Auftritt bei Nora am Tisch sei er noch fast nüchtern gewesen, habe nur etwas mit ihr geplaudert. Plötzlich sei Luca, einer ihrer Kollegen, aufgestanden und habe ihn zu Boden geschlagen. Nora sei aufgesprungen, habe Luca gestoppt und ihn gerettet.

Sein Vater runzelte die Stirn.

«Marco, Marco, jetzt übertreibst du aber! Ich vermute, dass du und deine Kollegen schon einige Mass Bier intus hattet, bevor du Nora entdeckt hast. Wahrscheinlich bist du betrunken vom Bank gefallen, und Nora musste die Sanität rufen.»

«Viel übertrieben hat er nicht. Luca hat Marco tatsächlich umgehauen. Als er noch weiter auf ihn einschlagen wollte, habe ich eingegriffen.»

«Nora hat den schwarzen Gurt in Karate, müsst ihr wissen», erklärte Marco begeistert.

«Meine Kollegen haben gesagt, sie hätte Luca mit einem blitzschnellen Fusschlag ausser Gefecht gesetzt.»

Nora wollte abwinken, doch Andy sagte: «Toll, Nora! Eine Frau, die kämpfen kann, die sich nicht unterkriegen lässt. Das gefällt mir!»

«Und, wie steht es mit der Liebe?», fragte Rosmarie mit leuchtenden Augen.

«Bist du dort auch bereit zu kämpfen?»

«Mit der Liebe ist das nicht so einfach», antwortete Nora etwas niedergeschlagen. «Auf diesem Gebiet bin ich nicht so begabt. Bis jetzt auf jeden Fall nicht.»

«Nora hat erst vor ein paar Wochen in München den richtigen Mann gefunden. Allerdings glaubt sie noch nicht so richtig daran!»

«Du schon, Marco?», fragte Nora erstaunt.

«Ja, sicher! Habe ich dir doch schon am Oktoberfest gesagt: Wir sind füreinander bestimmt, du brauchst nur noch etwas Zeit.»

«Liebe braucht Geduld, um zu wachsen», erklärte Rosmarie. Das war bei Andy und mir auch so. Ich habe gewartet, bis er soweit war, doch dann hat die Beziehung gehalten. – Wie alt bist du, Nora?»

«Am zwölften Dezember werde ich achtundzwanzig.»

«Und ich zwei Tage später! Ein weiteres Zeichen, dass wir füreinander bestimmt sind!», rief Marco begeistert.

Nora ging das alles zu schnell. Sie hatte Marco zwei Tage lang am Oktoberfest erlebt und war nun seit knapp zwei Stunden bei ihm zu Hause. Und schon wurde über ihre Beziehung geredet, als ob sie in einem Monat heiraten würden.

«Ich mag dich wirklich, Marco! Du bist ein netter Kerl, doch wir kennen uns erst seit ein paar Wochen. In dieser Zeit haben wir uns einige WhatsApp geschrieben und ein paar Mal telefoniert. Im Ganzen gesehen haben wir uns kaum drei Tage miteinander beschäftigt. Da kann man noch nicht von einer festen Beziehung reden, oder?»

«Es ist ein Anfang», lächelte Rosmarie.

«Und aller Anfang ist schwer.»

Andy hatte Nora längere Zeit schweigend beobachtet. Dann sagte er: «Es gibt wenig Menschen, denen ich auf Anhieb vertraue. Ich denke, dass du sehr gut zu uns passen würdest, Nora. Zu Marco, in unsere Familie.»

Nora spürte, wie sich etwas in ihrem Herzen öffnete. Etwas, das sich ihr ganzes Leben lang – ängstlich zusammengekauert – in einer dunklen Kellerecke versteckt hatte: Vertrauen, vielleicht sogar Liebe.

Diese Leute im kleinen Bergdorf Präz waren die ersten Menschen in ihrem Leben, die ihr von Anfang an uneingeschränktes Vertrauen schenkten.

Nora war überwältigt. Sie lief zum Fenster, sah in einen Garten voller Blumen hinunter. Weit unten lag das Tal, eingerahmt von Bergen, die ihr vertraut vorkamen.

Dann spürte sie eine Hand auf ihrer Schulter: «Lass dir Zeit, Nora. Komm auf Besuch, wann immer du willst. Ich warte auf dich.»

«Übrigens», hörte sie Andy sagen: «Es gibt Neuigkeiten in Bezug auf das Verschwinden deines Lehrers.»

Nora spürte, wie Marco zusammenzuckte.

«Neuigkeiten? Was für Neuigkeiten?»

«Ein italienischer Bauarbeiter, der beim Bau des Stalles die Verschalung der Mauer entfernte, soll der Polizei gemeldet haben, dass er in dem kleinen Erdrutsch den Holzgriff eines Regenschirms gesehen habe.»

Marco wurde bleich.

«Und wieso hat er das erst jetzt gemeldet?»

«Das hat die Polizei nicht gesagt. Vielleicht ist etwas geschehen, das seine Erinnerung aktiviert hat.»

Marco atmete hörbar erleichtert aus.

«Was ist mit dir Marco?», fragte seine Mutter.

«Ach, dieser Lehrer! Die Erinnerung an seine Strafen hat mich gerade einen Moment lang beschäftigt.»

«Ja, das war nicht schön! Wir hätten ihn unseren Kindern nicht so lange zumuten sollen ...», murmelte Andy.

«Und jetzt, wollen sie die Mauer aufbrechen oder von oben her alles aufgraben, weil sie vermuten, den Lehrer neben dem Schirm zu finden?»

«So etwas in der Art», antwortete Andy.

«Das wird ein Drama geben. Sicher kommen wieder Fernsehteams und natürlich die UFO-Anhänger, die, falls mein ehemaliger Lehrer gefunden wird, dann ihre ganzen Theorien begraben können. Und alles kommt in die Presse. Wochenlang! Ich würde mich nicht wundern, wenn auch die beiden Männer wieder auftauchen und Land kaufen wollen.»

Nora stand auf: «Ich muss jetzt gehen. Vielen Dank für eure Gastfreundschaft!»

Sie gab Rosmarie und Andy die Hand, umarmte Marco und stieg auf ihr Motorrad. Als sie die Strasse durch Präz hinauffuhr, war ihr, als ob sie ein Zuhause verlassen würde.

X

Jonas hatte bis spät am Abend gearbeitet. Weil die Zeit bis zum Druckbeginn knapp geworden war, hatte er seinen Artikel direkt ins Layoutprogramm der Zeitung geschrieben. Von dort war ein Ausdruck ins Korrekturbüro gegangen und kurz darauf mit ein paar wenigen Änderungen zurückgekommen.

Müde aber zufrieden hatte er den letzten Zug nach Thusis erwischt. Kurz bevor er anfuhr, öffnete sich noch einmal die Tür. Zwei junge Frauen stürmten laut lachend in den Wagen und setzten sich weiter vorne in ein Abteil. Jonas kannte die Stimmen: Cecil und Esther.

Er überlegte, ob er sich zu ihnen setzen sollte. Doch als er hörte, worüber sie sich unterhielten, liess er es bleiben: Männer, Eroberungen, abfällige Bemerkungen über Bekannte. Jonas fragte sich, wieso Lara solche Freundinnen hatte. Mit Schrecken erinnerte er sich daran, wie Cecil und Esther ihn einmal unter einem Vorwand in ihre Wohnung gelockt und versucht hatten, ihn zu verführen.

«Hast du etwas von Lara gehört?»

«Nein», antwortete Esther. «Und du?»

«Ich auch nicht, nicht einmal auf mein WhatsApp hat sie geantwortet. Du weisst ja: Jonas! Er geht immer vor. Für ihn lässt sie uns jederzeit stehen.»

«Würde ich ehrlich gesagt auch, wenn ich so einen Freund hätte», seufzte Esther.

«Ich aber nicht!», rief Cecil. «Ich will noch jede Menge Spass haben in meinem Leben. Ein fester Freund würde mich einengen. Nach Lust und Laune Männer aufzureissen wie jetzt, damit wäre es dann vorbei. Du weisst ja, wie das ist: Treue geht einem verliebten Mann über alles. Sonst lässt er dich stehen. Das habe ich einmal erlebt und nie wieder!»

«Ich weiss nicht», sagte Esther ruhig, «dein Ex-Freund war doch ein toller Mann, finde ich.»

«Ein toller Mann? Ja, gross und gutaussehend aber einfach zu anhänglich. Er wollte mich nur für sich haben, immer mit mir zusammen sein. Und dann seine Mutter. Eine schreckliche Frau! Jeden Sonntagabend mussten wir bei ihr zum Nachtessen antraben. Ständig hat sie die ganze Familie um sich geschart und darüber geklagt, wie schwer es eine geschiedene Frau habe.»

«Meine Mama ist auch geschieden», sagte Esther traurig. «Sie würde sich freuen, wenn ich mit einem anständigen Mann, mit so einem wie Jonas zum Beispiel, nach Hause käme.»

«Esther! Jonas ist vielleicht gar nicht so anständig.»

«Wie meinst du das?»

«Er soll mit Laras Mutter ein ziemlich enges Verhältnis haben.»

«Ja natürlich, sie ist quasi seine Schwiegermutter, oder? Und zudem gut zwanzig Jahre älter. Wie kommst du auf so eine Idee, Cecil? Du hast ja selbst erfahren, dass Jonas nicht so leicht zu verführen ist.»

«Na ja, vielleicht steht Jonas ja auf ältere Frauen.»

Jonas hatte bis jetzt unbemerkt zugehört. Doch das mit Christa konnte er nicht so stehen lassen. Dazu bedeutete sie ihm zu viel. Er stand auf und lief nach vorn.

«Jonas! Mein Gott, wo kommst du denn her?», schrie Cecil und wurde rot bis über beide Ohren.

«Von weiter hinten.»

«Du hast nicht etwa zugehört ...?»

«Doch, alles habe ich gehört, Cecil: Dass du verbreitest, dass ich mit Laras Mutter ein Verhältnis habe, finde ich mehr als schlimm. Schäm dich! Das werde ich Lara erzählen und ich hoffe, dass du dann für alle Zeiten ihre Freundin gewesen bist!»

«Ach, Scheisse, Jonas! Das war doch nur ein dummer Scherz, ich wollte Esther damit schockieren. Du weisst ja, wenn man alles glauben würde, was ...»

«Esther, danke, dass du mich verteidigt hast. Das war sehr anständig von dir. Ich habe nicht gewusst, dass deine Mutter geschieden ist. Und dass du sie gerne mit einem anständigen Freund, wie ich einer bin, besuchen würdest, hat mich enorm gefreut.»

«Danke, Jonas!», flüsterte Esther mit einem ängstlichen Blick auf Cecil, die sich abgewandt hatte und durch die Scheibe in die Dunkelheit starrte.

«Nächste Station Thusis!», tönte es aus dem Lautsprecher. Jonas öffnete die Tür, trat in den Gang hinaus und wartete, bis der Zug anhielt.

XI

Als er ins Wohnzimmer trat, sassen seine Eltern zusammen vor dem Fernseher. Scheinbar hatten sie sich ausnahmsweise auf einen Film einigen können.

«Hallo Jonas, du bist aber spät dran ...»

Anna stand auf und umarmte ihren Sohn.

«Ich musste noch einen dringenden Bericht schreiben, der morgen in der Zeitung stehen soll.»

Martin liess sich nicht ablenken. Er konnte, wie Jonas auch, vollständig in eine Geschichte eintauchen und vergass dann alles rundherum.

Der Film war ziemlich bedrohlich. Er handelte von einem Mädchen, das in die Fänge eines Menschenhändlers geraten war. Mithilfe eines alten Motorbootbesitzers, der sie aus Mitleid bis zum nächsten Hafen mitgenommen hatte, war ihr die Flucht gelungen.

Jonas wusste, dass sein Vater spannende Thriller liebte, ganz im Gegensatz zu seiner Mutter.

Anna liess Martin allein, ging mit Jonas in die Küche und bereitete ihm ein Nachtessen zu.

«Mama, warum schaust du solche Filme?»

«Dein Vater und ich haben ein Abkommen geschlossen. Ich schaue mit ihm seine Thriller, und er muss mit mir meine Liebesfilme anschauen. Wobei es ihm wahrscheinlich schwerer fällt als mir.»

«Wieso denn? Ihr habt doch sonst nie zusammen einen Film angeschaut.»

«Es ist eine Therapie, Jonas. Wir waren bei Markus, weil wir uns nicht mehr verstanden haben.»

«Wieso nicht bei einem Eheberater?»

«Dein Vater meinte, dass Markus genau der Richtige wäre. Und ich glaube, er hat recht gehabt.»

«Was habt ihr denn für Probleme, Mama?»

«Wie du weisst, ist dein Vater nicht gerade ein grosser Kommunikator. Und seit du meist bei Lara übernachtest, fühle ich mich oft allein. Dein Vater kommt aus der Praxis und redet den ganzen Abend kaum ein Wort mit mir. Du kennst ihn ja. Letzthin habe ich ihm spasshalber erzählt, dass ich mit dem Pfarrer etwas hätte. Er hat nur gemurmelt, dass ich selbst entscheiden solle, was ich täte.»

«Aber Mama, das hätte ich auch nicht geglaubt.»

«Dein Vater hat es nicht nur nicht geglaubt, er hat es nicht einmal gehört. Ich habe dann mit Rosa telefoniert und ihr mein Herz ausgeschüttet. Sie hat mir vorgeschlagen, deinen Vater zu einer Therapie zu überreden. Du kannst dir vorstellen, dass er nicht sehr begeistert war. Es hat lange gedauert, bis er begriffen hat, dass unsere Ehe auf dem Spiel steht. Als er dann soweit war, sagte er, dass für ihn nur Markus infrage komme.»

«Und? Was hat der gesagt?», fragte Jonas neugierig.

«Dein Vater sei ein typischer Asperger, das wisse er schon seit der gemeinsamen Studienzeit. Er habe sich immer gewundert, dass er überhaupt eine Frau gefunden habe. Dann hat er Martin ins Gewissen geredet und ihm vorgeschlagen, sich bewusst mehr um mich zu kümmern, mich auch als Frau wahrzunehmen.»

«Ein Asperger? Was ist denn das?»

«Das soll eine abgeschwächte Form von Autismus sein. Diese Leute sind sehr introvertiert, haben Schwierigkeiten, Emotionen zu zeigen und bei anderen Leuten zu erkennen, was natürlich oft zu Missverständnissen in der Kommunikation führt. All das habe ich leider nicht gewusst, als ich deinen Vater kennenlernte.»

«Und seine Therapie besteht darin, dass ihr gemeinsam Filme anschaut?»

«Er hofft, dass Martin durch das Anschauen der Filme einen Zugang zu mir findet. Es ist allerdings nicht einfach für ihn. Im Moment langweilt er sich nur. Er kann diese Gefühlswelt nicht nachvollziehen.»

«Und wieso musst du seine Thriller mit anschauen?»

«Ich soll lernen, starke Emotionen auszuhalten, um deinen Vater besser zu verstehen: Spannung, Gefahr, Konflikte. All das, was ihm nur die Nerven kitzelt.»

Jonas schüttelte den Kopf.

«Mama, ich weiss nicht, ob das etwas bringt. Du kannst dich nicht ändern und Papa auch nicht. Ich glaube fast, Markus benutzt euch beide für ein Experiment.»

«Kann schon sein, Jonas. Er hat mir noch etwas anderes vorgeschlagen, um herauszufinden, ob dein Vater überhaupt zu einem Gefühl wie Eifersucht fähig ist.»

«Mama, das geht jetzt aber zu weit! So etwas kann nur einem Psychiater einfallen. Das kannst du Papa nicht zumuten!»

«Vor ein paar Monaten hätte ich das auch noch gedacht, Jonas, doch jetzt ...»

Jonas erschrak. «Was jetzt?»

«Weisst du, ich war so einsam ..., so verzweifelt ... Stefan hat das gespürt ... Wir waren vor langer Zeit einmal zusammen ..., bevor ich deinen Vater kennenlernte ...»

XII

Lara hatte sich über Mittag nur kurz am Telefon gemeldet und Jonas erklärt, dass sie mit Sarah den ganzen Abend Therapien für den nächsten Tag besprechen müsse und spät nach Hause komme.

«Du kannst dich also noch etwas länger von mir erholen», hatte sie gemeint und das Gespräch beendet.

Jonas war frustriert. So eine Behandlung war er nicht gewohnt. Der Nachmittag schien endlos, das Schreiben fiel ihm schwer. Als endlich Feierabend war und er in Thusis aus dem Zug stieg, lief er hinauf zur Villa. Vielleicht wusste Christa, was mit Lara los war.

Christa öffnete in einem weissen Homedress die Tür.

«Hallo Jonas, komm herein. Möchtest du etwas essen?»

«Nein danke», lehnte Jonas ab.

«Ich komme wegen Lara ...»

«Das habe ich mir fast gedacht», lächelte Christa.

«Trinkst du wenigstens ein Glas Wein mit mir?»

«Ja gerne, aber nur eines. Ich möchte nicht wieder der Kuschelei bezichtigt werden.»

«Oh, hat deine Mutter dich wieder ...»

«Nein, Christa, diesmal war es Cecil. Sie hat erzählt, dass ich ein ziemlich enges Verhältnis zu dir habe.»

«Ein enges Verhältnis? Oje, das finde ich seltsam. Wo wir uns doch so ganz und gar nicht mögen, oder Jonas? Komm, setzt dich. Der Wein kommt gleich.»

Christa verschwand in der Küche.

Kurz darauf kam sie mit einer Karaffe zurück, stellte zwei Weingläser auf den Salontisch und schenkte ein.

Dann setzte sie sich neben Jonas auf die Couch, prostete ihm zu und trank einen Schluck.

«Ich möchte nicht, dass Lara ...»

«Lara kommt heute sehr spät ... Wir haben jede Menge Zeit ... Komm, entspann dich ...», flüsterte Christa.

Als Lara früher als erwartet zur Tür hereinstürmte, lag Jonas schlafend auf der Couch. Christa stand rauchend auf der Terrasse, kam ihr entgegen und küsste sie auf beide Wangen.

«Und? Wie geht es Jonas?»

«Siehst du doch, er schläft.»

«Du hast ihn wieder einmal mit Wein abgefüllt!»

«Ach, das bisschen Wein ... Es entspannt, vertreibt die Sorgen ...»

«Mama, mir geht es nicht gut! Ich bin so angespannt wegen Nico. Ständig muss ich an ihn denken. Ich habe ein schlechtes Gewissen. Was soll ich nur machen?»

«Ganz einfach, Lara. Sag Jonas, dass du dich in einen anderen Mann verliebt hast.»

«Aber Mama! Ich bin doch noch gar nicht verliebt!»

«Wieso musst du denn ständig an ihn denken? Vielleicht aus Freundschaft, aus Nächstenliebe oder aus Mitleid, weil du bei Jonas bleiben willst?»

Jonas hörte Stimmen, nickte wieder ein, dämmerte weg ... Doch dann war er plötzlich hellwach. Mit einem Ruck setzte er sich auf: «Lara! Du bist schon da?»

Lara setzte sich zu ihm auf die Couch, umarmte ihn und begann zu weinen.

«Was ist? Wieso weinst du?»

«Wenn ich es dir sage, wirst du mich gleich nicht mehr mögen», schluchzte Lara.

«Das glaube ich nicht, Lara. Du weisst ja, dass wir seit dem Kindergarten und für immer und ewig füreinander bestimmt sind. Da gibt es keine Geheimnisse.»

«Leider doch, Jonas. Leider, doch ...»

Christa setzte sich neben Lara auf die Couch.

«Jonas, es ist ganz einfach: Lara hat sich in einen anderen Mann verliebt!»

Jonas rieb sich die Augen, wusste nicht, ob er wach war oder noch träumte.

«Ist das wahr?»

«Ja, leider ist es wahr», schluchzte Lara.

Jonas fühlte sich auf einmal ganz leicht.

«Und? Wer ist es?»

«Nico», schluchzte Lara.

«Nico?»

Jonas war nicht einmal erstaunt. Er stand auf, verabschiedete sich von Christa und verliess die Villa.

Auf dem Weg nach Hause hörte er eine bekannte Stimme: *Was ist, das ist, was kommt, das kommt ...*

XIII

Als Nico gegen Mitternacht nach Hause kam, schlief sein Vater bereits tief und fest. Sein Schnarchen war durch die geschlossene Tür bis ins Wohnzimmer zu hören. Seine Mutter war noch auf, lag auf der Couch und schaute eine Kochsendung auf ihrem Tablet.

«Hi Mama!»

«Nico? Endlich! Ich habe mir schon Sorgen gemacht. Wo warst du denn so lange?»

Nico überlegte, ob er Rosa erzählen sollte, was geschehen war. Doch da sein Herz vor Freude und Glück überfloss, musste er etwas davon weitergeben.

«Mama, sie hat ihn gefunden?»

«Wer hat wen gefunden?»

«Lara hat den ganz besonderen Mann gefunden?»

«Oje, und das hat dir so zu schaffen gemacht, dass du dich nicht nach Hause getraut hast?»

«Nein, im Gegenteil!»

«Wie meinst du das, Nico? Hast du Lara gesehen?»

«Ich habe sie sogar nach Hause gefahren.»

Rosa konnte es kaum fassen. Seit dem ersten Tag im Kindergarten hatte Nico darauf gehofft, dass sich Lara eines Tages für ihn entscheiden würde. Und nun, fast zwanzig Jahre später, war er seinem Ziel endlich ein Stück nähergekommen.

Mit Tränen in den Augen stand sie auf und umarmte ihren Sohn.

«Oh, Nico, das freut mich so für dich, vielleicht geht dein Traum doch noch in Erfüllung.»

Mehr wollte Nico seiner Mutter nicht erzählen. Wenn Lara Cecil gewesen wäre, hätte er sich keine Hoffnungen auf mehr machen können. Doch Lara war anders, das wusste er seit dem Kindergarten. Sie war seine grosse Liebe, seine Königin, die er ein ganzes Leben lang auf Händen tragen würde. Bald würde nichts und niemand sie noch trennen können.

Nico wusste allerdings auch, dass er nur durch Noras Zuwendung Eifersucht, Wut, Verzweiflung und Hass hatte überwinden können. Durch die Zeit mit ihr hatte sich sein Herz wieder der Liebe geöffnet.

Nico ging schlafen und erwachte bald darauf in einem Traum. Diesmal sass er jedoch nicht auf einer kleinen Insel, sondern an einem langen weissen Sandstrand, vor dem sich eine smaragdfarbene Wasserfläche bis zum Horizont ausdehnte. Hinter ihm ragte ein Berg in den Himmel, der weit hinauf bewaldet war. Schön ist es hier, dachte er. Doch was mache ich auf diesem Strand so ganz allein? Er stand auf, überlegte, in welche Richtung er gehen sollte und entschied sich dann, auf den Berg zuzulaufen.

Bald hörte der Sand auf, Nico sah seine nackten Füsse über saftig grünes Gras laufen. Ein Fluss, so blau wie das Meer, floss vom Berg herunter und verschwand in der Ferne. Nach einer Weile erreichte er den Rand einer Senke und entdeckte in deren Mitte einen Bauernhof, wo Kühe und Pferde weideten.

Nico suchte und fand einen Pfad. Er führte dem Hang entlang hinunter ins Weideland und von dort geradewegs auf den Hof zu. Plötzlich kam ein weisses Pferd auf ihn zugaloppiert, blieb vor ihm stehen und warf wiehernd den Kopf in die Höhe.

Nico überlegte nicht lange. Das schöne Tier setzte sich in Bewegung, trabte eine Weile und fiel dann in einen leichten Galopp. Nico hielt sich mit beiden Händen an der weissen Mähne fest. Und obwohl er noch nie auf einem Pferd gesessen hatte, fühlte er sich absolut sicher.

Als sie sich dem Hof näherten, trat eine Frau mit langen blonden Haaren aus dem Haus und winkte ihm zu.

Er winkte zurück und fühlte, wie ihn eine unglaubliche Wiedersehensfreude erfasste.

Am anderen Morgen hatte Nico den Traum vergessen. Gutgelaunt stand er auf und frühstückte ausgiebig mit seinen Eltern.

«Reto, ich glaube, Nico wird bald heiraten», sagte Rosa und schaute gedankenverloren in die Ferne.

«Wie kommst du denn darauf?», knurrte Reto.

«Mein Gefühl sagt mir das! – Mein Herz!»

Nico leerte seine Kaffeetasse, stand auf, trat hinter seinen Vater und legte beide Hände auf seine Schultern: «Papa, bald wird sich einiges ändern. Nicht mehr lange und Lara und ich werden ein Paar sein. Und du und Mama vielleicht bald Grosseltern.»

XIV

In der Nacht kamen die schlimmen Träume wieder. Jonas wurde gefoltert und danach in einen dunklen Kerker geworfen, in dem es nach Exkrementen und Tod roch. Schreiend wachte er auf, machte Licht und sass lange Zeit, am ganzen Körper zitternd, auf dem Bett.

Beim Morgenessen sah ihn seine Mutter forschend an: «Alles in Ordnung, Jonas?»

«Nein, nichts ist in Ordnung! Gar nichts! Lara hat sich in Nico verliebt und ich habe die schrecklichen Träume wieder.»

Martin liess die Zeitung sinken.

«Was? Lara hat sich in Nico verliebt? Wie hat er denn das geschafft?»

Jonas zuckte mit den Schultern. Dann erzählte er, was am vorherigen Abend in der Villa geschehen war.

«Christa hat es dir gesagt? Wieso nicht Lara?»

«Sie konnte nicht. Sie hat so geweint …»

«Und die Träume? Sie sind auch wiedergekommen?»

«Ja, es war schrecklich! Ich bin gefoltert und in einen Kerker geworfen worden …»

«Und warum bist du nicht zu uns gekommen?»

«Ich habe gedacht, ihr habt genug eigene Probleme. Und zudem wollte ich das selbst bewältigen, sonst hört es nie auf …», antwortete Jonas.

Nach dem Frühstück lief er ins Dorf hinunter. Er kam an der Buchhandlung vorbei, wo seine Mutter ab und zu Lesungen besuchte, blieb stehen und betrachtete die Bücher im Schaufenster. Zwischen Romanen bekannter Autoren entdeckte er ein Buch mit dem Titel *Psychische Phänomene*.

Einem inneren Impuls folgend, betrat er die Buchhandlung.

«Hallo Jonas, das ist aber eine Überraschung! Du bist ja ein richtiger Mann geworden», rief Lorena, die Inhaberin der Buchhandlung, mit deren Sohn er die Schule besucht hatte.

«Wie geht es dir? Möchtest du ein Buch aussuchen? Ich schenke dir eins.»

Jonas war überrascht, dass ihn Lorena noch erkannte. Das letzte Mal hatte er sie vor zehn Jahren bei einem Schulabschluss zusammen mit seiner Mutter getroffen.

«Äh, gern», stammelte er. «Ich habe da eines im Schaufenster gesehen …»

«Ok, zeig es mir.»

«Das möchtest du haben?», fragte Lorena etwas erstaunt. «Das ist aber ein spezielles Thema.»

«Kann sein, aber es spricht mich an.»

Während Lorena das Buch einpackte, erzählte Jonas ihr ein wenig von seiner Tätigkeit als Journalist.

«Und, wie geht es Lara? Ihr seid doch immer noch zusammen, oder?», fragte Lorena, die seit Jahren die Dreiecksbeziehung Jonas-Lara-Nico mit Anteilnahme und Interesse verfolgt hatte.

«Nein, Lara hat sich jetzt in Nico verliebt ...»

«Oje, das tut mir aber leid! Hat dieser Nico sie doch noch herumgekriegt, das hätte ich nicht gedacht! Das muss aber schmerzhaft für dich sein, Jonas, oder?»

Jonas zuckte mit den Schultern.

«Ja, schon ...», murmelte er abwesend.»

«Und deine Eltern?»

«Meine Eltern? Die machen im Moment eine Therapie.»

«Was denn für eine Therapie?»

«Sie schauen zusammen Filme an.»

«Und das ist eine Therapie?»

«Ja, weil beide das schauen müssen, was eigentlich nur den anderen interessiert.»

XV

Mehrere Wochen waren vergangen. Es hatte den ganzen Tag geregnet. Lara traf sich mit Nico im gleichen Café wie beim ersten Mal. Mit Tränen in den Augen erzählte sie, dass Jonas sie seinetwegen verlassen habe.

«Meine Mama hat ihm gesagt, dass ich mich in dich verliebt habe. Danach hat er mich auf die Seite geschoben wie ein lästiges Spielzeug und ist nach Hause gegangen. Seither habe ich nichts mehr von ihm gehört.»

Ungeachtet der Leute, die neben ihnen im Café sassen, begann Lara jämmerlich zu weinen.

Als ihr kleines Taschentuch die Tränen nicht mehr auffangen konnte, reichte ihr Nico die Papierserviette, die auf dem Tisch lag. Lara wischte sich damit die Augen trocken, schnäuzte ein paar Mal kräftig hinein und lächelte Nico dann entschuldigend an.

«Weisst du, Nico. Ich weiss ja gar nicht, ob ich mich wirklich in dich verliebt habe. Meine Mama hat das behauptet.»

«Wie kann sie das denn wissen, deine Mama?»

«Sie hat gesagt, wenn ich immer an dich denken müsse, sei das der Beweis, dass ich verliebt bin.»

«Ich denke auch immer an dich, Lara. Das aber seit vielen Jahren, eigentlich seit dem Kindergarten. Ich glaube, das hat nichts mehr mit Verliebtheit zu tun. Das ist dann viel mehr.»

«Liebe?», fragte Lara und begann wieder zu weinen.

«Du liebst mich wirklich, Nico? Und du hast sogar Kirchenglocken gehört? Ach, ist das romantisch!», schniefte sie. «So etwas hätte Jonas nie gesagt.»

Nico schaute zum Fenster hinaus. Leute mit Schirmen eilten vorbei und verschwanden auf der Rolltreppe zur Bahnhofunterführung, während andere gleichzeitig auftauchten. Ein Mann mit Regenmantel und Hut hielt den Schirm über eine junge Frau. Die beiden betraten das Café. Der Mann zeigte auf den leeren Tisch neben Nico und Lara.

«Lara! Welche Überraschung!», rief Tom.

«Papa!»

Lara, stand auf, küsste ihren Vater auf die Wangen und reichte Soja die Hand.

«Hallo Soja. Lange nicht gesehen. Papa, das ist Nico. Kennst du ihn noch?»

Tom verschlug es die Sprache. Er sah den gutaussehenden jungen Mann an, dann fragend Lara, dann wieder Nico. Soja drängte ihn auf die Seite und reichte Nico die Hand: «Ich bin Soja. Schön, dich kennenzulernen, Nico. Ich habe schon viel von dir gehört.»

«Ja, ich weiss. Ich von dir auch.»

«Aber Lara ... Wo ist Jonas?», fragte Tom verwirrt.

Lara zog ihren Vater neben sich auf den Stuhl, Soja setzte sich mit einem Lächeln neben Nico.

«Nico, ich habe dich ganz anders in Erinnerung», stammelte Tom verlegen.

«Hast du dich mit ihm versöhnt, Lara? Oder wie soll ich das verstehen?»

«Papa, halt dich fest: Ich habe mich nicht nur mit Nico versöhnt, ich glaube sogar, ich habe mich in ihn verliebt. Hat wenigstens deine Ex behauptet!»

«Christa? Wie kommt sie denn darauf?»

Lara erklärte ihrem Vater geduldig, was in der Zwischenzeit alles passiert war. Tom hatte Mühe, mit dieser Veränderung zurechtzukommen. Für ihn war Jonas wie ein Sohn, er konnte sich einfach nicht vorstellen, dass Lara nicht mehr mit ihm zusammen war.

«Aber Papa, ist das so schwer zu begreifen? Du bist doch damals auch einfach bei Soja geblieben und hast Mama von einem Tag auf den anderen verlassen, oder?»

«Ja, Tom, so war das!», sagte Soja bestimmt.

«Jaja, Soja, ich weiss, ich weiss ... Und wie geht es jetzt weiter mit euch? Was hast du für Zukunftspläne, Nico?»

«Tom, du weisst ja, dass ich Lara schon immer wollte. Für mich gibt es nicht den geringsten Zweifel.»

«Nico hört sogar Hochzeitsglocken, wenn er an mich denkt. Ist das nicht wundervoll romantisch, Papa?»

«Hochzeitsglocken?» Tom schluckte leer.

Nico schaute grinsend Tom, Lara und Soja an: «Von mir aus können wir schon morgen heiraten.»

Soja bekam einen Lachanfall. Lara lachte mit. Nur Tom fand die ganze Sache nicht lustig. Er konnte es einfach nicht glauben. Das musste näher abgeklärt werden. Tom beschloss, Martin und Anna zu besuchen. Er fand, dass dieser Fall noch einmal besprochen werden sollte.

Nico nahm Toms Skepsis gelassen. Er wusste mit Bestimmtheit, dass auch Laras Vater nichts mehr daran ändern konnte, dass seine Tochter sich endlich für ihn entschieden hatte.

Sie verabschiedeten sich bei strömendem Regen. Tom spannte den Schirm auf und lief mit Soja in die Stadt. Nico und Lara rannten durch den Regen zum Parkplatz, stiegen in den Rover und fuhren zu Nico nach Hause.

XVI

Jonas hatte Feierabend. Er lag auf seinem Bett, las im Buch *Psychische Phänomene* und hoffte, darin etwas zu finden, das seine Albträume erklären konnte. Doch er wurde enttäuscht. Alles Mögliche kam zur Sprache nur nicht das, was er erlebt hatte.

Er warf das Buch aufs Bett und sprang die Treppe hinunter ins Wohnzimmer. Alles war still. Sein Vater war noch in der Praxis, seine Mutter in der Chorprobe. Die Abende mit Lara und Christa gab es nicht mehr. Auch nach ein paar Wochen verstand er noch nicht, wie es Nico nach all den Jahren gelungen war, Lara für sich zu gewinnen?

Jonas war es nicht gewohnt, um etwas zu kämpfen. Und um Lara schon gar nicht. Seit ihrer ersten Begegnung im Kindergarten hatte immer sie sich um ihn bemüht. Bis vor drei Wochen. Erst jetzt wurde ihm bewusst, dass das unangenehme Ziehen in seinem Herzen Sehnsucht war. Lara war für ihn da gewesen wie eine Mutter für ihr Kind. Sie hatte ihn mit Liebe überschüttet, stets unterstützt, akzeptiert und sogar bei ihren Freundinnen verteidigt. Sie hatte mit ihm gelitten, als die grosse Traurigkeit gekommen war, und ihn aufgemuntert, wenn er am Leben zweifelte.

Jonas dämmerte langsam, dass sein Leben ohne Lara eine völlig andere Richtung nehmen würde. Es war, als ob eine Lokomotive auf ein anderes Gleis gestellt worden wäre. Und im Führerstand stand nicht mehr Lara, die ihm mit ihren Vorstellungen von einem gemeinsamen Leben mit Haus und Kindern Halt und Boden gegeben hatte. Das Schlimmste aber war, dass er keine Ahnung hatte, was er mit einem Leben ohne Lara anfangen sollte.

Er hatte einen Job bei der Zeitung und verdiente genug, um seinen Lebensunterhalt zu bestreiten, auf jeden Fall so lange er noch bei seinen Eltern lebte. Doch das war auch schon alles. Wie ging es weiter?

Jonas spürte, wie sich in seinem Bauch etwas aufbaute und langsam ausdehnte: Angst! Sie liess sein Herz schneller schlagen. So schnell, dass er in Panik geriet und die Treppe hinunter in die Praxis seines Vaters stürmte.

Martin erkannte auf Anhieb, was mit seinem Sohn los war. Er gab ihm ein Beruhigungsmittel, wartete, bis er sich etwas erholt hatte, und fragte dann: «Was war denn diesmal der Auslöser für deine Panikattacke?»

«Meine Zukunft ohne Lara! Ich weiss nicht, wie ich diese Leere in mir ausfüllen soll! Das macht mir Angst! Ich brauche etwas, das meinem Leben einen Sinn gibt, das mir hilft, Lara zu vergessen.»

«Ich kann dir sagen, um was es sich lohnt zu leben, Jonas», sagte Martin ruhig: «Studiere Medizin, werde Arzt!»

«Arzt? Ich weiss nicht, ob ich ein Medizinstudium schaffen werde. Das dauert so lange und dann all diese strengen Prüfungen ...»

«Jonas, du bist intelligent, hast in der Grundschule sogar eine Klasse überspringen können. Ich bin sicher, dass du es schaffen kannst, wenn du nur willst!»

«Und wie soll ich das finanzieren?»

«Wir werden dir helfen. Deine Mutter und ich!»

XVII

Die Kühe waren noch auf der Alp, der Stall fast leer, als Inspektor Peter Klaus sich mit Andy, dem Gemeindepräsidenten von Präz, und einem Vertreter der Baufirma traf, um – aufgrund einer vor Jahren gemachten Beobachtung eines Bauarbeiters – die Suche nach dem verschwundenen Lehrer wieder aufzunehmen. Um Giovannis UFO-Freunde und die Presse fernzuhalten, beschloss man, vom Inneren des Stalles her zu suchen. Und da Giovanni nicht mehr genau gewusst hatte, wo der Holzgriff des Ombrellos aus der Erde geragt hatte, entschied man sich, die Mauer in der Mitte des Stalles zu öffnen. Nah an der Mauer befand sich das hohe seitliche Tor, durch das im Sommer das Heu in den Stall transportiert wurde. Der Abstand zwischen der Mauer und dem Barmen der Kühe war breit genug, um das Material der Grabung innerhalb des Stalles aufzunehmen.

Als der Inspektor vor der Wand stand, hinter der eine massive Betonmauer einen Toten verbergen sollte, fühlte er sich seltsam. Das Opfer war ein Mann, mit dessen Frau Klara er vor einiger Zeit ein längeres Gespräch am Küchentisch geführt hatte. Ihre Geschichte hatte ihn lange beschäftigt. Der Lehrer hatte nach aussen ein anderes Gesicht gezeigt als zu Hause. Klara hatte jahrelang unter ihm gelitten. Bernard habe sie auf Schritt und Tritt kontrolliert und überwacht, hatte sie geklagt. Besonders seltsam fand der Inspektor seine Abneigung, fotografiert zu werden.

«Haben sie Klara schon informiert?»

«Noch nicht», knurrte Klaus.

«Wenn er nicht hinter dieser Mauer liegt, bleibt die ganze Untersuchung geheim bis ...»

«Bis?», fragte Andy.

«Der ganze Fall ist noch komplexer, als vermutet. Wir haben in seiner Wohnung ein paar Dinge gefunden, die mit Sicherheit kein Lehrer für seine Berufsausübung braucht.»

«Was für Dinge?»

«Andy, das kann ich ihnen nicht sagen, bis jetzt sind es nur Puzzleteile.»

Dass der Inspektor so geheimnisvoll tat, nervte den Gemeindepräsidenten. Was konnte Bernard denn schon verbrochen haben? Andy hatte vor fast fünfundzwanzig Jahren für den damals dreissigjährigen Bernard gestimmt und war, bis auf das, was mit Marco passiert war, mit ihm zufrieden gewesen. Er hatte damals – mit dem Schulrat zusammen – den Lebenslauf des jungen Lehrers genau studiert: Bernard war zweisprachig, als italienisch-schweizerischer Doppelbürger, in einem kleinen Dorf nahe der italienischen Grenze aufgewachsen. Der Vater Italiener, die Mutter Schweizerin. Bernard war sechzehnjährig mit der Mutter nach Locarno gezogen und hatte dort das Gymnasium besucht. Eines Tages hatte er, gegen den Willen der Mutter, die Schule abgebrochen, um in dem kleinen Grenzdorf bei seinem Vater zu leben. Nach vier Jahren sei sein Vater unter ungeklärten Umständen eines gewaltsamen Todes gestorben, hatte er erzählt. Drei Jahre habe er noch allein in seinem Haus gelebt. Dann sei er in die Deutschschweiz gezogen, habe in Chur die Aufnahmeprüfung ans Lehrerseminar bestanden und dort seine Frau Klara kennengelernt.

«Und falls wir nichts finden, Inspektor? Was dann?»

«Dann bleibt alles beim Alten. Wir müssen eine andere Spur suchen und Giovanni behält seine UFO-Anhänger.»

Andy überlegte. Falls Bernard nicht hinter dieser Mauer lag, wo war er dann? Marco, sein Sohn, hatte einmal gesagt, dass ihn vielleicht Gott habe verschwinden lassen, dass so etwas ja in seiner Macht liegen müsste, falls er sich denn einmal für die Guten und gegen die Bösen entscheiden könnte.

Die Guten? Die Bösen? Andy hatte Mühe mit dieser Schwarz-Weiss-Denkweise. Bernard war, wie alle Menschen, nicht nur gut gewesen. Ab und zu war er sogar völlig ausgerastet, hatte Gegenstände durchs Schulzimmer geworfen und Schüler vor die Tür gestellt.

«Inspektor, ist es möglich, dass ich erfahre, was in Bernards Wohnung noch gefunden wurde? Es würde mir helfen, ihn besser zu verstehen. Vielleicht könnte ich dadurch sogar bei der Aufklärung helfen.»

Peter Klaus überlegte eine Weile: «Also gut, Andy, unter der Voraussetzung, dass sie es absolut vertraulich behandeln! Können sie das versprechen?»

«Inspektor, ich bin der Gemeindepräsident, ich halte immer, was ich verspreche!»

«Ok, Andy. Ich glaube ihnen. Allerdings nicht, weil sie ein politisches Amt bekleiden. Wie sie wissen, kann man denen noch weniger vertrauen als der Polizei. Doch vielleicht können sie uns ja wirklich weiterhelfen.

Also, Andy! Im Keller der Lehrer-Wohnung fanden unsere Leute – gut versteckt im Lüftungsschacht – eine Pistole, eine Beretta 92 mit Schalldämpfer. Dazu zwei Schachteln Munition.»

Andy wurde bleich und erinnerte sich plötzlich daran, was Bernard ihm eines Abends im Dorfrestaurant erzählt hatte: Dass er sieben Jahre bei seinem Vater in

dem kleinen Dorf nah an der italienischen Grenze gewohnt habe. Und wovon gelebt? Wir haben geschmug-
gelt, hatte er erzählt. Und wie ist dein Vater gestorben?
Man hat ihn eines Abends auf dem Heimweg aus einem
fahrenden Auto heraus erschossen. Auf die Frage, ob
er denn in der Gegend Feinde gehabt habe, hatte Bernard
geantwortet: «Wenn man dazu gehört ... Ich habe
seine Arbeit übernommen. Er ist gerächt worden. Das
war das Wenigste, was ich für ihn und seine Ehre tun
konnte ...»

XVIII

Es war früher Montagmorgen, als die Arbeiter der
Baufirma mit ihren Werkzeugen den Stall betraten.

Andy, Inspektor Klaus und ein Assistent waren bereits vor Ort. Zuerst wurde die Holzwand – auf drei
Metern Breite und zwei Metern Höhe – mit der Motor-
säge aufgemacht.

Bis vierzig Zentimeter Eisenbeton auf einer Fläche
von sechs Quadratmetern aufgebrochen werden konnten, dauerte es. Das Rattern des Presslufthammers
dröhnte tagelang durchs Dorf.

Schon am ersten Tag kamen ein paar Nachbarn
und wollten die Baustelle besichtigen, wurden jedoch
von Andy aufgehalten. Er erklärte ihnen, dass der Zugang bis auf Weiteres von der Bauleitung nicht ge-
stattet werde. Als Begründung gab er an, dass die
Baustelle wegen eindringendem Wasser mit einer gewissen Gefahr verbunden sei. Da der Stall erst vor ein

paar Jahren gebaut worden war und während der ganzen Bauzeit nie die Rede davon gewesen war, dass Wasser ein Problem sei, begannen die Nachbarn zu reden.

Andy informierte am Abend die Dorfbewohner am Stammtisch. Er beharrte darauf, dass seit einiger Zeit Wasser in den Stall eindringe, weil die Mauer nachlässig gebaut worden sei.

«Und was ist mit den beiden Männern, die in deinem Stall herumstehen und nur zuschauen?»

Andy nahm einen Schluck Bier und erklärte: «Leute, wenn ich das genau wüsste ... Das sind Archäologen, sie haben etwas von einem Weg, erzählt, der einst von den Römern hinter meinem Stall angelegt worden sein soll.»

«Archäologen? In deinem Stall? Andy, das kannst du uns nicht erzählen. Wenn da etwas gewesen wäre, hätte man es schon beim Bau der Mauer entdeckt!»

Andy ging nach Hause und erzählte beim Nachtessen, wie es gelaufen war.

«Weisst du, Papa», meinte Marco, «die Leute sind nicht dumm. Erst erzählst du ihnen, dass Wasser eine Gefahr sein könnte und am Abend am Stammtisch dann von zwei geheimnisvollen Archäologen, die hinter der Mauer einen Römerweg erforschen wollen. Ich wette, in kurzer Zeit werden sie herausbekommen, wonach in unserem Stall gesucht wird. Und dann haben wir die Presse, das Fernsehen und die UFO-Anhänger im Dorf. Und was ist, wenn Bernard gefunden wird?»

«Und wenn nicht, Marco? Wenn wir ihn nicht finden, deinen Lehrer, was dann?», fragte Andy gereizt.

Marco überlegte kurz und sagte: «Dann hätte Gott ausnahmsweise einmal einen guten Job gemacht.»

XIX

Sven arbeitete seit einiger Zeit im Geheimen für die Bruderschaft. Angefangen hatte es damit, dass Jörg – der frühere Assistent des Inspektors – ihn und seine Frau zum Essen eingeladen hatte.

Nach zwei Stunden und mehreren Gläsern Wein verschwanden die Frauen in der Küche. Geschirr klapperte, Gelächter, gute Laune, Harmonie!

Jörg beugte sich zu seinem Kollegen und flüsterte: «Sven, ich möchte etwas mit dir besprechen ... Wie du weisst, gehe ich in einem halben Jahr in Pension ... Du bist jung, hast gerade geheiratet, einen Sohn bekommen, und das zweite Kind ist, wie ich bemerkt habe, auch schon unterwegs. Ich kenne deine Gehaltsstufe und denke, dass du einen gelegentlichen Zusatzverdienst gebrauchen könntest ... Allerdings musst du versprechen, dass du absolut geheim hältst, was ich dir jetzt anvertraue.»

Sven fühlte sich geschmeichelt, dass sein Vorgesetzter ihn ins Vertrauen ziehen wollte.

«Na ja, etwas mehr Geld könnte ich schon gebrauchen, was müsste ich denn dafür tun?»

«Sven, es geht um eine sehr ernste Sache. Es wird dein Leben für immer verändern. Du wirst ein Geheimnis haben, das du mit niemandem teilen kannst.»

Ein Geheimnis, das er nicht einmal mit Verena teilen dürfte? Sven erschrak.

«Also, ich weiss nicht, Jörg, wenn das so geheim ist ... Bist du sicher, dass du es mir erzählen willst?»

Jörg legte einen Arm um Svens Schultern: «Eigentlich

hast du gar keine Wahl, Sven! Du bist ausgewählt worden für als mein Nachfolger!»

«Ich bin ausgewählt worden und kann nicht nein sagen? Das gefällt mir nicht, Jörg! Behalte dein Geheimnis lieber für dich!»

«Zu spät, Sven! Wir haben dich in der Hand!»

Sven wollte entrüstet aufstehen, doch Jörg drückte ihn auf den Stuhl zurück.

«Immer mit der Ruhe, mein Lieber. Es geht um deinen Job, deine Karriere, deine Frau, deine Kinder. Alles ist in Gefahr, wenn du nein sagst.»

«Scheisse, Jörg! Sag endlich, um was es geht!»

«Also, Sven: Ich arbeite seit Jahren für eine Organisation, die sich *Die Bruderschaft* nennt. Sie handelt weltweit mit Drogen, Waffen und leider auch mit Menschen. Mit ihr ist nicht zu spassen. Ein Leben bedeutet ihnen nichts, gar nichts! Falls du mich einen Verräter nennen willst, habe ich nichts dagegen. Doch wenn du dich weigerst, auch einer zu werden, werden sie dich beobachten und eingreifen, falls du irgendjemandem etwas über dieses Gespräch erzählst.»

«Wie soll ich jemanden verraten, den ich gar nicht kenne, Jörg?»

«Ganz einfach, sie kennen dich, Sven, das genügt! Sie wissen alles über dich. Unter anderem gibt es Fotos und Videos vom Polizeiausflug nach Amsterdam ...»

Als die Frauen mit dem Dessert aus der Küche kamen, hatte Sven den Ernst der Lage erkannt. Kreidebleich sass er auf seinem Stuhl.

«Sven, was ist mit dir? Hast du zu viel getrunken?»

«Mir ist übel, Verena. Lass uns nach Hause gehen ...»

XX

Nach ein paar Tagen klaffte ein grosses Loch in der Betonmauer. Ein kleiner Bagger und mehrere Arbeiter mit Schaufeln gruben sich vorsichtig durch das aus kleinen Steinen bestehende Material.

Nach einem Tag hatte man auf der einen Seite nichts gefunden. Am zweiten Tag stiess man gegenüber auf eine Lage Erde und fand darin den Schirm des Lehrers. Nachdem die Bauarbeiter sich mit Schaufeln und Händen hindurchgearbeitet hatten, war klar, dass der Lehrer nicht in die Grube hinter dem Stall gefallen sein konnte.

Fast zwanzig Autostunden entfernt sass Ernesto an seinem Schreibtisch und betrachtete auf seinem Laptop die Fotos, die ihm Sven von Präz aus geschickt hatte.

Was er darauf erkennen konnte war einmal Matteo, der Sohn Orestes, gewesen, der in einem kleinen Dorf an der Grenze zu Italien für die Bruderschaft gearbeitet und für sie sein Leben gelassen hatte.

Matteo war, nachdem er das Gymnasium abgebrochen und seine Mutter verlassen hatte, von seinem Vater in allem ausgebildet worden, was nötig war, um ihn später zu rächen. Trotz seiner Jugend war er bald in die Bruderschaft aufgenommen worden.

Seine Feinde nannten ihn *l'ombra*, der Schatten, weil ihn, ausser seinen Opfern, nie jemand zu Gesicht bekommen hatte. Und die, denen er sich zeigte, konnten sehr schnell nicht mehr reden.

Nach ein paar Jahren hatten die feindlichen Clans genug. Sie schlossen sich zusammen und machten, mit Unterstützung der Polizei, Jagd auf *l'ombra*. Um ihn zu schützen, beschloss die Bruderschaft, sein Leben zu beenden. In einschlägigen Kreisen wurde das Gerücht verbreitet, dass er bei einem Auftrag umgekommen sei.

Ein paar Monate später lernte ein fünfundzwanzigjähriger Mann mit italienischem Akzent auf dem Lehrerseminar in Chur seine zukünftige Frau Klara kennen.

Ernesto wählte eine Nummer und informierte den innersten Kreis der Organisation. Noch am Abend traf man sich zu einer Besprechung. Dass Matteo, beziehungsweise Bernard, umgebracht worden war, daran bestand kein Zweifel. Sogar die Entsorgung passte zu den Methoden ihrer Feinde.

Immer noch nicht geklärt war hingegen die Frage, wie es der Mörder geschafft hatte, Matteo in dem kleinen Bergdorf aufzuspüren. Ein Rätsel, das unbedingt gelöst werden musste. Nicht zuletzt, weil Matteos Tod nach Rache verlangte.

Giovanni wurde zu Ernesto befohlen, bereits beim Eingang von einem Leibwächter empfangen, nach Waffen durchsucht und dann ins Büro begleitet.

«Setz dich!», befahl Ernesto mit harter Stimme.

«Ist etwas nicht in Ordnung?», fragte Giovanni gespielt unterwürfig.

«Allerdings, du Scharlatan! Dein Spiel ist aus! Man hat den Lehrer gefunden. Da du uns mit deinen Angaben geholfen hast, kommst du vorläufig ungestraft davon. Deine Anhänger kannst du allerdings wohl vergessen!»

Giovanni liess sich nicht beeindrucken.

«Mein lieber Ernesto, das müsstest du mir und meinen Gläubigen erst einmal beweisen. Gibt es einen Polizeibericht? Eventuell sogar Fotos, auf denen euer Bruder noch zu erkennen ist? Wenn nicht, und dafür würde ich die Hand ins Feuer legen, werden sich meine Anhänger nie und nimmer davon überzeugen lassen, ihrem Glauben an die Ausserirdischen abzuschwören. Der Fall in Präz ist nur einer von weltweit unzähligen Berichten über UFOs. Ich hingegen bin immer noch der Mann, der mit ihnen in Kontakt steht. Du siehst also, Bruder, dass ich ganz und gar nicht ausgespielt habe.»

«Ich bin nicht dein Bruder, Giovanni!»

Ernesto nahm eine Pistole aus der Schublade und legte sie vor sich auf den Tisch. Giovanni wurde ernst. Irgendetwas war noch fällig, das spürte er.

«Der Lehrer war Matteo, der Sohn von Oreste.»

«Mamma mia, Ernesto, wenn ich das gewusst hätte! Ich hätte ihm einen Gruss von dir ausrichten können!»

Ernesto nahm die Pistole und richtete sie auf seinen Cousin: «KEINE SPÄSSE, GIOVANNI! Du warst der Einzige, der etwas von Matteos Vergangenheit wissen konnte, was mich vermuten lässt, dass du dich mit unseren Feinden verbündet haben könntest … Was sagst du dazu?»

Giovanni war so schnell auf den Beinen, dass der schwere Stuhl krachend auf den Boden fiel. Wutentbrannt schrie er: «Jetzt sind bei dir wohl alle Sicherungen durchgebrannt, Ernesto! Ich soll Matteo umgebracht haben? Ich habe nicht einmal gewusst, dass er zu eurer Firma gehört hat!»

Ernesto grinste hämisch. Giovanni versuchte, mit allen Mitteln seine Haut zu retten, doch so leicht würde er es ihm nicht machen. Wie es ihm gelungen war, aus dieser Ufo-Geschichte Kapital zu schlagen, zeigte, dass ihm nicht zu trauen war.

«Wäre es dir möglich gewesen in Präz an eine Waffe zu kommen?», fragte er lauernd.

«Waffen hat es dort jede Menge. Es gibt ein paar Buben, die mit ihren Luftgewehren auf Spatzen schiessen, die sind natürlich am gefährlichsten. Dann sagt man, dass die Männer in der Schweiz ihre Armeewaffe und eine gewisse Menge Munition zu Hause aufbewahren. Und auch die Jäger haben ihre Gewehre. Ich kann mir allerdings nicht vorstellen, dass jemand in Präz seine Waffe für einen Mord benutzen würde.

«Giovanni, du bist ein Träumer», antwortete Ernesto verächtlich. «Es gibt überall auf der Welt Menschen, die bereit sind zu töten. Es ist nur eine Frage des Geldes.»

XXI

Inspektor Peter Klaus hatte Mühe, zu glauben, was ihm Rosmarie erzählt hatte. Er nahm einen Schluck Kaffee aus der geblümten Tasse, betrachtete abwesend den grünen Kachelofen, die Wände und die Decke aus Holz, hörte das regelmässige Ticken der schweren Wanduhr. Er stand auf, lief ans Fenster und schaute in den Garten hinunter. Etwas weiter unten, in den Hang hineingebaut, stand der Stall, hinter dessen Mauer man den Schirm des Lehrers gefunden hatte.

«Mein Gott, Rosmarie, wieso erzählen sie mir das erst jetzt, und warum haben sie ihre Entdeckung vor fünf Jahren nicht sofort der Polizei gemeldet? Wir hätten den Beweis gehabt, dass der Lehrer an diesem stürmischen Abend in die Grube neben dem Schweineauslauf gefallen ist. Wir hätten die Spuren gesichert, die Identität des Toten festgestellt, und der Fall hätte abgeschlossen werden können. – Übrigens, ich kann es kaum glauben, wie sie alles alleine gemacht haben! Sogar für Profis wäre das eine äusserst unangenehme Arbeit gewesen.»

«Vor meiner Heirat habe ich im Bestattungsinstitut in Thusis gearbeitet», erklärte Rosmarie ruhig. «So schlimm war es aber auch wieder nicht, meine Schweine haben nicht viel übrig gelassen.»

Inspektor Klaus schlug die Hände über dem Kopf zusammen. «Mein Gott, sie sind aber abgebrüht, Rosmarie. Und wo ist alles hingekommen?»

Rosmarie starrte geradeaus in die Ferne ...

«Ich habe es mit dem Mistzetter auf unsere Wiesen verteilt.»

«Auf die Wiesen verteilt? Und das vor fünf Jahren! Dann gibt es keine Spuren mehr! – Und Andy, hat er davon gewusst?»

«Nein, ich wollte ihn nicht damit belasten. Ich habe übrigens an alles gedacht, Inspektor, auch an die Spurensicherung ... Im Handyzeitalter ist das auch für Privatpersonen keine Hexerei ...»

«Was?» Der Inspektor fiel fast in Ohnmacht.

«Sie haben Fotos gemacht? Das ist ja ein Ding. Bitte geben sie mir ihr Handy. Ich muss es sofort beschlagnahmen!»

«Aber Inspektor, das habe ich doch schon ihrem Assistenten übergeben, zusammen mit dem Pin-Code.»

In diesem Moment klopfte es. Sven trat in die Stube.

«Sven, wo ist das Handy? Her damit!», rief Inspektor Klaus mit ausgestreckter Hand.

«Hast du die Fotos schon gefunden?»

«Welche Fotos, Inspektor?»

«Du weisst genau, was für Fotos!»

Ärgerlich riss er seinem Assistenten Rosmaries Handy aus der Hand.

«Es ist gesperrt», sagte Sven mit gerunzelter Stirn.

«Geben sie mir den Pin-Code, Rosmarie!»

«Fünf, drei, sieben, zwei ...»

«Geht nicht! Falscher Pin! Was soll das? Zum Teufel!»

Inspektor Klaus war mit seinen Nerven am Ende. Der ganze Fall machte ihm schon seit Jahren zu schaffen. Und nun, da das Beweismaterial quasi in seiner Hand lag, funktionierte der Pin nicht. Er holte sein Taschentuch hervor und strich sich den Schweiss von der Stirn.

«Ok, ok, das ist kein Problem. Unsere Spezialisten werden das erledigen ...»

Inspektor Klaus wusste nicht, dass sein Assistent die Fotos auf Rosmaries Handy gefunden, sie auf sein Handy weitergeleitet und den Pin geändert hatte.

«Können sie bestätigen, dass die Fotos noch auf ihrem Handy sind?», rief der Peter Klaus genervt zu Rosmarie gewandt.

«Tut mir leid, Inspektor. Ich weiss es nicht genau. Ich kenne mich mit dieser Technik nicht aus. Vor zwei Jahren war der Speicher voll und da habe ich ein paar davon gelöscht. Vielleicht weiss Marco mehr, er ist unser Handy-Supporter.»

XXII

Sven schaute etwas verwirrt auf sein Handy. Eben war eine SMS von Ernesto angekommen. Er verliess die Stube, lief ein paar Mal ums Haus und fixierte dann die Position, an der der Lehrer gestanden haben musste. Von dort aus suchte er eine gerade Linie zu einer verstecken Deckung und wurde sofort fündig. Die Holzlaube an der Vorderseite des alten Bauernhauses. Von dort aus hätte problemlos liegend durch eines der herzförmig ausgesägten Öffnungen geschossen werden können.

Sven trat wieder in die Stube, wartete etwas und fragte dann beiläufig: «Wie alt war ihr Sohn Marco, als sein Lehrer verschwunden ist?»

«Fünfzehn!», antwortete Rosmarie.

«Ok, danke! Ich habe noch eine Frage: Hat Marco ein Gewehr oder damals eines gehabt?»

«Wieso willst du das wissen, Sven», fragte Inspektor Klaus irritiert?

«Weil er wahrscheinlich denkt, dass unser Sohn auf Bernard geschossen hat!», rief Rosmarie erbost.

Der Gemeindepräsident fühlte, wie es ihm kalt den Rücken hinunterlief. Ein schreckliches Gefühl, wie er es sein ganzes Leben noch nicht gehabt hatte.

Inspektor Klaus nahm seinen Assistenten am Arm: «Sven, das musst du mir erklären. Unter vier Augen. Komm, wir vertreten uns etwas die Beine.»

Andy nahm sein Handy und wählte eine Nummer.

«Marco, wann bis du zu Hause? In zehn Minuten … Wieso ich frage? Es gibt etwas zu besprechen. Bis dann.»

Als Marco in die Stube trat und erfuhr, dass er verdächtigt würde, den Lehrer mit seinem Gewehr umgebracht zu haben, wurde er bleich. Schüttelte dann aber mit einem bitteren Lachen den Kopf.

«Mit diesem Gewehr kann man Spatzen töten, aber sicher keine Menschen. Das wird auch der Inspektor verstehen.»

Als Peter Klaus mit Sven wieder in die Stube trat, lag Marcos Luftgewehr und eine kleine runde Schachtel auf dem Tisch.

Der Inspektor nahm das Gewehr, wog es in der Hand, klappte den Lauf nach unten, öffnete die Schachtel, schob ein Bleikügelchen in den Lauf und klappte ihn wieder zu.

«Sven, hast du so ein Kleinkalibergewehr überhaupt schon einmal in der Hand gehabt, mit ihm geschossen? Zum Beispiel als Bub?»

Sven schüttelte verlegen den Kopf.

«Das habe ich mir gedacht. In der Polizeischule warst du einer der Besten im Pistolenschiessen, aber so ein harmloses Gewehr kennst du nicht!»

Inspektor Klaus war wütend. Er fuchtelte mit Marcos Gewehr herum, richtete es auf seinen Assistenten und herrschte ihn an: «Also, Sven, jetzt machen wir ein

Experiment. Andy, Rosmarie und Marco amten als Zeugen. Du vermutest, dass von der Laube aus auf den Lehrer geschossen worden ist, oder?»

Sven nickte.

«Also gut. Du gehst jetzt auf den Hügel über dem Schweineauslauf und stellst dich so hin, wie du denkst, dass der Lehrer gestanden haben könnte.»

«Aber Peter, du wirst doch nicht schiessen, oder?»

«Keine Sorge, Sven, es ist nur ein Experiment. Ich möchte herausfinden, ob du in Bezug auf den Schusswinkel recht hast. Also geh, du Angsthase!»

Sven verliess mit gerunzelter Stirn die Stube und Marco, Andy, Rosmarie und der Inspektor begaben sich auf die Holzlaube.

Peter Klaus winkte ab, als ihm Rosmarie eine Decke bringen wollte, legte sich auf den staubigen Bretterboden, hob das Gewehr an die Schulter, schob den Lauf durch eine der herzförmigen Öffnungen und atmete ein paar Mal tief ein und aus ...

«Ah, das gefällt mir. Auch ich habe als Bub mit so einem Gewehr auf Spatzen geschossen ... Und ehrlich gesagt, Marco: Wenn ich die Möglichkeit gehabt hätte auf meinen Lehrer zu schiessen ...

Ah, da ist er ja, Sven, mein Ziel!»

Sven stand etwas unsicher auf dem Hügel und winkte.

«Schon gut, ich habe dich im Visier!», rief der Inspektor und nahm Druckpunkt.

«Achtung! Der Abzug löst sehr leicht aus», rief Marco. Doch es war bereits zu spät.

Es machte *plop* und im selben Moment griff sich Sven mit einem Aufschrei ans Gesäss, verlor das Gleichgewicht, rollte den Abhang hinunter und blieb neben dem Zaun zum Schweinestall liegen.

«Quod erat demonstrandum!», murmelte der Inspektor zufrieden, stand auf und gab Marco mit einem strahlenden Lächeln sein Gewehr zurück.

«Das war, was zu beweisen war! Umgebracht hast du deinen Lehrer auf jeden Fall nicht direkt, Marco. Allerdings könnte es genau so abgelaufen sein. Doch da nur du das weisst, und es ohne Opfer keinen Täter gibt … Wenn wir Knochen hätten oder Zähne, dann könnte unser Gerichtsmediziner vielleicht den Nachweis erbringen, dass sie von deinem Lehrer stammten. Mit nur ein paar Fotos ist das – zum Glück für dich! – nicht möglich.»

Sven lief mit schmerzverzerrtem Gesicht, den kurzen Weg hinauf zum Haus. Als er in die Stube trat, herrschte der Inspektor ihn an: «Reiss dich zusammen, Sven! So schlimm ist das nicht! Geh zum Arzt, ich brauche dich nicht mehr!»

Und zu Andy gewandt: «Er nervt mich! Irgendetwas stimmt nicht mit ihm!»

Als Sven gegangen war, trat der Inspektor nah an Rosmarie heran, sein Blick bohrte sich tief in ihre Augen: «Liege ich falsch, Rosmarie, wenn ich vermute, dass sie den Fund vor fünf Jahren nicht gemeldet haben, weil sie vermutet oder vielleicht sogar gewusst haben, dass ihr Sohn Marco etwas mit dem Ganzen zu tun haben könnte? Wie ich gehört habe, hätte er allen Grund gehabt, sich an seinem Lehrer zu rächen!»

Rosmarie hielt dem Blick des Inspektors ruhig stand.

«Ich glaube, dass es für jeden Menschen einen Punkt

gibt, an dem ihm die Rechnung für seine Taten präsentiert wird. Vielleicht wurde mein Sohn in diesem Fall ja vom Schicksal dazu auserwählt ...»

«Ok, es gibt sowieso keine Beweise mehr!», knurrte der Inspektor. «Der Fall ist also abgeschlossen. Gut für sie und Marco!»

«Und Bernards Frau Klara? Sollte sie nicht über die Untersuchung benachrichtigt werden, Inspektor?»

«Sie haben recht, Rosmarie. Morgen werde ich sie in mein Büro ..., äh nein, ich besuche sie zu Hause. Ihr Kaffee ..., sie macht einen besonders guten Kaffee ...»

Bevor Inspektor Peter Klaus nach Hause fuhr, lief er zu der Stelle, wo Sven seine Kugel in den Hintern bekommen hatte. Er schaute zurück zur Laube, stieg dann den Hang hinunter, liess den Blick langsam über die aufgewühlte Erde schweifen, legte eine Hand auf den Holzzaun und versuchte sich vorzustellen, wie genau der Unfall vor fünf Jahren abgelaufen sein könnte.

Plötzlich hörte er eine Melodie zu seinen Füssen ... Sven musste beim Sturz sein Handy verloren haben.

Der Inspektor hob es auf.

«Ja?»

«Ernesto hier! Wieso dauert das so lange, Sven? Hast du herausgefunden, ob und von wo aus auf Matteo geschossen worden sein könnte?», rief eine energische Stimme mit starkem italienischem Akzent.

Inspektor Klaus war im Bruchteil einer Sekunde klar, dass sein Assistent dem Mann am Handy Informationen weitergeleitet hatte.

«Äh, nein ...», versuchte er Svens Stimme nachzuahmen.

«Was nein!», rief Ernesto.

«Denkst du, die Bruderschaft bezahlt dich fürs Faulenzen? Wir wollen Informationen und das so schnell als möglich. Unsere Geduld ist langsam zu Ende! Du weisst, was das heisst!»

«Ja schon …», murmelte der Inspektor undeutlich.

«Sven, was ist los mit dir? Bist du besoffen?»

Der Inspektor schwieg …, solange, bis Ernesto begriff und sich mit ein paar wilden Flüchen verabschiedete.

Sven sass im Wartezimmer der Notaufnahme. Er verstand den Inspektor nicht. Wieso hatte er nicht Wort gehalten, wo er doch versprochen hatte, nur den Schusswinkel zu checken.

Gerade, als er per Handy seine Frau benachrichtigen wollte, wurde er ins Behandlungszimmer gerufen.

«Man hat mit einem Luftgewehr auf mich geschossen», jammerte er und öffnete den Gurt seiner Hose.

Der Arzt schüttelte den Kopf, als er die stark gerötete Wunde an seinem Gesäss sah.

«Legen sie sich auf die Liege.»

Entsetzt schaute Sven zu, wie er eine grosse Spritze in die Hand nahm, die Nadel in eine Ampulle stach und eine weisse Flüssigkeit hineinzog.

«Britta, halt ihn fest!», befahl der Arzt seiner jungen Assistentin. Britta war gross und kräftig. Sven gab jeden Widerstand auf, als sie sich mit ihrem Oberkörper auf ihn legte. Bald darauf konnte er mit einem grossen Pflaster unter der Hose die Notfallstation im Spital Thusis verlassen. Während er zum Auto lief, griff er suchend in die Tasche seiner Jacke … Plötzlich stand der Inspektor vor ihm.

«Ich habe es gefunden, dein Handy, Sven. Und sogar schon damit telefoniert … Mit einem Mann namens Ernesto …»

Sven wollte etwas sagen, brachte jedoch kein Wort hervor.

«Komm steig ein, wir dürfen keine Zeit verlieren. Ich frage dich später, wieso du zum Verräter geworden bist. Du bist verhaftet und wirst an einen sicheren Ort gebracht. Es ist jetzt sehr wichtig, dass du mir die Wahrheit sagst! Gibt es noch jemanden bei uns, der mit diesen Leuten in Kontakt steht?»

Sven zögerte.

«Es gab noch jemanden …»

«Wer ist, wer war es?»

«Mein Vorgänger, er hat mich gezwungen, diesen Job anzunehmen. Ich wurde mit Fotos und Videos erpresst!»

«Dein Vorgänger? Jörg, mein ehemaliger Assistent? Und ich habe ihm so vertraut! Scheisse, wie konnte das nur passieren!»

«Jörgs Aufgabe war es, den Lehrer zu überwachen. Ernesto hat alle Register gezogen, um Matteo zu schützen, er war der Sohn seines Bruders.»

«Matteo? Wieso Matteo?»

«Bernard war sein Deckname, seine neue Identität, getauft wurde er auf den Namen Matteo.»

Sven wurde in Handschellen gelegt, abgeführt und in einer Einzelzelle untergebracht.

07

I

Fünf Jahre später. Reto hat bei der Arbeit plötzlich starke Kopfschmerzen und Schwindel bekommen. Dann kann er den linken Arm nicht mehr heben. Sein Sohn weiss, was das bedeutet. Fünfzehn Minuten später landet der Rettungs-Hubschrauber auf dem Parkplatz vor dem Baugeschäft.

Reto wird auf eine Bahre gelegt und bereits zehn Minuten später in Chur in die Notaufnahme geschoben. Die Untersuchung im CT bestätigt den Verdacht auf eine Hirnblutung.

«Sie müssen sofort operiert werden!», drängt der Arzt, doch Reto ist dagegen. Er will vorher noch mit Rosa reden. Der Arzt schüttelt den Kopf.

Kurze Zeit später trifft Rosa ein. Sie weiss, dass Reto, wie damals bei der Prostataoperation, grosse Angst hat.

Der Chirurg macht sie darauf aufmerksam, dass ihr Mann die Situation in diesem Zustand nicht mehr richtig einschätzen kann.

Rosa fasst ihren Mann am Arm: «Reto, diesmal eilt es wirklich. Mit einer Hirnblutung ist nicht zu spassen. Du kannst sterben oder für immer gelähmt bleiben!»

«Jede Minute zählt!», drängt der Arzt.

«Reto, ich will dich nicht im Rollstuhl nach Hause nehmen. Das ist ein Befehl, Schatz!»

Reto unterschreibt notgedrungen und jammert: «Sie wollen zwei Löcher in meinen Schädel bohren ...»

Trotz der ernsten Situation lacht Rosa: «Hoffentlich haben sie einen Diamantbohrer, Reto, sonst werden sie es nicht schaffen».

Die Operation dauert drei Stunden. Als Reto erwacht, hält Rosa seine Hand.

«Wie fühlst du dich, Schatz?»

«Die Kopfschmerzen sind weg.»

«Ihr Mann hat Glück gehabt, wir haben altes und frisches Blut gefunden. Was bedeutet, dass die erste Blutung schon ein paar Tage alt war», berichtet der Chirurg, der Reto operiert hat.

Am dritten Tag kommen Nico und Lara mit den Zwillingen zu Besuch. Noa und Lena sind drei Jahre alt. Retos Augen werden feucht, als sie auf den Knien ihrer Eltern an seinem Bett sitzen.

Als dann auch noch Rosa eintrifft, wird ihm bewusst, wie wichtig ihm seine Familie ist.

«Der Neni sieht aber komisch aus», flüstert Lena ihrem Vater ins Ohr.

«Sie mussten ihm die Haare schneiden, damit sie Löcher in seinen Kopf bohren konnten», flüstert Nico zurück. Lena beugt sich vor und legt Reto vorsichtig ihren Plüschbären in den Arm.

Lara steht auf, übergibt Noa seiner Nona und geht ans Fenster. Es regnet in Strömen. Sie schaut auf die nass glänzende Strasse hinunter. Es ist schön, eine Familie zu haben, zwei gesunde Kinder und Grosseltern, die sie lieben. Trotzdem denkt sie jeden Tag an Jonas ... und auch jede Nacht.

Nach einer guten Stunde verabschieden sich Nico und Lara mit den Kindern. Rosa ist mit Reto allein.

«Manchmal mache ich mir etwas Sorgen wegen der Kinder, Reto.»

«Wegen der Kinder? Wieso? Die sind doch gesund.»

«Nicht ihrer Gesundheit wegen, Reto. Lara ist so ernst geworden. Ich frage mich manchmal, ob sie mit Nico glücklich ist. Jonas war wirklich ihre grosse Liebe. Ich habe Angst, dass sie eines Tages zu ihm zurück ...»

«Ach, Quatsch, Rosa! Lara ist eben erwachsen geworden. Nico ist glücklich mit ihr und den Kindern, das sieht man doch.»

Rosa schweigt. Doch sie spürt, dass Lara ein Opfer bringt. Jeden Tag. Für Nico, für die Kinder, für sie und Reto und für den Ruf ihrer Familie.

Als Lara und Nico mit Lena und Noa durch den langen Gang zum Ausgang liefen, kam ihnen der Chefarzt mit ein paar jungen Assistenzärzten entgegen. Einer von ihnen trödelte in Gedanken versunken ein paar Schritte hintendrein. Beinahe wäre er mit Lara zusammengestossen.

«Entschuldigung!»

«Lara?»

«Jonas!»

Eine kleine Ewigkeit stand die Zeit still. Der Kirschbaum blühte, die Bienen summten ...

«Du arbeitest jetzt hier?»

«Ja, als Assistenzarzt. Ich mache den Facharzt Chirurgie. Und was machst du im Spital?»

«Reto musste operiert werden, eine plötzliche Hirnblutung!»

«Ach ja, natürlich, wir sind gerade auf dem Weg zu ihm. Hat noch einmal Glück gehabt, dein Schwiegervater ... Also dann, deine Familie wartet, mach's gut!»

Lara schaute Jonas nach, bis er in Retos Zimmer verschwunden war. Langsam lief sie weiter. Zu Nico, zu ihren Kindern, die beim Ausgang auf sie warteten.

II

Sonntagmorgen, bald zehn Uhr. Tom und Soja liegen noch im Bett.

«Tom …», beginnt Soja vorsichtig.

«In drei Monaten werde ich dreissig …»

«Ja, ich weiss, Schatz. Vergesse ich bestimmt nicht. Weisst du schon, wen du alles einladen möchtest?»

«Nein, das hat noch Zeit, Tom. Im Moment beschäftigt mich etwas anderes: Ich möchte, bevor ich zu alt bin, noch ein Kind bekommen.»

«Ein Kind, Soja?»

Tom zog seine junge Frau an sich, sie schmiegte sich an seine Brust.

«Du bist dafür noch nicht zu alt, Soja, aber ich. Stell dir vor, mit zwanzig hätte unser Kind einen über siebzigjährigen Vater. Ich glaube, das sollten wir ihm nicht antun, oder?»

«Ach Tom, das wäre kein Problem, es gibt jede Menge Väter, die das locker auf die Reihe kriegen. Denk nur an deinen Onkel. Er hat mir einmal erzählt, dass die Kinder ihn jung gehalten haben. Du wirst auch mit siebzig noch in Form sein, Tom, da bin ich mir ganz sicher.»

Soja gab nicht auf. Ihr Kinderwunsch wurde zum Dauerthema. Solange, bis Tom eines Tages das Handtuch warf.

«Also gut, Soja! Ich gebe auf. Dein Wunsch wird erfüllt, falls es denn überhaupt noch klappt. Immerhin bin ich schon über fünfzig.»

Soja fiel Tom jauchzend in die Arme, zog ihn ins Schlafzimmer und begann gleich mit Belebungsmassnahmen für den zukünftigen Vater.

Nach ein paar Wochen fiel den Kollegen in der Kanzlei auf, dass Tom sich verändert hatte. Müde und ausgelaugt sass er hinter seinem Schreibtisch, bei den Sitzungen diskutierte er kaum noch mit, und sogar beim Feierabendbier war er nicht mehr der Alte.

«Tom, was ist los mit dir? Bist du krank, hast du Sorgen oder Probleme mit deiner jungen Frau?»

Tom prostete Lola zu, dann seinen Kollegen, nahm einen Schluck, stierte abwesend vor sich hin ...

«Es ist wegen Soja, sie will noch ein Kind ...»

André, Klaus und Daniel grinsten schadenfroh.

«Ah so, jetzt ist alles klar. Der alte Mann muss jeden Abend, jede Nacht und wahrscheinlich auch noch am Morgen an Sojas Kinderwunsch arbeiten. Kein Wunder, dass du immer so müde bist!»

Lola legte mitfühlend eine Hand auf Toms Arm.

«Tom, es ist ja schön, dass du dir solche Mühe gibst, doch du solltest auch an deine Gesundheit denken. In unserem Alter wird das immer wichtiger.»

«Lola hat recht, Tom. Erzwingen kann man nichts. Entspann dich und mach Soja klar, dass ...»

Toms Blick liess André verstummen.

Er trank sein Bier aus, stellte das leere Glas auf die Bar und knurrte: «Ihr habt ja keine Ahnung, zu was so eine junge Frau fähig ist, wenn sie ein Kind will.»

«Tom, ich denke, du und Soja solltet euch untersuchen lassen. Vielleicht könnt ihr gar keine Kinder haben, aus welchem Grund auch immer ...», schlug Lola vor.

Toms Gesicht hellte sich auf.

«Das ist es, Lola! Danke für deine Hilfe. Das muss ich gleich Soja erzählen ...»

Tom, bezahlte und verliess die Bar.

Soja war einverstanden. Schon nach ein paar Tagen sassen sie im Wartezimmer eines befreundeten Spezialisten. Tom wurde auf seine Zeugungs-, Soja auf ihre Empfängnisfähigkeit untersucht.

Dann war es soweit. Hand in Hand sassen sie erwartungsvoll vor dem Arzt. Soja ganz aufgeregt, Tom etwas besorgt.

«Also, ihr Lieben, leider habe ich keine gute Nachricht für euch: Die Untersuchungen haben ergeben, dass ihr keine Kinder miteinander haben könnt.»

Soja lies Toms Hand los.

«Und warum nicht?»

«Mit deiner Frau ist alles in Ordnung, Tom ...»

«Und mit mir nicht? Ich habe ja immerhin eine Tochter, was beweist, dass ...»

«Tom, es tut mir wirklich sehr, sehr leid, was ich dir jetzt mitteilen muss: Die Untersuchung hat ergeben, dass du – vermutlich einer Erkrankung in der Pubertät wegen – nie wirklich zeugungsfähig warst.»

III

Nora hatte sich lange gesträubt, Marcos Wunsch nachzukommen. Doch der junge Bauer gab nicht auf. Seit dem Oktoberfest vor fünf Jahren war ein Leben ohne Nora für ihn unvorstellbar geworden. Immer wieder bat er sie, doch zu ihm an den Heinzenberg zu ziehen.

Eines Tages, als Nora mit ihrem Trucker unterwegs war, überkam sie eine grosse Traurigkeit. Die Autobahn schien endlos. Es würde noch Stunden dauern, bis sie ihren Zielort erreichte. Sie war müde wie noch kaum einmal in ihrem Leben. Ein Lieferwagen überholte und schwenkte knapp vor ihr wieder auf die Spur. Nora erschrak und stieg abrupt auf die Bremsen. Beinahe wäre ihr grosses Gefährt ins Schleudern geraten.

Bei der nächsten Raststätte hielt sie an, legte sich in die schmale Pritsche in der Fahrerkabine und dachte über ihr Leben nach. Über die Frau, die sich im Moment alles andere als siegreich fühlte. Über die Kämpferin in ihr, die im Moment keine Kraft mehr dafür hatte. Und über die Liebe, mit der sie sich immer noch schwer tat. Wieso konnte sie nicht sein wie andere Frauen? Sie wusste es nicht. Sie konnte nicht, sie wollte nicht!

Marco liebte sie ohne Vorbehalte. Er fand, dass alles an ihr richtig war, so wie es war. Doch Noras Verstand kämpfte noch immer gegen das Feuer, das beim Oktoberfest als kleine Glut in ihrem Herzen zu brennen begonnen hatte und ihren Kampfgeist schwächte.

Marcos unablässige Zuwendung, sein unerschütterliches Vertrauen, dass sie beide zusammengehörten, hatte dazu geführt, dass Noras Vertrauen in die leise Stimme ihres Herzens gewachsen war. Staunend erkannte sie, dass die Feinde in ihrem Inneren kaum noch aufzufinden waren.

Und dann geschah etwas, das die *siegreiche Frau* völlig überraschte. Ihr Körper begann zu zittern, das Gesicht zuckte, Tränen liefen über ihre Wangen. Nora biss sich in den Arm, um durch den Schmerz zu stoppen, was so gar nicht zu dem passte, was sie zu sein glaubte. Doch es half nicht. Sie fühlte sich allein und verlassen wie noch nie in ihrem Leben.

Es dauerte etwas, bis sie das Handy hörte.

«Marco?»

«Nora, du weinst?»

«Ich will nicht, doch ich kann nicht anders ... Marco, ich glaube ... Wenn du noch immer möchtest, dass ich zu dir komme ... Ich denke, ich könnte es versuchen, allerdings ...»

«Allerdings ohne Gewähr, Nora, ich weiss! Du bist jederzeit willkommen, so wie du bist. Ich freue mich wahnsinnig, und auch meine Eltern und mein kleiner Bruder werden dich mit offenen Armen empfangen.»

Es war Noras letzte Fahrt mit dem fünfzehn Meter langen Truck. Sie fuhr ihn auf das Firmengelände, lief ins Büro, hielt ihrem Chef den Schlüssel vor die Nase und liess ihn auf den Schreibtisch fallen.

«Nora, was soll das? Bist du krank oder hat dich jemand abgeworben? Falls es am Lohn liegt, darüber können wir reden.»

«An dem liegt es nicht, Paul. Jemand hat mir ein Angebot gemacht, das ich nicht ablehnen kann.»

Nora verliess das Büro und fuhr mit ihrer Harley nach Hause.

«Schatz, was machst du?», rief kurz darauf ihre Mutter.

«Siehst du doch, ich packe!»

«Wohin willst du? Du bist doch bei uns zu Hause!»

Und zu ihrem Mann gewandt: «Sag doch auch etwas, Stefan.»

Noras Vater, der Reto bei Nicos Unfall im Spital getroffen hatte und aussah wie sein Zwillingsbruder, verstand seine Tochter.

«Nora ist erwachsen geworden, Kathia. Ich denke, sie ist auf der richtigen Spur. Vielleicht werden wir bald einmal den Heinzenberg besuchen, allerdings nur unter der Bedingung, dass du dich bei Marcos Eltern weder esoterisch noch politisch äusserst.»

IV

An einem Sommernachmittag besucht Lara mit den Kindern ihre Mutter. Kaum angekommen wünschen die Zwillinge, dass die Nona eine Geschichte erzählt. Christa setzt sich auf die Couch, Lena und Noa schmiegen sich links und rechts an, und Christa beginnt.

Noa, ruhig, verträumt und sensibel erinnert Lara immer wieder an Jonas. Lena ist ganz anders. Lebendig, laut und selbstbewusst versucht sie ständig, ihren Willen durchzusetzen. Lara ist froh, dass ihre Mutter ihr eine Verschnaufpause verschafft. Sie begibt sich auf die Veranda, legt sich auf den Liegestuhl, schliesst die Augen und reist ein paar Jahre in die Vergangenheit.

Hand in Hand läuft sie mit Jonas zusammen dem Fluss entlang. Sie setzen sich auf eine Bank, Jonas legt den Arm um ihre Schultern …

«Maaamaaa!»

Lara schreckt aus ihren Träumen auf. Lena steht vor ihr, Noa dahinter.

«Was ist Lena? Ist die Geschichte schon …»

«Nein, aber die Nona ist am Telefon …»

Lara nimmt Noa auf ihren Schoss. Lena rennt ins Wohnzimmer und kommt gleich wieder zurück.

«Mama, die Nona weint», flüstert sie Lara ins Ohr.

«Echt, die Nona weint?»

Lara erschrickt, steht auf und eilt zu ihrer Mutter. Christa sitzt mit verweinten Augen und dem Handy am Ohr auf der Couch. Mit einer Handbewegung bedeutet sie Lara, dass sie nicht gestört werden will.

«Nein, Tom, das glaube ich auf keinen Fall, ich habe mir nichts vorzuwerfen. Sogar ein Arzt kann sich irren, wäre nicht das erste Mal … Wie? Ach, Tom, gerade du mit deinen Frauengeschichten solltest mit solchen Vorwürfen vorsichtig sein, findest du nicht? Also gut, wenn du meinst, an wen hast du denn gedacht? Ja, natürlich …, das weiss ich auch! Ein Vaterschaftstest? Ok, mach' das! – Lara? Du willst, dass ich das mit Lara bespreche? Sie steht neben mir, hat mitgehört!»

Christa legte das Handy weg, zückte ihr Taschentuch und wischte sich die Tränen von den Wangen.

«Mama, was ist denn los? Was hat Papa gesagt, was sollst du mit mir besprechen?»

«Lara, komm setzt dich. Dein Vater hat ein Problem. Soja will noch ein Kind von ihm und weil es nicht klappt, haben sie einen Test machen lassen. Bei Soja ist alles in Ordnung, doch bei deinem Vater nicht. Der Arzt sagt, er sei nie zeugungsfähig gewesen.»

Lara verstand nicht sofort.

«Aber Mama, wie hättet ihr mich denn sonst bekommen sollen?»

«Da hat dein Vater genaue Vorstellungen, Lara, sehr genaue. Er vermutet, dass ich etwas mit einem anderen Mann gehabt habe, was ja nur ich sicher wissen könne. Doch das ist schon so lange her ...»

Lara wurde plötzlich schwindlig. Sie setzte sich auf die Couch, was Noa und Lena sofort benutzten, um über sie herzufallen.

«Und? Mama? War da noch ein anderer Mann?»

Christa antwortete nicht, ging in die Küche und kam mit einer Flasche Prosecco und zwei Gläsern zurück.

Ihre Enkelkinder jubelten, als der Korken mit einem lauten Knall gegen die Decke schoss. Christa füllte die Gläser und rief: «Auf deinen neuen Vater, Lara!»

Sie trank, schenkte nach und leerte auch das zweite Glas. Dann nahm sie das fast leere Päckchen Zigaretten vom Salontisch und lief voraus auf die Terrasse.

«Lara, wir müssen das ernsthaft besprechen. Du bist jetzt eine erwachsene Frau. Ich denke, du hast ein Recht darauf, alles zu erfahren, was vor deiner Geburt passiert ist.»

Christa begann mit ihrer Ankunft in der Schweiz vor dreissig Jahren. Erzählte, wie sie eine Arbeit gefunden, Tom und seine Kollegen André, Klaus und Daniel kennengelernt hatte.

«Ich weiss nicht, ob du das verstehen kannst, Lara, aber ich mochte sie alle drei. Allerdings hatte Tom von Anfang an die grössten Chancen. Ich war jung, lebens- und liebeshungrig und genoss es, von drei attraktiven Männern umschwärmt zu werden. Dein Vater war fünf Jahre älter und hatte gerade sein Studium beendet. Ich war sicher, dass er meine Wünsche erfüllen konnte.»

«Dann war es also nicht Liebe, Mama? Du hast Papa geheiratet, weil er dir am meisten bieten konnte?»

«Na ja, Lara, wenn du das so sehen willst. Ich bin eben anders als du, wie übrigens auch Tom. Wir hatten beide andere Ziele als die grosse Liebe. Wir passten zusammen, mochten uns, begehrten uns, genossen das Leben. Übrigens, Lara, ich vermisse deinen Vater immer noch. Vielleicht ist es doch Liebe, was uns verbindet, wenn auch eine andere als bei dir und Jonas.»

«Ach Mama, es ist nicht einfach mit der Liebe. Ich weiss immer noch nicht, ob es richtig war, dass ich Jonas wegen Nico verlassen habe.»

«Liebe bringt Opfer, Lara. Liebe leidet, duldet und vergibt», sagte Christa und zündete sich eine Zigarette an.

V

Soja war untröstlich, dass sie mit Tom nie ein Kind haben konnte. Tom hatte gehofft, dass sich das mit der Zeit ergeben würde, doch so war es nicht. Soja fiel in eine Depression. Sie verliess das Haus nicht mehr und kam auch nicht in die Kanzlei.

Da jedoch jemand ihre Arbeit machen musste, konnte Tom nicht nein sagen, als seine Geschäftspartner eine neue Arbeitskraft einstellen wollten.

Doch es gab noch ein anderes Problem, mit dem Tom sich herumschlug: Er wollte herausfinden, wer wirklich Laras Vater war. Dazu brauchte er allerdings die Zustimmung seiner Tochter.

Eines Abends nach der Arbeit traf er sich mit Lara im Café Maron in Chur.

«Eigentlich möchte ich das lieber nicht machen; für mich bist und bleibst du mein Papa», erklärte Lara.

«Möchtest du denn nicht wissen, wer dein biologischer Vater ist, wenn ich es nicht bin?»

«Wie Mama angedeutet hat, kann es nur André sein, wenn überhaupt. Er habe sie vor dreissig Jahren einmal nach einem längeren Barbesuch in seine Junggesellenbude abgeschleppt. Allerdings habe sie sich beim Aufwachen am nächsten Morgen an nichts mehr erinnert.»

«André? Ausgerechnet mein bester Freund! Wieso hat sie mir das nicht erzählt?»

«Mama hat gesagt, dass sie sich erst etwas später ganz für dich entschieden habe. Sie hat dich also nicht betrogen und im Gegensatz zu dir keinen Seitensprung gemacht.»

Tom ging, unzufrieden mit der Situation, nach Hause, ignorierte Sojas Depressionen und schloss sich in sein Arbeitszimmer ein.

Am anderen Morgen erschien er schlecht gelaunt in der Kanzlei. André hatte besonders darunter zu leiden, warum wusste er noch nicht.

Bei einer Kaffeepause nahm er seinen Freund beiseite: «Tom, ich weiss, dass du im Moment zu Hause Probleme hast, doch ich wäre froh, wenn du deinen Ärger nicht an mir auslassen würdest.»

«Ok», sagte Tom mit harter Stimme. «Du sollst wissen, weshalb ich so schlecht gelaunt bin. Es hat vor allem mit dir zu tun!»

«Mit mir? Wieso? Habe ich dich beleidigt, irgendwie verletzt?»

«Viel schlimmer, André: Du hast mir meine Tochter gestohlen!»

«Deine Tochter? Sag, bist du nicht ganz bei Trost?»

André war sprachlos. Böse starrte Tom ihn an.

«Ich brauche eine Speichelprobe von dir, und zwar noch heute!»

«Eine Speichelprobe? Du willst, dass ich einen DNA-Test machen lasse, weil du denkst, dass ich Laras Vater sein könnte?»

«Genau, André! Du bist der Einzige, der infrage kommt, hat Christa gesagt.»

«Tom, das ist schon so lange her. Christa hat nach einem Barbesuch einmal bei mir übernachtet; wir waren beide völlig betrunken ... Ich kann mich gar nicht erinnern, ob wir dann auch ... Auf jeden Fall war das, bevor du sie gekapert hast, mein Freund.»

VI

In Präz freute sich ein junger Bauer auf Noras Ankunft wie ein Kind auf Weihnachten.

Zwischen den beiden Zimmern unter dem Dach wurde die Wand entfernt und der Raum mit Holz neu getäfelt. Marco fuhr mit seinem Vater zusammen ins Tal und kam mit einem Cheminée-Ofen zurück, der Noras Zimmer im Winter heizen sollte. Doch das eilte nicht, der Herbst hatte noch kaum begonnen.

Nora bekam ein breites Bett, einen grossen Kleiderkasten und einen Schreibtisch. Dazu einen hohen Spiegel, in dem sie ihre morgendlichen Taekwondo-Übungen überwachen konnte. Und dann dauerte es nicht lange, und Marco schlief nur noch bei Nora.

Nach kurzer Zeit arbeitete die *siegreiche Frau* auf dem Bauernhof mit, als ob sie nie etwas anderes gemacht hätte. Besonders gern fuhr sie mit all den Maschinen, die gebraucht wurden, um Heu einzubringen oder Mist und Gülle auf den Wiesen zu verteilen. Andy und auch Marco war das recht, so konnten sie sich zwischendurch etwas ausruhen.

Nach einem Jahr läuteten die Hochzeitsglocken.

Als Nora zusammen mit Marco vor dem Altar der reformierten Kirche in Präz stand und eine Frage mit JA beantworten sollte, stockte sie kurz. Die *siegreiche Frau* in ihr bäumte sich noch einmal auf, wollte kämpfen. Doch dann ergab sie sich ... Es gab keine Feinde mehr.

Der Mann an ihrer Seite liebte sie so, wie sie war. Hinter ihr auf der Bank sassen ihre Eltern, zusammen mit Andy und Rosmarie. Vier Menschen, die immer zu ihr stehen würden und es kaum erwarten konnten, bald einmal ein paar Enkelkinder zu verwöhnen.

VII

Tom hatte eine gute und eine weniger gute Nachrichten erhalten. Die eine bestand darin, dass André nicht der biologische Vater von Lara war, die andere, dass Toms Vaterschaft nicht eindeutig geklärt werden konnte, was er nicht allzu schwer nahm.

Was ihn mehr belastete war, dass seine junge Frau sich nicht von der Tatsache erholte, dass sie mit ihm nie ein Kind haben konnte. Sie schien nicht zu begreifen, dass das nicht bedeutete, dass er sie nicht mehr liebte. Tom gab sich alle erdenkliche Mühe, Soja aufzumuntern, doch Soja vergrub sich in der Depression wie eine Weinbergschnecke in ihrem Haus.

Tom verbrachte immer mehr Zeit mit seinen unverheirateten Kollegen in der Lola-Bar. Als er eines Abends gegen Mitternacht nach Hause kam, war Soja verschwunden. Am Garderobe-Spiegel klebte ein kleiner gelber Notizzettel: «Bin zu Mama gezogen!»

Klara war nicht sehr glücklich, ihre unglückliche Tochter bei sich zu haben. Sie wusste, dass sie teilweise für ihr Verhalten verantwortlich war, weil sie ihr als Kind erzählt hatte, dass sie eines Tages einen Prinzen heiraten werde. Von Kindern der Prinzessin war allerdings nie die Rede gewesen, doch scheinbar hatte Soja das erwartet.

Am zweiten Tag läutete es an der Tür. Soja machte auf. Der Mann mit dem Blumenstrauss in der Hand fasste sich schnell: «Ah, du musst Soja sein. Freut mich, dich kennenzulernen. Inspektor Klaus – Peter! Ich habe damals den Fall deines Vaters bearbeitet.»

Bevor Soja sich fassen konnte, schob Klara ihre Tochter beiseite, bat den Inspektor in die Wohnung und schloss die Tür.

«Vielen Dank für die schönen Blumen, Peter!», sagte sie strahlend. Und dann: «Soja, könntest du uns einen Kaffee machen? Oder weisst du nicht mehr, wie das geht?»

Soja war sprachlos. Es wäre ihr nie in den Sinn gekommen, dass ihre Mutter einen Freund haben könnte. Sie ging in die Küche und schaute sich suchend um. Nirgends war eine Kaffeemaschine wie in ihrer luxuriös ausgestatteten Küche zu sehen.

«Tut mir leid, Mama, ich weiss nicht, wie du ihn machst. Du hast ja nicht einmal eine Kaffeemaschine ...»

«Deine Mutter macht den Kaffee anders, ganz besonders anders, und deshalb ist er so ausgezeichnet», lachte Peter. «Einer der Gründe übrigens, warum wir uns näher kennengelernt haben.»

«Also dann, wenn ich ihn so gut mache ...»

Klara stand auf und lief in die Küche.

Soja setzte sich zu Peter Klaus auf die Couch.

«Peter, ich hätte da eine Frage ...»

«Ja, gerne, frag nur», ermunterte sie der Inspektor.

«Weisst du, was damals mit meinem Vater geschah? Weshalb er so plötzlich verschwunden ist, wohin und wieso? Ich habe mir nie Gedanken gemacht, habe alle Informationen darüber ausgeblendet. Weisst du, ich habe ihn immer gefürchtet. Ich war sogar erleichtert, als er nicht mehr da war. Nicht nur in der Schule, auch zu Hause war er manchmal alles andere als liebevoll. Meine Mutter kann ein Lied davon singen.»

Peter überlegte, ob er Soja die ganze Wahrheit sagen sollte, entschied sich dann aber dagegen. Sogar Klara hatte er die genaue Herkunft und die frühere Tätigkeit ihres Mannes verschwiegen. Auch Soja würde nur schwer verkraften können, dass ihr Vater einmal für die Mafia gearbeitet hatte.

«Also Soja, der ganze Fall hat ja in der Presse ziemlich Staub aufgewirbelt ...»

«Ich habe nichts davon gelesen und auch keine TV-Nachrichten geschaut», sagte Soja schnell.

«Ok, Soja. Ich werde dir eine Kurzversion berichten: An jenem Abend hat es stark geregnet. Wir vermuten, dass dein Vater auf dem Heimweg die Baugrube vom Stall des Gemeindepräsidenten besichtigt hat, dann auf dem nassen Grass ausgerutscht und hineingefallen ist. Ob es Zufall war, dass in dieser Nacht ein kleiner Erdrutsch ausgelöst wurde, können wir – nach fünf Jahren – nicht mehr nachweisen.»

«Wie hat man ihn denn gefunden?»

«Ein Arbeiter hat sich erinnert, dass er auf der Baustelle an einem Morgen den Griff eines Regenschirms aus der Erde ragen sah, hat sich aber nichts dabei gedacht. Wir haben den Schirm denn auch wirklich hinter der Mauer gefunden ...»

«Nur den Schirm, Inspektor?»

«Ja, nur den Schirm ...»

«Und meinen Vater?»

«Von ihm haben wir nur Fotos gesehen, das heisst: von dem, was von ihm übrig war ...»

Klara kam mit dem Kaffee, stellte das Tablett auf den Tisch und fragte: «Was für Fotos, Peter?»

«Die deines Mannes.»

«Ja, ja, ich kenne die Geschichte! Soja, nimmst du Milch und Zucker?»

«Wieso nur Fotos?», fragte Soja misstrauisch.

«Weil nichts anderes zu finden war, deshalb!», antwortete ihre Mutter bestimmt.

«Und jetzt trink deinen Kaffee, Soja! Und danach erwarte ich, dass du wieder zu deinem Mann nach Hause gehst. Er wartet sicher schon auf dich!»

«Da bin ich mir nicht so sicher, Mama. Tom ist, seit es mir nicht gut geht, oft mit seinen Kollegen unterwegs und kommt meist sehr spät nach Hause.»

«Dann schau halt, dass es dir wieder gut geht! Dann kommt er bestimmt auch wieder früher nach Hause!»

VIII

Christa hatte kurz vor Weihnachten überraschend Besuch bekommen. Die Sonne schien; es hatte noch kaum geschneit.

Der braungebrannte Mitfünfziger sass mit ihr auf der Terrasse der Villa bei einem Glas Champagner – so wie früher. Er erzählte ihr von den Problemen, die er mit seiner jungen Frau hatte, weil sie von ihm kein Kind mehr bekommen konnte.

«Tom, Soja ist zwanzig Jahre jünger als du. Ich kann verstehen, dass sie das schwer nimmt.»

«Und mich? Kannst du mich auch verstehen?»

«Nichts einfacher als das, Tom. Du hast, von mir aus gesehen, einen grossen Fehler gemacht. Jetzt ist die Verliebtheit vorbei, die Realität hat euch beide eingeholt. Was mich wieder fragen lässt: War es wirklich Liebe? Falls ja, werdet ihr euch auch ohne gemeinsames Kind wieder finden.»

«Es liegt nicht an mir, Christa. Ich komme im Moment nicht an Soja heran. Und solange sie bei ihrer Mutter ist, kann ich sowieso nichts machen.»

«Was? Soja ist zu ihrer Mutter gezogen?»

«Ja, vor zwei Tagen.»

«Und jetzt? Wie soll es weitergehen?»

Tom prostete Christa zu und trank.

«Ich fühle mich allein, Christa. Am liebsten würde ich über die Festtage bei dir bleiben. Hast du vielleicht noch ein Zimmer frei?»

Christa schüttelte lachend den Kopf und spasste: «Hätte ich schon, die Frage ist nur, ob du es auch bekommst, lieber Tom.»

Dann wurde Christa ernst, dachte nach. Fünf Jahre waren vergangen, in denen sie Tom nur einmal im Jahr, am Geburtstag von Lara, getroffen hatte. Und nun sass er da und benahm sich, als ob er nur kurz auf Geschäftsreise gewesen wäre.

«Tom, du hast dich nicht geändert. Du bist der geborene Egoist, denkst nur an dich und wirfst das Handtuch, sobald es nicht so läuft, wie du es dir wünschst. Ich schlage vor, du nimmst jetzt dein Handy, wählst die Nummer deiner Frau und sprichst dich mit ihr aus. Falls sie dich nicht mehr sehen will, kannst du über die Feiertage bei mir bleiben, ansonsten will ich dich erst nächstes Jahr an Laras Geburtstag wieder sehen.»

Tom kniff die Lippen zusammen, starrte eine Weile vor sich hin, nahm dann sein Handy und wählte Sojas Nummer.

«Tom?»

«Soja, wo bist du?»

«Das willst du nicht wirklich wissen, oder?»

«Doch, natürlich! Ich mache mir Sorgen um dich, um unsere Beziehung, und ich fühle mich allein.»

«Tom, ich war bei meiner Mutter, doch die hat mich nach einem Tag hinausgeworfen, weil ihr Freund mit einem Blumenstrauss aufgetaucht ist.»

«Wie? Deine Mutter hat einen Freund?»

«Ja, Peter Klaus, den Kriminalinspektor. Er hat das Verschwinden meines Vaters vor fünf Jahren untersucht. Er sagt, unter anderem sei der Kaffee meiner Mutter ein Grund gewesen, dass er sie näher kennenlernen wollte.»

«Und? Was hat deine Mutter gesagt?»

«Sie hat gesagt, dass ich schauen soll, dass es mir gut geht, dann kämst du auch wieder öfter nach Hause.»

«Deine Mutter ist eine gescheite Frau, Soja. Ich nehme an, du bist jetzt in unserer Wohnung?»

«Nein, Tom, bin ich nicht. Ich habe beschlossen, mir etwas Zeit zu lassen. Weisst du, ich muss mich neu orientieren. Ich will eine Entscheidung treffen. Doch das dauert noch etwas. Ich denke, ich melde mich in ein paar Tagen wieder. Sagen wir im neuen Jahr, wenn dir das recht ist, Tom.»

Tom war mit einem Satz auf den Beinen.

«Soja! Was redest du da? Wo bist du überhaupt? Natürlich bin ich nicht damit einverstanden, dass wir uns erst im neuen Jahr wieder sehen. Das kannst du nicht machen, schliesslich bist du meine Frau! – Soja!»

Doch Soja hatte das Gespräch bereits beendet. Tom konnte es nicht fassen.

Christa sass auf ihrem Stuhl, in einer Hand das Glas, in der anderen die Zigarette. Tom starrte auf ihre auf und ab wippenden Füsse, die rot lackierten Zehennägel. Es kam ihm vor, als ob es Augen wären, die ihn schadenfroh anstarrten.

«Probleme, lieber Tom? Vielleicht hat die junge Tussi ja einen anderen Mann kennengelernt, einen, der ihr jederzeit noch ein Kind machen kann ...»

«Christa, das ist geschmacklos! Hast du denn kein bisschen Mitgefühl?»

«Nein, Tom, eigentlich nicht. Wieso auch? Jeder bekommt, was er verdient, meine ich. Und jetzt scheint es, als ob du an der Reihe wärst, etwas lernen zu müssen. Naturgesetze, wie du immer gesagt hast, Tom, nicht? Übrigens, mein Angebot steht noch. Wenn du willst, kannst du über die Feiertage bei mir wohnen. Allerdings nur, wenn du dich an die Hausregeln hältst ...»

IX

Jonas hatte sich bei der Arzt-Visite im Hintergrund gehalten. Erst als sie sich verabschiedeten, erkannte Reto Martins Sohn.

«Jonas! Du bist jetzt Arzt! Mein Gott, wie mich das freut!», rief er und zerdrückte fast die schmale Hand des jungen Mannes.

«Ja, Assistenzarzt», antwortete Jonas bescheiden. «Aber ich bin in der Ausbildung zum Chirurgen.»

Reto bekam feuchte Augen. Als Jonas sich verarbschiedete, rief er ihm nach: «Alles Gute und bis bald einmal!»

Jonas war erwachsen geworden, doch tief in seinem Inneren war er immer noch der junge Mann, der einst mit Lara in der Abenddämmerung am Fluss spaziert war. Retos Gegenwart hatte die Erinnerung daran zurückgebracht.

Jonas hatte in all den vergangenen Jahren keine andere Frau näher an sich herangelassen. Nicht, weil er keine Gelegenheit gehabt hätte, im Gegenteil: Als zukünftiger Arzt hätte er an jedem Finger mehrere Frauen haben können. Wenn Lara nicht immer noch in seinem Herzen gewesen wäre. Jonas wusste, dass das niemand verstehen konnte, und deshalb sprach er nie darüber. Doch jetzt, seit er Lara wieder begegnet war, wusste er, dass es bei ihr nicht anders war.Lara war auf eine falsche Spur gelenkt worden. Von irgendwas, irgendwem, weg von ihm, weg von ihrer wahren Bestimmung als Liebende. Allerdings hatte es vielleicht so sein müssen. Ein Umweg, der nötig war, um ein höheres Ziel, eine tiefere Liebe zu leben, die nicht von körperlichem Zusammensein abhängig war. Sie waren beide jung. Niemand wusste, was das Leben noch bringen würde.

Jonas Nachtschicht war zu Ende. Er verliess das Krankenhaus, begab sich in seine kleine Wohnung und legte sich aufs Bett. Kurz danach war er eingeschlafen.

Er träumte, dass Lara plötzlich in seiner Wohnung stand. Ganz in Schwarz gekleidet, an jeder Hand ein

Kind, schaute sie ihn traurig an. Jonas wollte auf sie zugehen, doch sie wich zurück, schüttelte stumm den Kopf. Dann öffnete sie die Tür. Jonas schrie: Laaraa! Doch sie war bereits verschwunden.

Kurz darauf folgte ein zweiter Traum: Jonas spazierte allein am Fluss, der gegenüber der Stadt nahe am grossen Berg vorbei ins Meer fliesst. Über einen schmalen Pfad gelangte er zum Wasser. Eine Gestalt stand am Ufer. Er lief auf sie zu, sie drehte sich um ... Soja! – Ihr Gesicht, voller Trauer und Schmerz, hellte sich auf, als sie ihn erkannte. Langsam kam sie auf ihn zu ...

Als Jonas gegen Abend erwachte, hatte er beide Träume vergessen. Er beschloss, einen Spaziergang durch die Altstadt zu machen, lief zur nächsten Haltestelle und wartete auf den Stadtbus. In zehn Minuten war er am Bahnhof. Eingehüllt in einen dicken Wintermantel, lief er in leichtem Schneegestöber die Bahnhofstrasse hinauf und in die weihnachtlich geschmückte Altstadt hinein. Lichterketten, Kerzen, Sternschmuck überall. An einem Stand blieb er stehen und betrachtete die kunstvoll gebrannte Glaskeramik. Neben ihm stand eine Frau, die gerade ein besonders schönes Stück in die Hand nahm. Eine Frau, die er kannte ... Soja.

X

Zusammen liefen sie durch den Weihnachtsmarkt. Der vielen Leute wegen verloren sie sich immer wieder aus den Augen. Jonas blieb dann suchend stehen und wartete, bis Soja wieder bei ihm war. Je öfter sie sich verloren, umso freudiger wurde das Wiedersehen. Es war eine Art *Sich-verlieren-suchen-und-wieder-finden-Spiel*. Jedes Mal wurde es spannender. Bis Jonas Soja plötzlich nicht mehr fand. Suchend drängte er sich durch die Menge. Angst überfiel ihn.

«Soojaaa!», schrie er über die Köpfe der Leute hinweg. – «Soojaaa!»

Dann waren sie wieder da: Bilder, Szenen von Folter und Kerker ... Jonas drängte sich durch die Leute, flüchtete in einen Hauseingang, setzte sich auf den Steinboden, schloss die Augen und hielt sich mit beiden Händen die Ohren zu.

Und dann sah er eine Art Video, das ganz anders war als alles, was er in den letzten Jahren gesehen hatte: Er befand sich im Innenhof der Burganlage auf dem Plateau über Thusis. Zwei kampfbereite Ritter standen sich, mit dem Schwert in der Hand, gegenüber. Eine Braut mit langem weissen Schleier sass neben dem Burgherr und anderen Zuschauern auf der Empore. Jonas war einer der beiden Ritter. Er wusste, dass er siegen musste, wenn er die Braut bekommen wollte.

«Jonas, was machst du da unten?»

Soja kniete sich nieder, fasste ihn an den Händen und versuchte, ihn hochzuziehen.

«Komm, steh auf ... Ich habe Angst gehabt, dass ich dich nicht mehr finden würde.»

Jonas liess sich von Soja auf die Beine helfen. Sie nahm ihn an der Hand und zog ihn hinter sich her zu einem Getränkestand.

Jonas war noch nicht ganz in der Gegenwart. Was er gesehen hatte, konnte er nicht so schnell vergessen.

Soja verstand, legte einen Arm um ihn und schaute ihm in die Augen.

Und dann war er da, dieser kurze Moment, den beide schon einmal erlebt hatten: Die Zeit stand still, der Lärm rundum verstummte. Alles war gut, so wie es war.

Der feindliche Ritter lag am Boden. Mit einem Jubelschrei verliess die Braut die Empore und eilte die Treppe hinunter auf die Wiese. Jonas liess sein Schwert und mit ihm alle Ängste fallen, die ihn jahrelang gequält hatten.

Als er seine Braut küsste, hörte er eine vertraute Stimme: *Was ist, das ist, was kommt, das kommt, was sein wird, wird sein.*

XI

Fünf Jahre später.

Lara und Nico haben noch ein Mädchen bekommen. Lora ist vier Jahre alt, als sie zum ersten Mal in den Kindergarten darf. Unsicher steht sie neben ihrer Mutter und hält eisern ihre Hand fest. Die vielen fremden Buben und Mädchen machen ihr Angst.

Die Tür öffnet sich, eine junge Frau betritt den Raum. Der scheue, dunkelhaarige Bub an ihrer Hand erhält sofort Loras volle Aufmerksamkeit.

Sie lässt ihre Mutter los und geht auf ihn zu. Soja beobachtet erstaunt, wie das blonde Mädchen ihren Buben anlächelt und sich dabei kokett die Haare aus der Stirn wischt.

Jann weiss nicht, was das fremde Mädchen von ihm will. Fragend schaut er zu seiner Mutter hoch.

Auch Lara beobachtet belustigt das Verhalten ihrer Tochter. Gerade, als sie zu Soja eine Bemerkung darüber machen will, stürmt ein rotblondes Mädchen an ihnen vorbei und auf Jann zu. Bevor die Mütter reagieren können, hat sie Lora wuchtig zur Seite gestossen und Jann an der Hand gefasst.

Lora fängt an zu weinen. Jann reisst sich los und läuft verängstigt zu seiner Mutter. Lara ist mit ein paar Schritten bei Lora und nimmt ihre weinende Tochter auf den Arm.

«Hallo Soja. Wie geht es Jonas?», fragt sie freundlich und streicht Jann liebevoll über die dunklen Haare.

ENDE

Hans Capadrutt

SCHATTEN DER VERGANGENHEIT
ist sein drittes Buch und sein erster Roman.

PERSONEN

LARA	Tochter von Tom und Christa
Tom	Scheidungsanwalt
Christa	Hausfrau, ehem. Sekretärin
JONAS	Sohn von Martin und Anna
Martin	Arzt
Anna	Hausfrau, Praxisassistentin
Markus	Freund von Martin, Psychiater
NICO	Sohn von Reto und Rosa
Reto	Bauunternehmer
Rosa	Hausfrau, Portugisin
	Ehem. Flugbegleiterin
MARCO	Sohn von Andy und Rosmarie
Andy	Gemeindepräsident von Präz
Rosmarie	Bäuerin, ehem. Bestatterin
SOJA	Tochter von Bernard und Klara
Bernard	Oberstufenlehrer in Präz
Klara	Bibliothekarin
NORA	Tochter von Stefan und Kathia
GIOVANNI	Bauarbeiter
Ernesto	Cousin von Giovanni, Mafiosi
PETER KLAUS	Kriminalinspektor
Sven	Assistent